骆宾基全集

北望园的春天

骆宾基 著

山西出版传媒集团　山西人民出版社

图书在版编目（CIP）数据

北望园的春天 / 骆宾基著 . —太原：山西人民出版社，2022.7
（骆宾基全集）
ISBN 978-7-203-12209-8

Ⅰ . ①北… Ⅱ . ①骆… Ⅲ . ①短篇小说—小说集—中国—当代 Ⅳ . ① I247.7

中国版本图书馆 CIP 数据核字（2022）第 038452 号

北望园的春天

著　　者：骆宾基
责任编辑：郭向南
复　　审：武　静
终　　审：姚　军
装帧设计：张镤尹

出 版 者：	山西出版传媒集团·山西人民出版社
地　　址：	太原市建设南路 21 号
邮　　编：	030012
发行营销：	0351 - 4922220　4955996　4956039　4922127（传真）
天猫官网：	https://sxrmcbs.tmall.com　电话：0351 - 4922159
E — mail：	sxskcb@163.com　　发行部
	sxskcb@126.com　　总编室
网　　址：	www.sxskcb.com

经 销 者：山西出版传媒集团·山西人民出版社
承 印 厂：山西出版传媒集团·山西新华印业有限公司

开　本：720mm×1020mm　　1/16
印　张：16.75
字　数：300 千字
版　次：2022 年 7 月　第 1 版
印　次：2022 年 7 月　第 1 次印刷
书　号：ISBN 978-7-203-12209-8
定　价：98.00 元

如有印装质量问题请与本社联系调换

目录

001 / 第四个孩子
006 / 夏　忙
009 / 千人塔下的声音
016 / 生与死
027 / 后　方
034 / 寂　寞
042 / 庄户人家的孩子
054 / 生活的意义
065 / 周启之老爷
076 / 老爷们的故事
087 / 红玻璃的故事
099 / 乡亲——康天刚
120 / 北望园的春天
143 / 老女仆
159 / 一个唯美派画家的日记
　　　——当那幅油画诞生的时候
178 / 一九四四年的事件
191 / 一个坦白人的自述
202 / 一个奉公守法的官吏
210 / 贺大杰的家宅
224 / 可疑的人
234 / 由于爱

第四个孩子

来到法租界康悌路一个容有一千多人的难民所第二天,就着手划分儿童区和壮丁区、妇女区了。

我负责儿童区,而最初的组织,仅着眼于一些在逃难中即失去父母或来收容所后亲眷死亡了的孤儿,登记在调查表上的已有二十几名了。在一间恒丰机场的破陋不堪的板楼上,给他们兴奋而仔细地布置着寝室,儿童漫画连同苏联少年先锋队的照片,贴满阳光充分的四壁,楼梯口旁的一个写字台,兼做了饭碗橱和图书架。

窗子是向阳的,往外望,下面有作为操场的空地。远处,白云混合着南市的烽火,黑烟像火车头一样喷散在高空。

一些面目还陌生的孩子,伏窗瞭望,另一些,洞里耗子般出出进进,忙碌不止。

"我爹还在南市当警察呢!呵!火这样大……"说话的孩子,有七八岁的模样,单薄的黑棉袄上,油垢闪着隐约光辉,手指正挖着蜡黄色脸上的鼻孔。

"你爹是汉奸……江北猪猡!"一个宝山县的农民孩子,讪讪地撇着嘴。

"我爹在中国时候,当……"瞪圆冒火似的眼睛力争着。

"呸!小汉奸……"

"赶他出去,他不是我们这里的,他还有个娘。"

伏窗的孩子都扭回了身子,我搁下了正在开"取水条"的笔。

向小黑污拳头吐着唾沫,十三四岁的名叫笨牛的胖孩子,瞅了瞅我的眼色,又调皮地戳一下别人的肚皮,跑了。

"骆先生,我爹不是汉奸。"他并没有哭,对我镇静地翻着眼皮。

"搬到这里来住吧?你在几号房间?"我轻轻地拍了拍他的头发。

他欣喜而懊丧地摇着头,小手指又挖起蜡黄色的鼻孔来。

"你不能在这里住,江北猪猡!"宝山县的农民孩子,狡猾地挤了挤眼。

"不要胡说!"我装着怒意。而另一些孩子却唱起"打倒东洋,杀汉奸"来示威了。那孩子无语地跑下了楼梯。

编辑儿童壁报的区队长来问稿件上红笔涂改的字迹了。我又收拾起破被褥上的碎纸来,写好"小朋友,作模范,讲卫生,不吐痰"贴上墙柱。

晚上,随着难友子弟学校下课的小朋友,回到了儿童区。

墙壁空隙里,一灯作两用的电光,很暗淡,但窗外透来的月辉有些不明显了,孩子们一窝鸡雏似的躺着啾啾不休,议论什么。

楼下起了断断续续的呜咽,不知妻子死了丈夫,还是母亲夭折了一个孩子。孩子们对于妇女的哭泣,已习惯了,依然在有趣而低声地喳喳着。我也司空见惯,继续给笨牛讲着临时凑编的孩子故事。

第二天空地上三具稻草捆扎的尸体出现了,一个较大的披散乱发,另一个则直挺着穿红鞋的两只脚。孩子们在一旁做着"捉小日本"的游戏。叫嚷着,追逐着。围观的孩子小手舞动,眼睛直视扮演小日本的笨牛。

"我也玩,我也来捉!"不知什么时候,爹在南市当警察的那个孩子,跑到背后,扯起我的衣襟来。

没来得及作答,早饭钟响了,那孩子缩着头寒噤着跑去,我也回到了办公室。

南洋华侨募捐来的孩子衣裳,到了一批,饭后,我在儿童区分发起来,想到蜡黄色脸皮的孩子,我给他留出一件黄色马甲。

空地上，辅元堂的掩埋队在搬尸体和小棺木，在几个粗壮汉子空里，发现那孩子。

"喂！来呀！给你这件衣服，你看！"在窗口抖着黄色马甲，我喊。

他两手缩在袖筒里，又扭回脸去。

"喂！让那小孩上来，不许看……"我对卫生组的壮丁指了指他。

起初，他执拗着，摆脱着拉扯他的粗掌，最后，他哭了，坐在地上喊叫起来。

"你欺侮我的孩子，做啥你这个……"旁边一个妇人，也掉起泪来，继之战栗地按着较大的棺木啼哭起来。

"骆先生让我叫，关我屁事！"卫生组壮丁溜到人群中晒太阳去了。

"他的阿姐死哉！那个老婆婆是小汉奸的妈！"宝山县的孩子同我说。

一种异样的感情，涌动不止，在沉默中我呆坐了一小时，手无意中揉着黄马甲。

孩子的幼小心灵里，也为日本无影之手，撒下了悲惨的种子！

在楼梯拐角处，突然我发现那死去阿姊孩子向我奔来："给我衣服！给我衣服！"

眼眶还水淋淋的妇人，一把鼻涕一把眼泪地述说起来。

"这是我第四个孩子了，到难民所里来，还不到四个月就死了两个，昨夜他阿姐又……就剩下这……第四个孩子了。"

"你丈夫呢？"

"还在南市……不知是死还是活……"用袄襟擦着泪水，哭泣混杂了语音，她抽噎着，垂俯下头。

一个年老的汉子抽空附在我耳朵上说："她男人早就在南市被鬼子打死了，你可别告诉她。"

我没有说什么，冷静中的悲哀感情，侵袭着我的喉咙，嘴唇颤动了一下，我默然地掷下了特意给那第四个孩子留的厚的棉马甲。

"穿上吧！别冻着……"话还没说完，被孩子们在楼上撕打的声音截断了。

又是笨牛这小鬼！

此后，我和第四个孩子熟悉起来，有时候他也到儿童区来吃饭，我例外给他一条卤萝卜丝和多半碗白开水。别的孩子羡慕而妒忌地在我不在眼前时，不说名字指画着骂"江北猪猡"或"小汉奸"。然而他从没向我诉说过。

天气一天天严寒起来，空地上的小小尸体逐渐加多起来。难民们发着抖，躲在监狱似的黑屋里，广场上跳跃的孩子们减少了，即使看壁报的壮丁，也只有稀疏的三两个，院里再听不到吵闹，屋里的人们低述着家园的故事，感喟地。

夜里我和孩子们围拢着被窝，讲故事，并让孩子们述说自己的故乡生活。

突然间，轮到我所烂熟的一个声音讲述了，黑影里，我发现第四个孩子也挤在笨牛和宝山的农民孩子之间了。他的一只手还拨弄着露出破棉絮的被子。

"我们逃出的时节，卤的咸黄瓜和小鸡都撇下了，还有我阿姐给我做的新棉袍，还放在柜里呢！"第四个孩子瞅了瞅棉马甲。

"你为什么还不去睡？"

他摇摇头，小手习惯地挖起鼻孔来。

"他娘有病，到医院里去了。"一个新孤儿说。

"什么……"我有些惊愕，母亲似的担心着第四个孩子的命运，我感到一种恐怖，然而在他的蜡黄色脸上，找不到什么异象。

"那是这么一回事，要给他生个胖弟弟呢！"宝山的农民孩子撞了一下笨牛。

"今晚在这里睡吧！"我松了口气，而他固执地摇了摇头，爬起来，走了。

没发育完全而受了挫折的性情，酿成了他的孤僻，然而我没感到厌烦，相反，我想引导他来过过集体生活。

第二天忙着一些教育股的零碎事情，一直到下午才抽空领着孩子做冲锋的游戏。

心里总觉得空虚，像失掉了什么，我焦灼地又做了一些壁报的工作。

突然一个影子涌到脑里，我想起了已经整天不见的第四个孩子。在他的睡处，我眼前现出一个骷髅般的头颅，呻吟地翻滚。血涨满了脸，我在那闪出被角的蜡黄色脸前，呆立了几分钟，整个的性能，都凝集在他的呻吟及呼吸的小鼻孔上，沙粒般黑疹，在他的嘴角透出了一点一点的尖头。

"他娘临走，托付给我照料，你说这怎么办？老天连这第四个孩子也不留下吗？"

我没有心情来解答那年老汉子的问语，这时，第四个孩子缓慢地张开了眼皮。

"骆先生……"低沉的语音，似乎在求援，迟钝的眼光，给了我莫大的冲动。瞬间，他又失去了知觉，翻了一次滚，呻吟着。我摸了他热度极高的额，跑向医务股去。

不知医生给他吃药了没有，夜里我再跑去时，那里失去了他的踪迹，连着那条带花纹的薄被。

"死了……唉，一家人给东洋鬼子弄得家破人亡了。"年老的汉子从悲惨的情绪中挤出低哑的声音。

月亮时明时暗，冷风呼啸着打旋，我孤零零站在旷地上凝视着静静躺在篱影掩覆下的三具草捆的包裹，我不忍见这些没染血的尸体，然而我也没有立刻就走，不知怀着什么心情，在那里默立得像塑像那样稳固。

"血债还有第五个孩子来讨的。"我心里稍得了安慰。

1938 年作

夏　忙

烈阳火热，树叶失去了生气，凝静不动。五月天在钱塘江南岸，展开一片纵横的翠岭、碧绿的原野。

一条风不吹、草不动的山道上，三先生脱去长衫，踽踽独行。为了赶农民座谈会约定的时间，加快了脚步，带去的几本杂志，暂时做了扇子，汗水流满绯红的脸腮，右手不止地扇。

田畦边年轻农民在车水，年纪大些的，两条赤腿拖在泥水里，半爬半跪着插秧。银铃般流水声，陪伴他们的寂寞，画眉鸟栖入林丛，悦耳地低鸣起来。

山脉阻住了气流，三先生的粗胖身子感到拘谨，气息逐渐窒闷，脊梁流下大量的汗，衣背湿透了大半截。马蝇嗡嗡地飞翔，石头都有些灼热。裹在燥气腾腾的桑林里的农妇们边谈边攀勾着枝叶。

"三先生到啥个地方去？"一个白褂黑纱裤，露出两只健强白胳臂的少女打招呼。

"到沈村去咯！"认识是妇女夜班补习生，三先生扬了扬手。

"不歇歇，那样忙？"

"都忙呀！你也是忙。"擦了一把汗。

爬上山岗，迎面扑来了小风，头发飘起，裤筒立即膨胀，胸肺抹上一层稀有的爽快。

碎石铺的小路，分岔开去，三先生望望道旁，持着水淋淋的牛鞭子的老农，蹲在农具旁吸起烟来，后面是一块紫褐色石岩山，三五个壮年耕手围拢着冷茶盆。

三先生走到树荫下，停住脚步，汗珠密淋淋从毛孔排泄出来。

"有水解解渴吗？这热天。"

"喝吧！"一个袒露铁黑色胸膛的指了指冷茶盆，"旱呀！没有饭吃的年头。"

"先生，有什么消息带来吗？听说杭州的日本人又增兵了。"有一嘴巴浓腮胡的老农，将摇尾喘吁的灰鼠色牛牵过来问道。

"说不定哟！终究会渡过来的，不过，不要怕，这里都是山，只要村子和村子、乡和乡能团结起来，敌人便不敢来。"

"这年景……有什么法呢？"老农的眼睛里充满失望的眼光。

"打游击，就是妙法子。"袒胸的说。

"听说三先生不逃难，老百姓都会跟着他上山，可是我不知道三先生有多少支快枪。"老农蹲下来。

"认识三先生吗？"三先生的汗更加多了，脸涨得通红，闪耀着明朗而欣慰的光。

"见是没见到……"

"三先生！三先生！"大福从山坡奔来，一面挥臂疾呼，"他们都等着侬开会呢！"

"三先生？你就是三先生！"像受惊的雄鸡，彼此侧歪起头，眼睛迷惘而惊讶地互相望着。

"回头再谈天，有暇到普静寺歇歇，我很忙……"掉回头来，三先生问，"有多少人到会了？"

"再坐下歇歇，三先生。"老农两手撑膝站起来。

"走，走……"大福这孩子扯起三先生裤腿拔脚飞跑起来。

"再见，老伯伯。"三先生老远摇了摇手。

山风阵阵拂面，衣衫飘扬着，两个人下到山脚。

蝉起劲地颤鸣，蜜蜂忙碌地飞，地皮像要燃烧，石头将能喷火。

刚进沈村路口,一队活泼野兔似的小学生跳跃着走来。

"三先生……我们到石泉宣传去了。"一个面色洁白的女孩子说。

"三先生……我们演剧去了,演打回老家去。"

"三先生……我们都在学校等你呢!"说话的猛地攀起他的肩膀,跳了一下。

"三先生跟我们一块去。"

"不要闹,不要闹,三先生很忙。"身体短小而英俊的教师转过脸,"嘻嘻,你刚到,我们要到石泉去了。"

"忙吧!你们都加油去干,回来我听你们的工作报告。"三先生放下两臂环挂在他颈上的麻脸孩子。

"快走呀,三先生!"大福骄矜地瞅了瞅频频回头的小学生们,又卷起他的裤脚来。

1938 年作

千人塔下的声音

一

追随着学校的尾巴,我也落脚在这偏僻而古朴的山村了。

庄外,一片秋稻飘伏的田畦,古老的茔墓周遭,尽是些枝叶森森的松林,还有桑田菜园,是个富庶的村落呢。

拥有二百亩肥田的镇长,就住在离这里仅仅三里路的×镇上,那里,还有我们一手创的民众夜校。每次镇长来的时候都有卫兵跟在背后,现在我们刚送走他,顺路慢慢往回走。

"生活还过得惯吧?我们这地方连可看看的庙宇都没有。"训育主任用本地话说。

"还好,还好。"我边走边踢着小石子,一脚,石子就飞得远远的。

"这里有块碑文你不看看吗?"训育主任指着丈把远的矮矮岭岗,"我也没去过,听说就在枫树林中,是祝枝山的手笔呢——走,走,跟我来。"

跳过小溪,是一条窄狭的山径,两边荒草放纵地生长着,这使训育主任不得不仔细防避着,生怕划了新着身的法兰绒西装裤。于是又侧着身子,横走了。

岭脚下,乌桕树的苍老枝干,紧靠着道边,粗根像乌贼脚似的贴地面伏着,一股腥臭气息,在左近飘着。

"哪里来的?"我揿揿鼻子,站住了。

"噢！千人塔，哪！哪！这是我们的风俗，掼死孩子的地方。"

满眼尽是惊飞的野鸟、荒草、枯木……落阳沉下大半了。

"找不到碑，看看千人塔也好的。"

"那有什么看的！枯井一样，没有啥看头！"

二

这晚，月光很白。一出×镇民众夜校，就把手电塞进大衣袋里了，闲散地向我住的那古老山村走着。

栗色山岭在苍深的夜下，拖长着身子，一丛丛密林，老远就望得清清楚楚的。洁净的旷野，响着虫声织成的悦耳的夜曲，我有些轻飘飘的。

渐渐听到一丝薄薄的声音，几乎像游丝般缥缈。我站住了。在一条衰老的石道上，凝神辨别这声音的来向。结果，听不到什么，夜野只有一片虫鸣。

又开始走着，并镇定着自己的心神。现在，我确实听到远远有声如游丝般飘来了，并且逐渐响亮起来，那是孤零零且感人肺腑的惨呼，老远老远的。

当我的脚，轻轻一步一步走到有枫林的矮岭旁时，我的心，猛然扑扑跳了，连汗毛都挑着恐惧直立起来。我大声咳嗽了一下，并且站住不动。可是惨呼，又从我的脚底下透出来了。我很疑惧，既不敢动，又不敢跑。

"啊……妈呀……"声音突然尖尖一挑，又低下去了。

这时我突然抓出手电，猛地朝乌桕树根射过去。然而，小渠周遭除了蓬蓬荒草外，没有什么可疑的响动的影子。我立即走过去，因为年轻力壮，妈妈的，怕谁?

一个调子的声音，凄惨、绝望并蕴有裂骨剥指的痛楚……这孤零，像是隐隐埋在地层里。

终于我发现荒草掩蔽着的千人塔的石洞了,一眼枯井似的。

"谁?谁呀?"我高声向下面叫。

"啊……上帝,我的上帝……哎唷。"末尾又拔尖一声绝呼。

"你是人么?"

"我啊……是逃兵……快打我一枪……让我痛快点死。"深深的塔井底下说。

你们知道,我没有捂鼻子,立刻窥探那乌黑的洞口,并伸进手电筒去。可是电光只照尺把深就暗淡了。在井壁石缝间,有些毛茸茸的绿苔和小草。

"上帝,快弄死我……快弄死我吧!"

"你在这等着。"我高声朝洞口说,"我去拿绳子。"

"我……胳膊都给打断了……"

"能动么?"

"啊唷……上帝呀!"震耳一声尖叫。

"我问你,你听着。"我用两手护住嘴,朝下传送,"你的手能抓东西不?我拿绳子吊起你来。"

我继续朝下打着手电,可是声音又低下去了,而且是极其微弱的低吟。

我的一条腿跪下来,耳朵贴近洞口,于是听到一种树叶摩擦的沙沙响动了。我继续朝下面用力招呼。

"上帝……"声音又大了,"上帝呀……"

"我也是个人,不是什么上帝,我要救你。"

"……镇长……也答应救我,可是现在我不能……啊唷,你……快掷下块大石头来呀!"

"我问你,你听着,你手能抓东西不?我可以想法吊起你来。"

声音又低沉下去,夜野飘着虫声。

我还是高呼,可是井底现在只隐约地响着呓语般喘息了。

"啊……上帝。"像临死的老人刚喘过了气似的,"上帝,我是逃兵,手……臂都给打断了……快打我一枪呀!"

"你不要叫,听我说……"

"啊唷!快掷下大石头来,我的亲爹呀!"

"你不要胡说,那么我去……"

"蛇又来咬我的耳朵了……亲爹呀!"

"什么?"

"蛇呀!"

你们要知道,我猛地一步就跑开了。

镇定后,我打着手电在黑漆漆的山柴棵子中,真的搬起一块大石头,仔细看着落脚处的四周,又走近千人塔。

"上帝……我不能活了……"

天呀!我要杀人吗?杀灭这活的声音吗?立即掷下大石块。

"我要救你。"我说。

"我要死,你是我的亲爹……蛇……快掷下大石头来,蛇又……"

我立即拾了一片小石头,朝洞口丢下去,并且大声朝下虚吓着,一面跺了两脚。

过了许久,听一听,声音断绝了,我重重吐了口气,慢慢走开来。手电紧贴住两脚,刚刚踏上小渠边。

"上帝,快!……打死我呀,做做好事……"

我当即回转身子,并决定掷下那块大石头去。

你们要知道,只有残忍的暴徒,能让这声音活下去,我年轻,我绝对不能这样做。

手电扭亮,放在塔阶上,我两手举起大石块来了。

"上帝……"

"你要我打死你吗?"

"快……打死我……亲爹。"

"我不能这样做呀！我想法救你。"又把它掷下了。

"我的一只，吞去大半了……"

"是耳朵是手？"

又没声没气了，我静静地站着。

你们要知道，突然我趁着这声音沉寂许久的当儿，拔步飞跑了。

跳过小渠，跳过树根，跳过稻畦……

飞跑着……

飞跑着……

当我听到一声高喊，马上站住了。瞅了瞅猴脸的卫兵，正打着灯笼朝我脸上照，镇长的狡黠眉眼，也出现了。

"镇长……"

"唉，我刚从你们学校出来，十四团训育主任赢了三十多元。"

"千人塔……镇长，您慢点走，千人塔有个逃兵……"我喘着。

"千万不要嚷开去。"镇长低声说，"这消息一传开去，壮丁就没法往县里送了。我明天向补充团交涉，明天见，明天见。"

"您先慢点走，不能想法救起来么？"

"这哪能，把塔拆完的时间，早叫蛇吃得只剩下骨头了。"镇长老远边走边大声说。

我静静站住。

镇长的灯笼，已经闪着一团小小红光了。

我还是定定站在那里。

三

我急匆匆地推门进去。

镇长正朝一个腰里插烟管的汉子挥手，叫他出去。

"有话歇歇说，到外边去。"猴脸卫兵跑过来推着那汉子。

补充团团长显然刚吃完酒，满面红光闪闪，一手抓起鸭嘴军帽，一手在剔牙。并且一个腰挂木盒枪的二等兵,捧着呢大衣,在他面前笔直站着。

"没有别的事了吧?"团长问。

"没有啥事了。"镇长朝我眨眨眼,一边低声说,"听说……听说……"

有光泽浓须的商会会长走开了,装着去找火点烟。另处,那个年轻的小学校长,也退到杯盘刚撤净的圆桌旁,可是我不懂,还站在那里,贴着门,因为我想要对补充团团长说:"你不会多少慈悲点么?对于我们自己人。"

可是他不朝我看。

"你说吧!"团长边剔着牙,齿缝儿嘶嘶地响。

"听说,有逃兵被塞到敌镇的千人塔里了,这个……这是……"

"噢!有这种事?"团长边穿上大衣边说。

"听说,贵团这样办……"声又低了。

"啊!这简直是胡说八道,"补充团长从齿间抽出牙签,用力掷掉,"这简直是恶意造谣。谁说的,谁,我非枪毙不可。简直是汉奸。"

"我不过说说,哈哈……团长不要听这些闲三话四——团长用灯笼么?我派个人送……"

"不要。"团长立即截断,接着说,"这你当镇长的不能马虎,一定得调查明白,送给我,非枪毙不可。——听见吗?"

"哈哈哈……晓得晓得。派个人送送好了,路不大好走。"镇长转过脸朝二等兵说,"认识道么——那好那好。"

商会会长最先送出来,并且两手捧着帽子,不住点头,还有衣料闪光的乡绅们。

我看见镇长气色不对了,脸色沉得很难看。

"镇长。"腰插烟管的汉子又走进来了。

"什么事?团长在这你就……"

"镇长,这真是天掉下来的事情,不怨我呀!从三十七号到四十二号不能送来了,他们都投到××党的军队里去了。小二子他妈去……"

"那又有什么法子呀!去就去吧!"

那汉子突然抬起惊讶的眼睛,一句话也说不出来。

1939 年 9 月作

生与死

解除警报声，敲过有二十分钟，汽车站周遭又集满了人。

小贩叫着，装卸夫声色俱厉地呵斥着挡路的行人。两辆客车头咬尾停在站廊下，乘客也分作两批，朝车门口拥挤。每人脸色都带着警报后的仓皇失措的那般神情，一挤上车，就开始检点自己没有来得及带上车去的零星物件；其次是抢座位，找空位子摆东西。一个青年尉官，胸挺背直，满英俊自尊的，这次在后一辆客车上，却强占了那个身子臃肿的商人的座位。商人气得两眼冒火，针尖碰麦芒，谁也不服谁。

"你不讲理怎么的？"商人挺直脖子，正如待斗的公鸡挺直脖子的神气一样，"刚才我就坐在这儿，你不信让诸位说说。"

"刚才？"满英俊的青年尉官闪着正义凛然的眼光反问一句，显然他预备好一句话来打发商人，只等待他下边的不出自己意料的答语。但商人不直接和他说，却扭头朝别人解释。于是青年尉官自己接下去说："还没开到公路上，你就订下座位了？"两手扶膝，坐在那里不动。

"你不讲理怎么的？"

"讲道理，这年月还讲他妈理，讲理日本还不轰炸我们。"

窗口一个美丽的少妇，回脸朝两手搭在黑皮包上的中年绅士笑笑，那意思是说："你听，他讲得多乖。"中年绅士的两腿颤着，膝上的皮包也颤着，悠然自得地望着尉官咧咧嘴。这神气是一个骄傲绅士受到太太一笑的怂恿，不得不在这纠纷场合表示自己的能干，与玩玩舌片的本领相同。尉官就越发洋洋得意，整个脸回过来，又重复一遍："您说是不是？这年月，全世界就没有讲理的地方。"商人嘟嚷着背过身，想另外找插腿的地方，中年绅士失去了一个发泄愉快谈欲的对象，于是脸上变作政治家的坦率风度，像盘问一个着人心欢的中学生那样盘问尉官，"您到金华去吗？""在哪部队干事？"等等。从他那谈吐里，可以看出这是个满足于他目前的幸福境遇的人物，正像他以前多日躺在树荫下的藤椅上，询问路过的水果小贩："你的梨从哪儿挑来的？路程远吧？"自己却不买。

这绅士，极健康，日子过得也极优裕，三年来，他还是第一次离开茑萝满墙的古色古香的家宅，而去接任某大学的法学院院长。那所全国极负盛名的法学院，在战争初起迁校的时候，为了安逸，他就离开它，度过了三年恬静的隐居生活之后，估计一时又会恢复战前的状态，而且也没什么危险，就又离乡毅然接受友人邀请，赴任去了。一切他都觉着好，悦目的春天阳光、动耳的各种喧闹，是多么新鲜有趣呀！在他这是个稀有的日子，生命力最强的日子。

尉官申言自己脾气暴躁，在保安队和大队长吵了架，这次是打算到战区长官司令部会一个旧交："我是无论如何得辞职。队长太太劝我不要耍性子，还叫我回去。照理说老上司是老上司，我跟着他枪里炮里滚出来的，可是你不能看我老实可欺，净打官话。先生您说是不是？人谁不要面子？"

柔而白净的手指捏住烟斗，偶尔嘴朝骆驼绒大衣领吹吹眼力见不到的烟灰之类，是戴金丝边克罗米眼镜的学者。他永远用周遭无人车中唯我的眼睛，向窗外瞭望，那神姿是多么高傲尊贵呀！从穿戴上看，显然他刚离开寒带地方不久，他那水獭帽子，在这地界也该是存到衣柜里的时候了。从他憔悴的脸上，更能发现他是跋涉了若干路程的旅人。他那隐在克罗米镜片后的两眼，却闪闪地现着兴趣盎然的光辉。偶尔在绅士不注意的时候，也暗暗窥一下他的风度。

这时乘客间一阵骚动，挤进一个手抱着婴孩，而腿又被另一个男孩子把握着的褴褛的村妇。在走道间挤塞住的那些手拿烟管的乡民、提着旅行布袋的市民、穿着制服扣着徽章的公务员、抓着扁担望着竹篓的小贩，都愤愤不平地抱怨车站办事人员的不力，彼此诉说车子早已容纳不下客人，而售票还是没有限制。这些话仿佛说给车子里有势力的旅客听的，以便能煽起愤怒，有人肯出头交涉。

那褴褛的村妇受着呵斥，沉默地用忧郁眼睛望着挤塞在人群腿骨间的椅柄，又困惑又惶惧，不知是就站在这里好，还是再向前挤一步好。

"到这来坐。"青年尉官立刻站起来，把位子让给那褴褛的村妇，并拍拍有乌溜溜两只大眼睛的男孩子头顶，那是要避开商人的暴怒眼光的动作，他知道那胖肚商人发现自己戏谑的笑意，而嘴唇颤抖，格格欲吐地将说什么了。

凝集在椅间的那些公务员、乡民、小贩，又是一阵骚动。有着圆桶身子的商人想挤出去。人们愤愤用话阻挡着他。青年尉官趁机说："谁要是再挤，把他用筷子夹出去。"

足足有十分钟，车厢里才安静下来。乘客们零乱地吵着："怎么还不开车？""司机早死他妈的了。"有人接一句："炸死娘×的。"

"司机呢？妈的。"青年尉官胸贴中年学者的肩膀，手杖伸出窗外，敲击着车头，"司机呢？妈的，开车，开车……"车头被敲得当当乱响。

现在绅士夫妇俩，在剥橘子吃。那标致太太俊俏的瓜子脸伸出窗外，秀丽的两唇一张，橘核就粒粒落下去。她这时什么也没想，心里平静得一池静水似的，连坐在这里的自己都忘了一般。

全身穿一色黄咔叽布短装的学生，肩膀斜插过人们的身子，手按喇叭纽——唔，唔，唔唔……

"老董还没来吗？"手握红绿旗的站长跑来了。

"刚才我看着他出来了么！"押车员也跑来了。

"你去找找看,大概在电话间——还有五分钟,四点半准到金华。"后一句是朝乘客们说的。

中年学者这时平心静气地默望着青年尉官,他觉到祖国的军人确已和五年前不同了。这心境恰如一般在旅途的寂寞者一样,默默观察着惹眼的人物,久久地用以自娱。而当青年尉官环顾的时候,学者恰和他对视,两眼立刻越过他的肩部,朝前面的司机窗外,眺望什么,以免招来那尉官对自己的注意。

就在这时候,一张苍白的脸在车侧面的电话间门外出现了。谁都可以看清楚那脸上埋潜着的不安。他起初跑向前边那辆247号汽车,青年尉官伸出脖子喊,他才发现在自己手里驾驶了三四个月,跟着自己整天跑东跑西的这辆雪福兰车,是压尾的。

他的名字同事间谁也不注意,都叫他作老董。这人个子很高,大头大脑的,有着善良的眼睛和忠厚人所有的端正鼻梁。现在显然他是完全陷入神智迷离的状态了。他的眼光恍惚,当他关上司机座侧的车门,人们可以看出他的手抖得那么厉害。

"怎么的了?老董。"

"他妈的。"他以平常的口吻仿佛说一个极平常的事情一样,回答押车员,"接到电话,说是金华我住的房子炸掉了,还不知道我家里人怎么样了!"

说着,老董打开瞭望窗,实际上他这动作完全没有经心,三年多的驾驶生活使他熟练了,即使他睡着觉,两手仍然可以活动着,好像不属于他自己的那样转动舵盘。

这时那个有着圆桶身子的商人伸出手,在自己鼻前摇晃着,申言这辆车里都是些不讲礼貌的"大好佬",自己要到前面那辆车上去。青年尉官当时吵起来:"妈的,你说话带刺儿,要找人打架,是不是?"

"我又没有说你,打什么架,谁出门想打架,不希望顺顺遂遂的……"商人嘟哝着,下车那一瞬间声音又高起来,"中国还能好?

军人对自己人都是这样英雄……"

老雪福兰车上的人物就是这些,故事也就从这里开端。老董伸脚踏着发动机,整个车子立即颤抖起来。突然老董记起一件需要做而没做的事情,究竟这事情是什么呢?他可记不清楚了。只记得是有一种重要的事情。于是他检点一下周遭:张站长托带给刘站长的四瓶白兰地,没错;王会计主任托付带到他公馆点灯用的两桶煤油,也没忘;自己带给家里的温州海带、鲜鲫鱼、黄岩橘、两小把韭菜,另外还有邮包、信件袋、报纸卷——他望望这儿,瞅瞅那儿,连他自己这时是在做什么也忘记了。

他自问着:"做什么呢?我这是在找什么东西,但是找什么东西呢?什么东西丢掉了吗?"他的前额有着阴天欲雨那样的昏暗色,眼色惶惶然四顾。

"开车!"押车员乓的一声关了门,他没有望老董,只在想找空位子安插他那避着站长眼睛带上车的一提包偷税卷烟。

老董这时才注意到247号车尾,拖起一卷飞扬的尘土,渐渐为灰沙所掩蔽了。于是脚一蹬车闸,车子就在伸展开去的带子形公路上逐渐飞驰开去。

乘客都沉默下来,有的开始点烟抽,满耳尽是轮子带起的风涛和发动机的颤鸣声。

风如水流一般以瞭望窗口袭击着老董的头发。那些头发是从油污的鸭嘴帽下露出来的,有缕头发开始拍打着他的眉头。在他那描刻着流离颠沛的劳碌生活纹记的广大前额间,现着青黯可怖的乌气,那正是凶手在暗杀某人之前,或是既害某人后的一瞬间所有的那种可怖的乌黯气息。他的两眼,并没离开那条延绵不绝的公路。

初夏的茂密竹林朝后飞闪过去,稻苗丛生的绿野朝后飞闪过去。……一个桥梁……半间倒塌的路庙。

对面冲来一辆急驶的大卡车的时候,老董并没刹车,只让轮子一斜，就滑过来。他的脑子什么也没想，若是还有念头的话，那就只有巴望着能够很快地望见金华，望见自己那个被轰炸过的家。他的两眼射着灼人的火焰了。

壮年学者，仍旧含着烟斗，望着这别离五年的祖国旷野在飞闪，精神焕发地呼吸着由窗口飘来的带草香的气息，多么爽快悦胸的新鲜气息呀！他的一部分青春，是消耗在美洲那块新大陆上，而换取来的，是由历史积成的人类智慧。再次踏到这在战争中的苦难祖国，他已是中年人了。他瞑目回味着。这五年岁月是多么悠久，他也感到古老的祖国已起了巨大的变化，而这变化又是那么迅速，连沿海一个个小城市，都几乎使他不相信那是属于中国的，怎么像二十世纪工业国家的市场呢？他见到过作为抗战标志的三角形阵亡战士纪念塔，他见到过汪氏夫妇的跪像，还有在中国南方乡村极为普遍的大幅宣传壁画，以及有国徽的涂满每座茅屋仓库的标语……他浑身充满生命力，一朵牡丹花等待着将要临头的朝露，来喷放久蓄的浓香；他也一样，等待着"飞黄腾达"的命运的开始。五天后他将由湖南乘机飞重庆，去晋谒政府某个有权威的父执。现在他让愉快从眼睛里透出来，去亲吻那飞闪的绿野，去亲吻那在旷野上跳跃的阳光。

树丛迅速地朝两边分劈开来，汽车飞驶着。老董终于望见第三个弯路路标闪过去，一个平地拔起的山脚冲过来了，他立刻上了三挡。老雪福兰车，开始用耕牛的力气爬山了，汽油燃烧得呜呜响。

褴褛的村妇脸色惨白，一次一次呕吐着，一手还在嘴唇下接着从胃里反出来的黏液。那两眼乌溜溜的男孩子，口咬手指，仰脸望着受罪的母亲发呆。绅士太太用手绢埋住鼻子，只露着紧蹙的两眉和厌恶别人的眼睛。

"你别向外看，闭着眼就好了。"青年尉官宽慰人般说。

他和她在车上谈过琐碎的家常话。而她呢，是正像一个在苦难中第一次出门遇到善良的人一样，把她不幸的遭遇全部告诉他了。

她说，是去省会某伤兵医院探望自己的丈夫。她问过他几次"受伤住在医院，能治好吗？""那么受重伤呢？""吃得怎么样？""医生不要钱吧？他信上什么也没说明白。"等等。这是一个悲哀的化身，现在她又闭眼遐想了。

中年绅士，也默默瞭望着，他已经抽起第三支前门烟。突然闪来一座朝阳的尖峰，左窗完全被遮蔽住，不久，这座尖峰的背阴又在右窗出现了，左窗一片白。中年绅士低眼下望，可以清楚地见到山脚下的农村型房屋，碎棋子似的散布着，一小块一小块的。

尖峰的山背阴闪过去，接着是一座巍峨的高山猛然朝左窗滑来，他那标致太太的脸上，立刻映满花绿的色素，半明半暗。两边望不见岭背，也望不见峰顶，仅仅能够从右窗上发现车子是沿顺一条两山夹峙的深谷爬行。

老董上了第四挡，车子越过陡坡。壮年学者俯脸右窗，可以完全看清楚蓝的天和遥远的低落深谷般的阔野。

车到岭尖，老董灭了火，想开始溜坡子。一伸脚，猛然心跳到胸口，老董的整个神经系统完全颤抖了，脸色突然转白，心里高叫着："完了，完了！……"他发觉机工没有修理车闸，而在开车前他还想到它，他该检查一遍，但他竟检点遍整个车厢，却忘记了是件什么重要东西需要检查了。这时他完全慌乱无主了。

老雪福兰越来越急，轮子飞速地在山路上滚着，滚着……

押车员突地跳起来："闸，快——闸，闸。"车厢一阵骚动，连壮年学者都猛地跳起来，尉官在打玻璃窗，标致太太爆发了尖叫。这瞬间，一块巨大的岩石朝老董脸前冲来，同时震撼山野的呼喊声爆发开来，老董就在这一瞬间，跳出车门，跌入车尾掀起的尘浪中，一条垂死的小动物一般，滚到岩石跟前。在这迷茫的一瞬间，老董听见人们一团绝望的呐喊，由恐怖，由对于自己生命临到毁灭边缘的巨惊交组起来的呼喊，像很幽远很幽远似的，传到他的耳朵里。

傍晚的天空一色是夕阳的反光，树叶涂着万斑光点似的闪着，抖着。没有什么惹耳响声。寂静中，只有流水的声浪飘散着。老董躺在那里，仿佛在路边睡一觉的樵夫那样，不知道这里出了什么事情，小鸟像每天傍晚的时候一样，无声无息地飞过去，从这一山尖，消逝在那一山尖的背后，山野是多么平静美好呀！

老董现在睁开眼睛了。起初仿佛早晨迟起的人物，醒后睁眼看看天色是早是晚一样，眼光极宁静。手脚并不想动，只用眼睛望望，见到地上一群蚂蚁麇集在洞口搬砂粒。一个蚂蚁好像是来往寻找什么似的，遇到另一个时动动触须，是询问呢，是传递消息呢？只见它又跑起来，并不去搬移小砂粒，仍然一无所事地巡逻着。

——明天该下雨了，蚂蚁堆墙防水呢！乖乖，真有趣。老董想：这家伙是做什么呢？自己不做活，跑这跑那。想到这里，他抬手在他身前放了块小石头，阻隔住那蚂蚁前进。

他的脸色很平静，由于手臂有点痛，他的眼睛逐渐凝止，一点追忆往事的神气，出现在他凝止的眼光中，逐渐记忆起什么来，他歪头向身旁望着。这才发现自己躺在山路边的悬崖上。

——我在这里是做什么呢？他问着自己，突然他发现身边的汽车轮子所遗留的轨迹，他迅速地爬起来，直抬着胳膊，嘴朝肩上的外衣大领一擦，醉汉半夜看洞口露出来的老鼠鼻子般的迷离眼色，望着大岩石下面的深谷。深谷的苍老潭水，漂浮有手杖、零散的火柴、黄军帽、一片片信件……闪耀着的是煤油的紫亮光辉。但是他却又什么也没望见似的。他那呈现着平庸、忠厚性情的两眼，似乎望着极远的渺不可见的东西，连踏在自己脚下的鸭嘴帽也没映入他的视觉里。满身灰尘，满头松土，额角上有着被碎石擦破的点点血迹。这种定心凝神的状态，一刻即逝，突然他明白自己是闯下巨大的祸了，额角擦伤也立刻鲜血流滴了。

"我闯祸了……闯祸了……"两手颤着，他说。那情景仿佛是向许多人报告似的，他完全慌乱了。失去理性的狂人一样，他朝原路跑上去，没到顶，他又迅速地跑下来，他不知道自己究竟该怎样做，像重新窥探一下，来证实自己的记忆似的，他这次望见悬崖下的水面浮起来的一片油辉和两把韭菜、一个烟斗。

"我闯祸了，我闯祸了……"他回头说。他的耳朵里又一次反响着，当他自己跌落到飞尘中滚着的时候，所听到爆炸在空间的绝命的尖呼，那交织的呐喊声，是多么剧烈、激烈而短暂。

他发觉身边这块巨大而古老的岩石，是曾经在那危急的一秒间，朝司机窗冲来，而他跳出后，车子却从他身旁擦过去的，他想："我若是那时候，能沉着，该多好，大胆把老雪福兰朝它身上撞，定不会惹这样大的祸……至多我自己和水箱受伤……唉唉……我多么糊涂。"他的拳头轻轻捶击着前额——"唉唉……我多么糊涂……这不是在做梦吗？一个可怕的梦吧！"于是他向四周望着，铺展在苍茫暮色中的是旷野，山顶的春末树丛和茂草、碎石。透过矗立的峭峰崇岭间，还可以望见极远的一片无边无际的稻田。

天空苍蓝，现出几颗光辉初闪的小星。他听见啾的一声鸟鸣．掠过空中，一切寂静后，又是山谷下的水声。

他又一次下望山谷的深潭，水面已经被一层紫辉的油液遮蔽住，一切都是真实的。他对自己说。

忽然咻的一声，一辆福特小包车，一露头，就从他身旁闪过去，这一闪的那秒钟，老董清清楚楚望见司机那双喜气洋溢的眼睛。"他是多么快活。"老董自言自语着，前额捧在双手里，"他们都是幸福的，只有……只有我。"他想着就在前三小时，自己还是很幸福的、愉快的，然而现在却什么都变了，他已经是另一个世界上最不幸者了。他的后脑靠住岩石，仰脸望着天。额角的血渍已经凝结住，牙齿轻轻咬着手指。他想，天还是那样苍蓝、深远、奥秘，永恒的苍蓝、深远、奥秘，身边这块经受了几千年风雨侵蚀的黑岩石，依然是去年他第一次注意的那种傲岸雄姿，而他自己却遭遇了巨大的变化，不幸的变化。三小时之前，他也和天空、岩石一样，过着千日一律的平庸日子，三年来他从没有感觉什么是悲哀或不幸。他有温顺体贴的老婆。虽然平鼻子平脸，但能挑水、做饭、照顾自己和孩子、洗衣裳、补袜子，看着自己眉眼高低说话，投着自己胃口炒菜，省盐省油，他觉得她在妇女里还是把百里挑一的好手。自己虽然终日受着油熏车颠，跑南奔北，但不受日晒雨淋，不流汗，不劳脑，派不到捐款，抽不到壮丁，也足够舒坦了。平日既不请假迟到，也不交朋结友，从来有客不买支香烟，待友只倒杯白水。总之，是我们中国古语所说的"知足便是福"的人物。

三年只有一次，受押车员的骗，载了三条黄鱼，分到手不过百十块额外财，同厂工友敲他到东南酒楼油油嘴，没理，晚上就发觉油箱里谁给放了三把盐，克拉斯上的五号螺丝丢了两个。此后，他咬住牙，再也没有起额外想头。

"家也炸了……完了……完了……什么都完了！"他嗟叹着。这语调像他叹息一个人的死亡一样，不管死者是脑充血或者自杀什么的。"家也炸了"这句话也不含有被轰炸的仇恨，仿佛那家是自动炸毁似的。"唉唉……什么都完了。"他又重复一遍。

消耗万把日子的阳光，老董第一次注意到广阔无边的宇宙，也第一次注意到生气蓬勃的植物。

——它们都安安稳稳地生活着。秋天败落了，冬天枯萎了，春天又发芽生长，抽叶开花，一年一年地活下去。人呢？人活着到底是为什么呢？是有什么意思呢？……那边是七斗星，斗柄又朝东了……一二十年仿佛我没有见到它。怎么有一颗不大亮呢？

一些幼年时代老辈人夏夜乘凉所讲的故事，给他种下对于星们的感情，重新在他脑子上浮起来。接续着，他想到头一遭离开家乡所听见的三遍鸡叫和映眼的晨星。

——为什么离开这些年不想到家乡呢？他想到离开人世已经有

二三十个春秋的爹娘,他想到幼小时候的伙伴!……他想到投身职工厂做学徒时候的火热熔炉,和红光照耀着师父脸上的油汗的反光,他想到被修车厂雇作修车匠时候的那些光荣骄傲的日子,他想到初度丈夫生活的甜蜜的新婚,他想到被调到中国南方的公路局开始过驾驶生活的一连串舒服日子。

他站直了身子,觉到黑夜突然降临了。他立刻又想到他所遭遇的灾祸。四围寂静,山岭间一片月光峰影。他自己对自己说着什么。一个偶然的冲动,用跳远的姿势,两脚有力地朝岩石一蹬,他把自己抛下空谷去。是谁毁了他,他周围的那些人,和他的一家……

1940 年 2 月完稿

后　方

金长快车彗星似的驶入一个被一些茅屋和古老瓦房圈了半环的空场。钱耀宗紧把住车门边的铁柱，看着那一排作为车站的廊房，从车窗前，迅速滑过去，越来越慢，终于黑色的廊房木柱，停住不动了。

"二姐夫，等着我呀！"旅客骚动中，钱耀宗朝人群空隙说了句，等不及看到末座上的面影，就挤开肩后伸来抓门的大手，一挺腿，匆匆跳下了车，冲出围绕到车门前的卖零食的小贩、一群接客的轿车们，朝街口跑去，连收票员的呼声，都没时间关心了。因为汽车只停三十分钟，钱耀宗得买金鸡纳霜、香烟，还有，他自己必须吃点饭。

打听到这镇市的药房，是在西街口，于是决定先吃饭了，两腿已经很快地迈进车站左手的饭馆，这里食客的拥挤，简直没法站住。

食桌完全被呢帽、黑皮包、手提箱、网篮之类的什物盖住了，露出光面的空间，则摆满了菜盘、瓷壶、茶碗、饭桶和碍手夹菜的高筒酒。远一点，只看到旅客们的头发和在晃动的脊梁，而从这之间，偶尔闪露出来的面目，都是神色匆匆且惶惶然的。

"快啊！"里面高叫道。

"知道了。"侍役在另一桌上递着冒热气的擦面巾。

"我在什么地方？"钱耀宗从凳椅之间挤过去。

"自己找，对不住。"侍役把擦面巾搭在手臂上，倒出的手，半提半抱起饭桶，另一手是瓷的盘碗。

钱耀宗的眼睛，露出锋芒逼人的光来，然而侍役并没有时间回头承受它,一边高叫着什么菜名走到另一头去了。于是钱耀宗想拍桌子,借以镇压一团喧嚷的噪音,让侍役们注意自己的存在,可是桌子上连容巴掌大地方的空间都没有。幸而这时,一个空位闪出来了,钱耀宗老远地,就赶到窗口下,站住了。这时瞅瞅空场上的汽车,并没有动。

"一个客饭。快,我要赶车。"钱耀宗喊,因为刚朝这面来的侍役又转身了。

"谁叫你炒腰花,我要的醋熘鱼。"

"不是先生……"侍役在分辩。

"喂!"钱耀宗把桌子拍得砰砰响,"我要的客饭,听到没有?"

"那位叫的炒腰花……晓得了。这位一个客饭。"

钱耀宗摘下了软胎帽,揩了揩眉眼间的尘土,看清坐在自己对面的胖妇人了。她的两手在吃奶的孩子头上,晃来弯去,在吃着。发现背后是蓝色的油漆板壁,就依靠着,把桌底下的腿尽量伸向前去。酒香肉味的混合气息,在他鼻前诱惑着。

"这里的炒腰花,拿来……"另一桌,有人叫。光线很暗,看不清多少人在晃动。

"我的客饭……"这声音立即引来厨灶间的锅勺拍敲声。

钱耀宗感到一阵焦躁,连拍几下桌子,都没有回应,于是跑到厨间来。

"我的客饭,怎么还没来?"

"你到外边去,马上……"接着厨师又当当地敲打起锅边。钱耀宗眼前现出一盆红焖肘子。

猛地汽车笛响了声,钱耀宗斜着强壮的肩膀,朝外冲去,觉得眼睛一花,侍役在厨灶间的门边跌倒了,白瓷片、油菜,散了一圈。

——这简直像在前线开火那股劲头。边想边跑到门口,深蓝色客车,仍在他眼前靠廊柱停着。

回头打算看看侍役,跌得见血没有。虽然这些东西都是糊涂虫,光知道做吃弄喝,可是若有个差错,还得朝他们赔两句罪,因为自己到底是人地生疏的。

"对不住啊——你站在这里张望啥?"后一句是光头汉子,朝侍役说的,同时两眼送着怒气冲冲的被申斥者走去,之后,又掉过脸,嘴角还露着没感情的笑,"官长,车还有二十分钟,不慌!坐坐,坐坐。"

钱耀宗绷着脸,装出不得已的沉默来,像是没有光头汉子解围,是不能这样容易完结的颜色,勉勉强强回到里边,坐下来。

——这些势利东西就得这样对付,若不作兴,还让我赔偿打碎的碗钱呢!妈妈的。

侍役的白围巾,从眼前闪过。钱耀宗没抬起头,然而桌上还是空空的,有西装大衣的腰带流过去了。

钱耀宗听见背后的油漆板壁间,叫了声:"金会长。"

"怎么这时候来,等了你……"一种油腔滑调声。

"你今天到宁波么?听说和上海又通航了。"

钱耀宗望望外边汽车,焦躁和不安又在胸口发酵了。像舞台监督在开幕后找不到主角似的,既发不得脾气,又不能再向厨灶间跑,因为自己到底是在这里两眼摸黑儿的,找不出理来讲。只有轻轻喘气。

"……电话打晚半个钟头,"钱耀宗听到油腔滑调的讲,"我就损失了二百元。刚刚下午南乡乡长买去一百听。"

"那现在他可赚了。"

"九元钱卖的。十二,二十七,他娘的赚一百……"

"他没留住,他们南乡王家祠堂祭谱,四台戏,还有京戏就是小白玉崐那班货……连戏台,连祠堂,三四十盏汽油灯,你想一百听能点几天,他们光戏就作了十四天。"说话的人像是被称作会长的那个。

"王家……"

饭桶出现在钱耀宗眼前了,盘子里是苋菜梗苋菜叶,稍微有点咸味,另一小花碗,是漂着葱叶的榨菜酱油汤。

对面的那个胖女人，让自己的两只大奶子，被孩子摆弄的时候，钱耀宗直起腰来。

"找开，我没零的了。"放到柜台上一元中央票。

握着一叠角洋，瞅见汽车，还没有开动的兆头，就立刻用半跑的姿势，伸缩着两腿，小腿肚扎得紧邦邦的裹腿，抖着一股劲儿，就到了西街口。

"金鸡纳霜，十粒。"

"一元五角。"中国式药房的主人说。

"贱一点好吧！那么六粒。"钱耀宗另一手掷出钱，右手的角票还遗忘般捏在手心。

跑回汽车站，客车身子正在颤抖，钱耀宗猛地从车门伸进一只腿。

"挤不下了。"司机歪着头喊叫。

"借光，闪闪手。"钱耀宗另一只腿也提上来。

车开了，斜驶着，奔入公路口，并且厉害地弹跳了一下。

"二姐夫……借光，闪闪……二姐夫。"

"你吵什么？"有人气势汹汹地向他喝着。

钱耀宗朝说话声的来向严肃地望过去，眼睛在告诉人们，说话者若被发现，他是会劈头给一顿拳头的。

——这些家伙，娇养得像是四蹄贴地的睡猪似的，它们的毛，都会蠢吼。

"二姐夫，给你寒热丸。"钱耀宗把手穿过站着人们的腰间，但他觉得没有手掌来接，于是继续地叫了两声。

"讨厌不讨厌。"

"你说谁？"钱耀宗抽回脸来，这次他是抓住说话的脸像了。

"你找谁？"说话的肩上斜挂着皮带军服，是一身黄呢料子。接着说，"到了金华，自然而然都会下车的。"

"金华！"钱耀宗像边凝想边走路的人，猛发现在自己面前刹住的救护车似的那样感觉,"不是开往嵊县的吗?"

挂皮带的脸斜过去,向在张望的客人们,递着讥嘲而不屑与谈的笑呢。

"请问一声,"钱耀宗对一个有着红番薯脸的说,"这车不是开往嵊县的么?"

"开往嵊县那辆车在这车开了后才开。你走反了。"

"开车的,停下,停下。"

稻田,密林,河流,有字的标牌……迅速朝后退着,接连冲来的,依旧是河流、稻田、密林……

"开车的停下,开车的,开车的……"

"你是做什么,我的老爷!"

"你停下,我要下去。"

"你要下去,他们可不要下去哪!"

钱耀宗感到受到侮辱似的,但又不便发作,他完全清楚:在这里是没理好讲的,是他们的天下。然而婉转动听的话,不是他自己不会说,就是不肯,他像握在孩子手里的蛙似的,鼓着胸,赌气,既不言,又不语。

"你坐车也不打听打听。"挂皮带的教训小学生般说了,"你是哪个部队的?"

"第六支队。"牵念姐夫无人扶持,他接着说,"我是刚从湖南回来……"

"下去!"司机打断了钱耀宗的话。

钱耀宗愉快而迅速地接受了这驱逐,跳下来。眼睛送着汽车直到隐没在扬起尾尘之后,才慢慢走起来,怀着像输了一大注钱的赌徒似的心情。

——妈妈的,挂皮带就那样神气,若不是想托他助把力,鬼才应他的声,有骨气到前线混混……开车的倒是个好好先生,就是滑一点。——他在想。

"卖鸡蛋喽,谁买鸡蛋?"

钱耀宗发现他是走在一个村口的侧面了。挑担的鸡蛋小贩,顺街左侧走去,背影弯虾似的。距离路边尺把远的池塘,正在村口。秋末的阳光,在瓦房的背后露出来,因之那茅草屋的纸窗上,割开黑白两片很明显的影子。一些超过甲级壮丁年龄的汉子,在黑影里,露出半身。

"鸡蛋多少钱了?"说话的是坐在凳端。

"镇上都卖十五个铜板,秃子收,只出十二个。"这一个农家打扮苍白的脸,很难看,两手袖着,脚下还踏着铜火炉。一只大红冠子公鸡,独脚站在炉边上,在斜着头窥察人们动静似的,小声格格地叫唤。坐在凳当中的含烟管老人,安闲地望着地,不声不响吐着烟,一口,接连又是一口。

后方多么安静,妈妈的,真正像是夏天柳树河边的老母猪,光知道躺在阴凉地方喘气。——钱耀宗更有点眷恋家乡的温暖了。

钱耀宗走过去,就问起路程来了。

"到嵊县,还有五十里。"农家打扮的那个说。

"那,到长乐就有五十里路咯,到嵊县一百里也多。"另一个辩解着,一边接过老人递来的烟管。

钱耀宗无可奈何地吐了口气,接着不得不打听,朝前走,还有多少路可能找到宿店。

"那恐怕得赶到德政乡去,你知道这里还是东阳管……"说话的人,喷了口烟,偏脸朝街口望去。

钱耀宗也被那边走来的长长的便衣装束的行列吸引住了。当这队伍开始在茅草屋前走过的时候,凳子孤独地被遗忘在坐者的身后了,谁知那是敬意,还是为了望得更清楚点,连老年人都站起来了。钱耀宗看出观望者们的眼神,似乎有某种兴奋的光辉闪耀着。

"你是哪里来的?"完全出乎意外的,队尾跟随的官佐模样的人物，在走过后又跑了回来。

"我是从×战区请假回来的，我的姐夫……"因为受不住严肃眼光的逼视，钱耀宗老老实实述说着，然而这话被挡住了。

"有护照吗？拿给我看看。没有，那么你是开小差的了？朋友，不要讲诳话，跟我去吧！我正需要一个熟手。"

"我这还有金鸡纳霜……"可是发现手里存在的是一叠角票，他数了数，虽然其间被那人拦阻了一回，终于他知道那是四角。

——妈妈的，客饭六角，可是还有碗钱。

"来，朋友，追随队伍，来吧！"官佐模样的人露着滑而善的眼光，似乎说——不要骗我，你的事，瞒不过我。

"我的姐夫还有寒热……"

"你叫稽查捉着，性命交关，来吧！——你看队伍那样远了，快……"

不等钱耀宗说什么，就半拖半拉地走起来。

钱耀宗在分辩着，可是像寡妇向跑到床边的野汉子讲理似的，软弱无力，因为他自己是很知道自己的脾气，用他的话说，是"老太婆掉了牙，吃软不吃硬"，就这样半拖半走、半推半就地接上了队尾。

载于1941年4月25日《奔流文艺丛刊》第4期

寂　寞

一

　　一九四〇年初头儿，我旅行中路过某战区，一座靠近敌哨岗仅七十里的城市。就在那城市的小旅舍里，脱下帽子，向桌上一掷，决定在这儿宿夜。

　　这城市，既古老，又偏僻。由于后方都市的商人都集中在这里办货，却又十分繁荣。现在已记不清楚它的名字。总之，这类城市在接近敌军占领区域外，随处可见的。不过这城市是在南方。我这时站在窗口，起初还能望见竹林和割过的稻畦，继之我仿佛还觉得时候已近黄昏。终于我凝目远望，却没有什么映入我眼里，我又被那一个不可解答的问题吸住了：为什么我这样寂寞呢？我在深思甚至于忘记我自己。

　　两三夜我失眠，又加以浑身发热，实际上我的眼睛已枯涩，想睡觉但脑子却还是想那两三天来没法解答的问题。为什么我这样寂寞呢？就这样直直站在窗口不久，偶尔我的耳朵激起一阵剧烈的嗡鸣；身子前后晃动，我的手在这瞬间伸出去。这时我心里还明白，手是在仓皇地抓扑什么。没来得及抓住可攀的东西，轰然一声，我就失去知觉。

　　醒来，我已躺在医院的病床上，铺的是洁白的衬布线毯，盖的也是洁白的衬布线毯。对面有个玻璃窗，一只沙发，和一个衣橱分列在两边，坐在我脸前的，是一位女护士。她有着热牛乳般白嫩的脸色，漂白的护士裙，瓜皮艇式软胎帽。她的眼睛清莹，像两只一望见底的清泉。我心里奇怪：这荒僻地界哪里还会有设备这样讲究的医院？那女护士见我睁开眼，无声地把一杯水送到我嘴唇前。我望望她，立刻也一声不响就着她手擎的杯子喝了两口。我的两手躲在衬布线毯下没动，实在我连动弹手指的力量都没有了。我的脑子却稀有的清楚，仿佛春雨洗后的山野那么清新透亮。我问那女护士："来院几天了？"我自己也觉出那声音低微且驯顺，正像一个久病的人说话那样低微且驯顺。那女护士不动声色，只伸出一个尖小的手指，没说一句话，就走出去。我当时很惊奇：怎么才仅仅一天呢？实在有个把星期那么久似的，同时又想：她简直是一块冰，怎么那样冷静？我住的定是基督教徒主办的医院。

后来我才知道，这是战地医院，而且是战区长官部办的。在这儿不但有简朴的医药室、手术室、诊室、疗养室，还有献身战争的回国华侨，担任医生职务，或是医务助手。但现在只有我一个病人。当我清醒以后，只见过那华侨助手。他是个青年，脸型正是南洋出身所有的那种轮廓明显的热带风采，胸肩健美。他谈了几句话，称呼那女护士为密斯王。仿佛我失去知觉那晚上，医生也曾来过。

"密斯王？医生不常来吗？"

"你不要想什么！"她仿佛望着我的头发说，"安静些，什么也不要想。"

——这骄傲的基督徒！我当时没说话。

二

我的病，慢慢有了起色。白天静静躺在洁白的线毯间。从窗玻璃中，望那深远奥秘的高空。有时几片儿稀薄白云，缓缓飘向远的天际。由于苍茫天底的衬托，使人极易想象到无涯的海洋几片儿船帆的白影，有时那些软绒般云朵，镶一圈金色边线，我知道那是夕阳的反射；有时那些云朵现着鹅绒黄色，我又想到早晨太阳是多么鲜美，以及受了一夜秋露淋漓的树丛和草地所现的朝气。夜里，我得见星斗永恒无变的陈列，得听落叶坠地的倏然声。每当深夜醒来，在美孚灯光下，照例望见值班的密斯卢那双明澈的大眼睛。不是刚抽回扭灯芯的小手，就是正在轻手轻脚开门。我的灵魂是多么安静呀！我的脑子仿佛一池安静的春水，没有一片儿落叶，也没有一线微波。风平浪静，而且是在树荫底下。

密斯卢有着半熟苹果般的红脸蛋儿，黄昏后出现，天亮前离开。起初她夜间来两趟，测体温，手诊脉。很少说话，然而从她那明亮的黑眼瞳里，我觉得她是好动的、活泼的，而且那眼瞳的流光欲滴，完全是和密斯王相反的人儿。后来她来得勤快点，并且能多逗留一会儿。因为我时常想谈天。日子久了，她也对病人熟悉起来。我问她："外边树叶儿完全离开枝子了吧？是不是野草都结子而且凋萎了？"密斯卢许是没听清楚我的问话，那两条浓黑眉毛立即一挑，用眼睛询问我说的是什么。

"再说一遍！"那黑亮的眼睛仿佛这样说。

不知道是怕惊扰病人，还是夜里的工作养成这沉默习惯，就是难得说句话，就是说话，也总是那么低微而短暂。但她那双明亮的黑眼睛又充分表明这不是她的本性，而确乎是被那日久年深的院规束缚着的，若是离开这儿，我想那悦耳笑声一定会从她嘴里嘹亮地流出来。我常常私祷——若是她俩调换一下，就是说那块冰冷的圣母型的密斯王值夜，这位活泼的密斯卢值日，那该是多好呀，那会畅谈不休呀！

白天我能起床的时候，也只能坐在绒沙发上，养会儿神，或是伏在窗口瞭望瞭望。走出门口可以随意散步，恐怕还得一个长久的日子。没有院落，窗外就是一片广阔的裸土。正是冬初的季节，不远有着发白的池塘，周遭几株稀疏的杨柳，枝头上几片飘摇的残叶，还在恋着母枝不肯脱落。一条石铺古道，从池塘边伸向前去，消逝在坟堆背后，坟堆上满是衰枯的乱草。那儿可见时隐时现的山羊，和忙完农耕将做长期休息的母牛、牛犊。远远树丛密立的地方，上空露着一两根冲霄的旗杆，我猜一定是病倒在那儿的城市了。向西是麇集的农舍，屋顶多是茅草，墙壁露着石基，显然是一个并不富裕的村落。周遭除了早午鸡啼，偶尔还能听见野外传来的牛哞或羊咩声，是多么幽静的日子呀！

当侍役送来午餐的时候，我托他代买一包纸烟，他说这儿规矩不许病人抽烟，我只要求抽一支，当然他有了九支赚头，饭后我就得到隔绝好久的纸烟了。午餐是一瓶热牛奶、几块饼干，一碟蛋糕并不饱，正好吸支纸烟才满足。坐在柔软的沙发上，正当划火点烟的当儿，密斯王走进来。我知道她会干涉，但不知怎么，没来得及躲；若是我在那瞬间能够镇静而无所避讳地含烟点火也好，谁知我那么愚蠢，把纸烟顺手投入袖口里，明明白白她是看见了，而且我的眼睛还是若无其事的样子，望着在拨弄的手指甲。

"这里不许抽烟呀！"密斯王说。说话的时候，她拿着温度表看，并不望我，走到我面前，仿佛一心怕记错那温度表上的度数似的。我不作声，闭眼含着温度表想："这女修道士，终生不会笑的。"实在我有点恼怒，并不是因为她禁止我抽烟，而是她说话的神气简直眼里没有我这人的存在。

她的脸色永恒是那么平静、冷漠，若不是温度表放在她眼前，谁也不知道她的眼睛是在望东西。她的细眉，薄的嘴唇，以及全脸嫩乳色肌肤，没有一点儿表情，谁也不知道她是在忧郁，还是在欢欣。就是她那澄清见底的眼睛，也仅表达出她是在平静中，仿佛从来没有愉快，也没有愁苦。她走出去正像进来时一样轻稳，在这病室逗留的五分钟之间，除去温度表，仿佛没有一件物体反映到她的眼睛里去。我失神地久久望着遮蔽她的那门板。

过后，我后悔不该鬼祟地躲烟躲火，为什么不大大方方地点烟，即使她说话，也有"不知道不准抽"这六个字回答呀！更难堪的是明知她看见而故装不知。那拨弄手指的姿态，是多么蠢呀！又想：为什么怕她蔑视自己呢？为什么想求她尊重自己呢？蔑视随她蔑视，这些无所希求的思虑是多余的，还想要求她什么吗？

晚上密斯卢来通知我,有批伤兵下来,于是我的病床挪到邻院一间谷仓里去。这一夜,极不安静,仓库里老鼠吱叫声、追逐声,还是小事;病院传来的担架兵吵闹,伤兵们的痛苦呻吟,加以手术室爆发的吼叫,直使我一夜没合眼,而密斯卢也一夜没来。仓库又阴暗,又潮湿,充满土腥和鼠粪的气味。

二

一连串是些常常听到伤兵们互相咒骂、厮打、咆哮的日子,而且往往这咒骂、厮打、咆哮是由于一两句闲话引起来的。譬如,有人在闲谈中插句:"你们若是没有我们 S 师在后边压着,恐怕早退下来了!""放你妈的……"如是吵闹声音扩大,而且分作两个阵垒。显然这两个阵垒是代表两个非一体系的集团。一天,只听这边一个人骂那边作"软骨头",并夸耀自己这边的同志是怎样果敢;那一边的伤兵也同样讥讽,起初一两个人对骂,随后是声杂音乱,分不清楚哪边人多。结果,"打!打!""抓过那小子……""给他一痰盂,闪开……"这之间响起一声女人的尖叫,接着是护士们的匆匆脚步声、解劝声。不久,密斯卢跑来,脸蛋儿越发红,喘着说:"他们又打了,他们又打了……"眼睛流着泪滴儿,嘴却在笑着。泪滴儿仿佛在恐惧时涌出眼睫毛的,那微露白齿的巧笑,又仿佛在自讥胆小。那是一般自己饱受虚惊,不值一叫所有的那种自嘲的微笑。总之,不管是恐惧,还是虚惊,你可以看出密斯卢是愉快地享受着这刺激。她的黑亮眼珠儿似乎说:"这怪好玩的,真兴奋呀!再演一回才有趣儿!"这时候,我想和她说什么,她伸出一指示意不要响,她的眼睛凝视着门外;其实,她没有望什么,她是在注意谛听隔院的低落下来的人声。等到哑默悄静了,她就迅捷地伸展着胳臂,跑出去,像伸展着翅膀的春燕那么迅捷。我招呼她,要她带点儿开水来。

"你等着,一会儿就送来!"她边跑边扬声说,连头也没回,就消逝在竹篱门外。送开水的不是她，而是密斯王——那西欧女修道士型的人儿。

她还是我第一眼见到的那样冷静，永恒的一具既没快感也没苦态的牛乳色脸子，所不同的是眼睛偶尔会望我一下。不过她那眼睛向着我那一瞬间，我觉着也没有把我吸入眼里。每天她照例来几趟。有时进来，眉宇稍为一皱，我知道她是嗅到纸烟气味，作兴会发脾气。但那眉宇立刻平静下来，仿佛知道是什么气味了，不说什么，自顾自去打开窗。

密斯卢很少再来了，夜里照顾我的换了一个男护士。这青年，喜欢谈天，他告诉我，他们一共回国十二个看护士，七个女的只剩下"小卢"和"王芳"。"她们呢？"我问。"她们都做官太太去了。"于是我对这遗留下来的两位少女，开始有敬意。

密斯卢虽然不来，白天倒能听见隔院飘来属于她的笑声，那笑声仿佛春天映着阳光的溪流，又畅快，又嘹亮。

我能到有杨柳环绕的池塘边去散步的一天，又碰见密斯卢。她的苹果红的脸蛋儿，越发红润。不知是冬天阳光的渲染呢，还是日久埋在谷仓的阴暗光辉下而初次在阳光底下看人的缘故，我觉得密斯卢和铺着阳光树影的池塘一样，鲜明而有光辉，她眼睛的流光，更加活泼，像是滚在树叶上的水滴儿。上身是蓝布褂扎着白色的护士裙。没戴帽，赤脚套着一双平底白鞋。

原来，伤兵们元气已渐恢复。有的坐在池崖枯草上钓鱼，有的站在树旁，凝视着池水浮动的鱼漂。

密斯卢斜肩靠着一株老柳，两臂交抱着，在望对面的垂钓青年。他两膝促胸，一手吊在套脖子的绷带上，一手擎着柔细的钓竿。

"有了，有了，咬呢……"密斯卢说，说的声音平稳无力，像对自己说，又像叫别人不要响，也来注意那泛起的水纹。

那对面垂钓的青年，向她挥手示意。意思也许是不要响，也许说不是鱼咬食儿。我看清他那有军官风度的健美脸孔，眼光果敢有力，肌肉现着乌黑色。当他甩起钓线，空间闪耀着在跳的一尾鲫鱼时，我想一定能激起密斯卢一声欢呼。岂知不然，她依旧两臂抱胸，不声不响。两只黑眼珠可确是向那鲫鱼望，仿佛她在思索什么，压根儿没望见那鲫鱼。

"过来呀，小卢！"青年垂钓者在招呼她。

她挥着手缓慢地走过去。之后，就坐在那青年身旁，赏玩着面盆里几尾游鱼，很沉默。南方的冬季，阳光异常暖和。我感觉懒而无力，不久就回到那阴暗的谷仓里去。

"今天精神很好吗？"听见王芳小姐这样发问，还是第一次。声音就像雨后屋檐下坠的雨点儿那么清脆。

"还好。"

验过体温，她就走开，脚步依旧轻稳，简直是一个女修道士的幽静，我又这样想。

傍午，我从窗口望见池塘边，只剩下密斯卢和那健美的青年了。他俩都是促膝坐着，在谈论什么，仿佛没有多大兴致，坐在一块儿不得不谈似的。密斯卢的脸蛋儿是低着的，并且在撕一株株枯草。

当天晚上，我又听见密斯卢的悦耳歌声。那歌声从我窗前飘过的时候，我望见那伸往城市的石道上的影子，在用脚跟回旋着身子，头发和裙子都四下飘舞着，她是在极度的狂欢中娱乐着自己。但究竟有些什么使她那样快活呢？

三

垂柳发芽抽叶的春天，我完全恢复了固有的健康，全身生气勃勃，充满坚强的生命力。这时，我已搬到那贫穷的村落里去。房子是自己租的。准备写一封信，决定动身的日子和方向。因为空闲，往往到村外去散步。

好久，我没碰见受伤的兵士和官佐，只见燕子在医院的病室间，飞出飞进。而密斯卢，我是常在黄昏时遇见的。她不再那样快活，眼珠儿也失去欲滴的流光，脸蛋儿仍是熟苹果那么红润，而且走路，变换着低眼望着鞋尖的姿势。我想她一定有什么忧郁了。

在我离开那村落的前一天，我到战地医院去告别。为了能够碰见她们俩，我迟迟到黄昏才去。工役们都有礼貌而热情地问候我。我道过谢，就走进护士们的休息室。

密斯卢和王芳小姐，正在一块儿喝茶。王芳小姐在我出现的那瞬间，用眼睛望着我，仿佛说："您又有什么病呀？"立即又知道我是道别似的，就站起来。在这瞬间，密斯卢连声说："欢迎，欢迎。"并拖给我一把座椅。为了给王芳小姐那种傲岸而冷淡的姿态一个小打击，我表示来向密斯卢告别，并且说话时极力避免去望王芳小姐，对前者又故意嬉笑逢迎地找话谈。

"你问现在吗？"密斯卢说，"只有一个军部的伙夫……有什么事做，真寂寞哪！"她轻轻叹口气。

"假若你没有什么私欲，寂寞不会生出来的。"王芳小姐说，"这就是说，你的私欲没得满足，为这你就寂寞，寂寞……譬如你有谈欲，没有人谈天，你就觉得日子无聊……"

"不。"密斯卢打断她的话，"我是说整个的寂寞。中国像是没有战争的状态一样！"

后来，我得到一个消息：密斯卢那年春末，就出嫁给师部一个副官主任，年轻，受过一次伤才得到这个缺。而王芳小姐，依旧在服务着。当我深夜闭住眼睛遐想的时候，那王芳小姐的影子逐渐巨大，而且有如见底清泉的两只眼睛，似望而非望地对我发笑。并且说："假若你没有什么私欲，寂寞是不会生出来的。""严肃的工作，只在那些沉默人的手里。"又仿佛一个影子对她赞扬。泪滴儿跳出我的睫毛间，我在为她祝福！

1941 年作

庄户人家的孩子

一

有一年秋天，我跟随母亲到屯子去分粮，在那儿一直住到冬初，同去的还有两个妹妹。那时候我还在县城小学校里读书，因为暑假当中生过一场很重的病，以致误了开学期，不得不休息半年，这就给了我第一次离开城市到乡下旅行的机会。

父亲的窝棚是在俄罗斯的海参崴（编者注：今符拉迪沃斯托克）和朝鲜咸北境的军粮城之间的三角地上。距离县城足有九十里路远，坐高丽牛车，得在半路宿一宵，所以大盘岭脚有两个小店，随便你第二天起早爬岭，还是当夜过去，在山岭山阴都有宿的地方。

北方的秋天，霜很大，九月间树叶就在路上到处飞滚，白桦、白杨，都脱光了。落叶一片一片地在路上飞滚，发出喊喊喳喳的声音，等你拾到手里，叶子就立刻碎裂开来，真是仿佛失去生命的枯骨，那么焦，那么脆。榛树丛、猫爪子、狼尾草什么的，也全都凋萎不堪。只见满山一片秃林白草，又加阵阵秋风，时时冲击着车棚，局促地坐在牛车上，越觉瑟缩、困顿，因为本来就被长途颠簸得倦怠了。

那牛车的车轮高过车棚子，一路上车轴吱吱尖叫着，是多么单调而凄凉的声音呀！坐在车上的人，都静静的，一点兴致也没有。母亲是最能谈天的那种城市妇女，在家里时，只要走进大门，就能听见她高亢的说话声和响亮的笑，那种男人气势的声音。有时我们放学回来，若在院外发觉家里悄然无声,往往就到隔院油坊去找,在那儿老远就能听她爽朗的谈论。现在她也索然无语,仿佛在想很邈远无际的事情。

"妈,还有多远?"

"快到了——你看你的鼻子,全是灰。"

起先,我还望着两只牛犄角出神。那两只牛角尖慢慢粗大起来,一点儿一点儿形成两座高塔,周围是灰蒙蒙的雾。我仿佛傍晚到夜学馆走错路,站在两座塔前,迷迷蒙蒙觉得暗地里有人追我,于是跑入塔旁一座大庙里去躲藏。一个黄脸黄袈裟的和尚,口中发出吱吱的声音,我立刻掉头就跑,到大门住住脚儿,腿还不止地哆嗦。那黄脸黄袈裟的和尚,缓慢地走出来。魔鬼那样严肃、神秘。仿佛并没有望见我,却吱吱念着什么,向我走来。我突然挪不开步了,我猜他念的一定是什么魔咒,而他的眼睛还没有望见我似的向我望,这是多么恐怖的一双眼睛呀!心里尽是着急,两条腿却定定地站在那儿不能挪动,于是我想呼喊,可是连声音也仿佛被这和尚的咒语取去似的。我竭力地想呼喊,想发出声音,然而始终发不出来。当那和尚将要走近我的身子,而且我清楚地望见他那双无光的眼睛,直视着我的前额,却又似乎注视着我的头发,那瞬间他那双宁静的眼睛,是极可怕的,终于我喊出声来了,同时听见母亲召唤我的声音。

原来我还坐在牛车上。大盘岭已经老远老远遗留在我背后,为暮色所隐蔽。星星和萤火虫的光点,饰满了夜空。这时候,我的两腿麻木,失去所有的感觉,于是我掀开羊毛毡,下车跑了一小段路。不久,望见一片片白茫茫的水光,这是第二道泡子。父亲的窝棚是在九道泡子。牛车越过最后一座山峰,星空下展开一片广大的空旷。散布在这块空旷当中的高丽屯子里,传来或远或近的激烈的犬吠声。映入眼里的,是一望无际的草原的黑影。遍野一片,全是唧唧的虫鸣了。

母亲这时候,谈兴淋漓,时而问车老板:"今年大房子王家开了几块地?"时而又指点给我说:"这是你王家大叔的草甸子!那是你荆家七大爷的元宝山!你看见没有?就是右手边那座像元宝的山。"衬着深蓝的夜空,我见有许多耸叠的小山峰,原来我们的牛车是走在高岗上,然而实在分不出哪个像元宝。

"这不是吗?你这孩子……"

"哈!望见了。"其实,我并没有望见,不过装作望见的样子,点着头。母亲就诉说关于买那元宝山的一段故事。大致是卢布贬价的那一年,荆家七大爷得信早,就把所有低价收进来的卢布、黄条子,以及少许的马克,全数秘密地运到黑顶子来。那时候城里各商号都拒收了,然而,在这九十里外的闭塞地方,极迅捷地在一天晚上就买下这座山,以及附近两千亩广的草甸子。旷野十分寂静,母亲的说话声,在夜空更响亮、更清楚,一方面也因为彼此只是一个幽暗的影子,仿佛听觉顿然增强两倍似的。正像我们行夜路时,那种连自己的谈话都清楚入耳的感觉一样。车老板更是谈兴勃勃,用鞭子指东指西,说是现在这些高丽人都有民会保护了,"挺霸道","不讲一点情理"。譬如咱们窝棚的中国地方,有谁把牛放在八道泡子吃口草,他们那些高丽人,就会给你使鞭子赶跑了之类的话。每遇这类话,母亲就必定说:"你说说他们还要造反呢?牲口在他们的地方吃把草,就用鞭子向外赶,看我不给他们堵了水道。他们不管是八道泡子,还是七道泡子,哪一个屯子不使唤咱们的水。不是咱们窝棚那口山泉子,天旱他们靠什么?我问问你!"母亲说话时,用拳头捶着车辕,夜色里虽望不清楚母亲的脸,只从话音里就知道母亲像果真看见中国地户受外屯子高丽人的气那样气汹汹的。

这时候,牛车贴着山脚走。在拐入一个谷口的时候,眼前就现出远处的林叶之间的一星大小的灯光来。

"到了大房子王家了,还有三里路。"车老板子对我说。意思是:加点劲儿走吧!有盼头了。牛车在狗吠中从林叶背后越过去。不久,望见另一个灯光闪耀的高丽屯子，这是父亲窝棚的朝鲜地户居住区。

二

车老板家，就是帮着给父亲经营地的主儿。一家六口人，白白种着二十垧熟地不交租。另外是一个朝鲜地户的首脑，名字叫金秉湖，白种着两块湖边地。

我们住的房子，就是从金秉湖那座整洁的朝鲜茅草房里划出来的。一条矮炕，隔成三间。两小间一明一暗各有躬身才能出入的小门。第三间占着把那两小间合并在一起那么大的炕，就是说占着整个炕的一半，作为厨房，抽烟、吃茶、谈天、会客、聚餐的地方。既可从明、暗间的小门出入，又可从炕下经过灶口侧面的房门走出去。炕对面就是牛棚，来往牵牲口，完全是从灶口侧面那个房门出入的，所以这儿牲口粪混合着鲜草的草腥气味，分外浓烈，刺鼻子。

我们多半走明间那个鸽楼式朝阳的小门，那间的西壁另有两口纸窗，炕上铺着席子，在这里只好不穿鞋，一个完全带着日本风的屋室。所以我也就得了借口，整天跑到四周山沟里去玩，除了吃饭不愿回去。盘膝坐在那炕上，我以为这是囚犯所受的惩罚。但两个妹妹，我又不愿带出去。每次母亲叫着："连儿，把克克和水莲领出去！"我就一边支吾，一边跑掉。母亲总是从背后骂着，克克和水莲也哭了，但回来，却一向什么事儿都没有，仿佛她们都已忘记了，等到我再出去，母亲又喊，妹妹两个又哭，只不过如此而已。

第二天是我永远不能忘记的日子，在屋后打稻场上，我碰见宝莉了。她是一个又美丽又活泼的高丽姑娘。她牵着一匹母牛，站在后山那条走道上，向我们招手儿。这里所说的我们，是我和车老板的第二个弟弟根土，当时我们在打稻场上，正预备偷一匹公马骑，围绕着打稻场，我们走了两圈儿，总得不了手。于是现在就向她走去，只见她和根土说着朝鲜话，那一瞬间，她的一双乌黑乌黑的放光眼珠儿，向我瞟了一下，仿佛说："我对他谈你呢！"同时，露着雪白的牙齿一笑。本来我远远站住，做着浏览景致的姿态，现在不由自主地把双手插入裤兜里，打着口哨走过去了："她说什么？"

"她说她早就看见你了，你可没看见她。"

"她在哪儿看见我的？"

"在家里，你们就是住在她家里呀！"

这时宝莉又向根土说什么，仿佛是问我刚才所说的话，这从她那有着黑宝石光芒的大眼睛中，就能看出来，之后又向我讨好地瞟了一下。每当她一望，在我心灵深处，就飘起一阵颤抖的美感，像一个寂寞地走着夜路的人，遇到两道明亮的灯光那种感觉，那是多么甜蜜而愉快的两道眼光呀！我立刻就迷醉了。

"到那边去呀！那边山顶上。"我完全失去城里的学生气派了。在一个天真的圣洁的美女前，我失去矜持力了。根土对我和宝莉这种初见就亲昵如故的样子，有些吃惊。前一分钟，我还用城里那种高贵姿态说话的。虽然那时我刚十五岁，就会冷静地说："根土！去把马牵出来呀！你老是怕什么呀！"正像父亲对使唤人的命令语气一样。而且从昨天晚上开始，我对这个屯坡孩子就没有好感。我不知道，为什么根土连脖子都不洗。他的尖削的下颌，黄瓜脸，以及眼睫毛，都是灰土模样，加上两脚又拖了双大人鞋，棉衣更是臃肿不堪，处处都使我反感。从一遇到宝莉开始，我一直没有望他。仿佛我面前只有一个仙女般的高丽姑娘，除了我们俩，就是伏在身侧的北山，和沿山脚蜿蜒开去的小道都不存在似的。若不是根土给我们翻译，那只不过是一团空气罢了。根土的翻译，在宝莉的脸上起着一种愉快的反应。她的眼睛望着我，秀美的唇，飘着微笑。她摇摇头，对我说什么，又发觉我不懂，就用眼睛命令根土翻译。

"她爸爸在那边等她牵牛去呢！"

于是我说："我们也去看看。"

宝莉很兴奋，指手画脚地呢喃不休。而小道上只能容一个人走，我们当中又给那条母牛隔着。宝莉说话工夫，时而回头微笑，时而向前望着。我几次想越过那头牛，和她并肩走，可是几次走到母牛后腿旁边又胆怯地退到它尾巴后头。

道旁展开一片洋草甸子，野鸭给人声惊起，咯咯地高声啼着飞向对面山脚。山谷十分幽静，偶尔也有清亮的溪流声，潺潺传来。北山后，现出一块稻田，山背上立着一片浓密的玉蜀黍林子，金秉湖率领着两个年轻的高丽人正在收割。

母亲的说话声，在空寂的山谷间飘扬着。因为她发现玉蜀黍的棒子，多半给人摘光了。这样，地主分到手的，只不过是些玉蜀黍秸子了。这是中国地主和朝鲜地户每次分粮所必有的纠纷。实在那些穷苦的地户，终年是不够吃的，夏季就不得不把尚没有成熟的玉蜀黍、马铃薯等，在和地主四六分以前，偷取着吃。金秉湖一边说："没有法子，房东，吃的不够呀！"一边收割，有时也直起腰来，高声笑着申辩两句。

我叫根土和我一块儿停留在洋草甸子的谷口等候宝莉。实在我不高兴当着宝莉面，看母亲对金秉湖那种申斥的样子。为什么宝莉会是金秉湖的女儿呢？她应该是住在皇宫里的公主，就是宝莉那并不洁白的布裙子、褪色的红小袄，在我眼睛中都是新鲜的、美丽的，而且她是赤着脚。是多么醉人的一种风姿呀！

不久，宝莉跑回来。我在她眼前，仿佛一个猫在河边望着水里漂来游去的鱼儿似的。只是根土在我们当中打搅那一瞬间，就是说他和宝莉搭谈的时候，我觉得不愉快、妒忌，而且又羡慕他一口流利的高丽话。然而我也不给他们时间交谈，每当宝莉那双娇媚的眼睛投向根土的时候，我就问："木斯格？木斯格？"揽回她的注意，似乎我直接就能听懂她说的什么，告诉她不必和另外的人谈，我会明白一样。实际上，只这句"做什么"，还是刚刚学会的。

根土往往抢先告诉我，说她的意思是：你若早来一个月，更好玩。

我们还能到九道泡子去采菱角，她说那里还有荷花。又说，他们常到北山后去捉腊嘴，它们都在线麻林子里修窝。他今年夏天还在豆子地里发现一窝百灵鸟。根土说话的工夫，宝莉一直凝视着我，那对诱惑性的黑眼珠儿，表示探询我是不是对根土所说的话感兴趣。起先，我还注意听，末后，我知道他没有把她的话传达完，就插上他自己的话了。谁愿意听百灵鸟什么的？而且他竟把宝莉和自己，并称"我们俩"。我不愿意根土老是打搅，宁愿我们俩不说话，用眼光彼此交流着喜悦、幸福、愉快……

总之，我们一路跑着、跳着，一路沉浸在忘我的大快乐里，及至走到稻场，我吃惊我们脚步的迅捷了。我觉着，只是一秒钟的时间，我们就走到了。

这天傍晚，宝莉烧饭，我给她抱柴烧灶，我们只有两个人，在忙乱间，交投着愉快的眼光。当我把火烧灭的时候，宝莉就爽朗悦耳地笑起来，因之有两次，我故意装作不会烧火的焦急样子，把柴添满，于是火熄了，于是我俯脸去吹，装着焦急的蠢相，于是宝莉的悠扬笑声又在炕上飘荡起来。那时候，我为什么那么顺从地乖巧地讨她欢心呢？就是现在也不知道。当时我只顾忙着，烟刺激得眼泪滴滴，并且额角汗水淋漓。我不知道为什么，宝莉的笑声越来越响，她的脸蛋儿也越来越红润了。她指着我的脸，并掷给我一块镜片，我这才发现一个污黑的脸蛋子，闪着汗光，黑黑的，几乎连我自己也不认识自己了。原来我的前额，给灶口的黑烟涂黑，又被汗水冲染了满脸。我这时更洋洋得意，对宝莉伸舌咧嘴，博取她的欢笑了。这一晚上，是我童年生活中最幸福、最愉快的一个晚上，当我日后发现学期考试的榜上名列第一，或是从前和同学们赌纸牌，赢了全部作为赌注的纸烟牌子，都没有这种深入灵魂的兴奋。不久，听到老远牛车所发出的轮轴转动声，我们俩立刻凝静下来，一个松鼠窥见行人那样，宝莉敏捷地跳下炕，对我悄悄地说了句什么，打开那个牛槽旁的门，走出去了。

我听到她喊"阿爸基"的声音,也立刻逃入炕上那个通明间的小矮门里了。究竟我们是怕什么呢?我的心跳得那么厉害。好一会儿,我还悄悄站在炕中央,连眼睛也定止似的听着……卸车声音之后就是牵牛的动静,仿佛那牛腿还给缰绳绊住了一下……牵牛人的脚步,是那么轻捷,那一定是宝莉。不久又听到母亲和两个妹妹的说话声。这时心口才逐渐平静下来,于是我迅捷地用湿毛巾揩净了脸。

晚饭,有一碗俄国做法的苏布汤,就是马铃薯炖牛肉,外加一点红柿子,这是我平日最酷嗜的一种口味。可是这晚,我吃得很少。两个妹妹可格外高兴,吃得津津有味,她们告诉我,在草甸子里,她们怎样捡到一个野鸭子蛋,又说明天她们一清早再去找。

"你去不去?"

"我不去!"我厌烦地说。

"我知道了,你和宝莉好,我看见你在草甸子谷口等她。"克克说。

"看见,怎的?"

"我告诉妈……"

"告诉去!告诉去!"

"你们还拉着手……"

"谁拉着手啦?"我就在她膝上用力捶了一下。

"妈!"她叫,"你看,他打我!"

"谁打你来,人家好好坐在这儿。"

"哎!"母亲恳请似的说,"别来搅闹我吧。"母亲正在那儿计算今天所分的庄稼的数目。

三

离开宝莉就是一分一秒,那又是多么悠久的时间呀!

黄昏时候,月亮现出明洁的光辉,我终于抽空溜出来。在屋后伏着窗户探听宝莉有没有动静。我仿佛听见金秉湖和谁用朝鲜话低声谈什么似的。踮着脚尖一直走到打稻场,只有叫根土把她招呼出来。月辉下,稻垛、石碾什么的,都拉长影子,静静地睡着。

"根土在家吗?"我双手插入裤兜里,站在茅草屋的门前。

"一撂下筷子,宝莉就把他拖出去了。"说话的是一个中年农妇,头发蓬蓬,永远盖着脸,一个女妖似的,并且称呼我作"根土他大哥"。

"什么时候出去的?那么,到什么地方去了?"

"你向九道泡子那条道上去找找,谁知道他们疯到哪儿去了。"

我难过,孤零零像个游魂般走向九道泡子。几次想回来,永远再不和宝莉见面,然而腿却依然朝着白茫茫一片的湖岸上走。至多不过踟蹰一会儿。又经过几个高丽坟,我很想哭一通,为什么宝莉去找根土玩呢?而且背着我,我极怕鬼,尤其是夜间不敢走黑路。可是这晚上,我来往在高丽坟附近走了两趟,却一点儿也没想到可怕的事情,并且我也看见一口没有入土的薄板棺材,然而像看见一块漠不相关的石头一样。湖水寂寞地发出神秘的絮语,而且东山时时有狼嚎叫的声音凄厉地传来。遍野一片草虫的鸣声,星星在眨着眼儿,一点儿可捉摸的人声都没有。于是怀着巨大的悲哀,又孤零零走回来,我决定永远不要再和宝莉见面了。

"我要回城里去!"我说,"我住不惯这地方。"

"庄稼没分完,你怎么叫我回去!"母亲的眼睛,仿佛发现我有了什么隐秘的苦衷似的,"怎么的了……可是明天你得到七道泡子去借两支枪,叫你邢家大舅给雇两个打更的来。庄稼放在外头,没人打更不行,你知道马铃薯还没刨出土,这几天就叫这些穷高丽夜里偷着挖去不少。"又说,至于我自己不高兴在这儿,可以在七道泡子多住几天。

为了不和宝莉见面,第二天清早就动身了。可是在路上,我又渐渐后悔了。我走得太唐突,不该不偷着瞧瞧宝莉做些什么。或是试探一下,她对我外出的口气。尤其是,他们昨晚上到底是做了些什么呢?

我应该刨根究底弄个明白。这时我又非常后悔，昨晚向她取媚的那种蠢样。正是一个失去情人欢心的人，后悔以前在情人眼前的种种轻薄态一样。感觉有伤自尊心，感觉痛苦。

七道泡子距离父亲的窝堡有两里远。邢家大舅，就是那个邢家七大爷的经理人，一个常年不离酒的人。当天，我和两个更夫又赶回九道泡子。路上，两个高身量的中国雇工，还试着枪，猎获一只野兔，他俩喧笑着，彼此抢着那个握在手里边温暖的兔子，我可一点儿愉快也没有，只摸了摸兔子的耳朵，又催促他俩快些走。

在打稻场的井口，我遇见宝莉了。本来从大道上可以走过去，我却走那条经过宝莉身边的小道，并叫两名雇工跟随着我走，果然宝莉露着整齐的两排小牙，老远向我笑了。那是充满无限的欢意和准备接受惩罚的微笑。我两手插入裤兜，打着口哨，若无所视地从她身边走过去。拐弯时，我回眼偷着向她望了一下，宝莉还站在那里向我凝视，苍白着脸，立刻要失声哭泣那种神气。我可是不动心，谁让她昨天使我伤心了一夜呢！送那俩打更的到根土家吃饭的时候，我又和宝莉碰见一次，这次她却垂着纤细的眼睫毛，我立刻难过起来。

我知道根土在东山刨树茬子。那是苏联国防巡境马队常常出没的地方。到这儿第一天，母亲就警告过我，不许走近东山沟口。可是现在我管不了这些。每一个广阔的山谷，都有一片丰密的草原，我匆匆走着，这里没有人迹，没有牲口影，偶尔有老鹰在空谷间飘悠的影子。

走到第三个谷口，我老远就听见根土刨树茬子的响声，回声从四面山峰强烈地攻来。

"根土，你们昨晚到哪儿去了？"

"没有到哪儿去。"根土的眼睛怯怯地闪着，"就在九道泡子玩啦。"

"你不告诉我不行。"现在我顿然明白，内中定有隐秘，显然他是在支吾。

"没有到哪儿去呀！"他说，"你不信问问宝莉，就在泡子边，捉小鱼。"

后来他支吾不过去，知道我确实到湖边去找过他们，才说，若是我答应不回家告诉母亲，就全盘告诉我。

他说："我们到西岔路口那块地，偷马铃薯去了。"

"谁家种的？"

"我们自己家种的，明后天就要刨出土来和你们四六分了。"

我叮嘱他，今晚我和他们一块儿去，叫宝莉等着我。我又问宝莉今天对他提过我没有，又问她昨晚为什么不敢找我，当我获得满足回答之后，我打着口哨，并用一只脚跟旋转着我的身子，还有什么比那时候——确知宝莉和根土的友情并没有超过和我的感情更快乐的呢？她之所以背我去邀根土，只不过是怕我告密而已。我完全脱离了那种嫉妒所给予的困扰，仿佛要伸臂飞向空谷，这种飘飘欲起的感觉，充满我的心灵。

意外的我又望见宝莉的影子，她蹲在井边洗菜，我想换双鞋，就连忙跑进屋去，因为那双布鞋在七道泡子时，已经沾满草甸子路上所特有的泥泞了。不知怎么偶尔一想，趁着母亲和妹妹不在家的机会，我偷了两把饼干和香蕉糖，鞋子也没换，就向宝莉跑去。宝莉吃惊地瞧了我一下，之后，冷冷淡淡站起来，做出要离开井边的样子。

"宝莉，这个吃的。"现在回想起来，这是多可羞的一种心情呀！

当时，她转过脸去，表示不愿意望见我。完全绝望了，我失神地站在那儿，话也说不出来，手脚仿佛僵直了似的，活着的恐怕只有我那一对眼睛吧！在她那秀美的眼睫毛间，挑着一滴晶莹的泪珠儿。喃喃地说："你的——聂赫老哨。"这是一句在当地流行的俄国话。然后她像抖去身上那些悲哀东西似的，提起盆子要走。我呆呆站在那儿，直望着她从我身边闪过去，突然我又冲向前去，挡住她的路。不管她怎样恼怒，怎样躲闪，终于我把饼干和香蕉糖放进她的衣兜里去了。阳光从云隙透出来似的，她脸上完全给那光辉照耀得动人了。我脸上那死气，立即也被这光辉渲染了，笑着，摇撼着她的手臂。最初她的眼睛还不时露着埋怨的气色，呢喃着什么，当我争着替她提菜盆的时候，我们就完全和解了。

夜晚，我们怀着兴奋的心情，去偷马铃薯。大家静悄悄地走着，竖耳探听有没有那两个打更的脚步声，那是世间最愉快的享受了。大家在战战兢兢中，随时准备着一个大的恐怖的打击。还有什么比轻手轻脚和一个异国的漂亮姑娘打手势，用眼睛交谈，在夜里偷马铃薯幸福的事情呢？而且我们知道打更的有两支快枪，尤其是我，还怕他们发现这小偷中有他们的少地东。

1941 年秋作

生活的意义

我们一共九个人,从前线撤退下来,说是调到后方休养的,可是谁也不知道什么时候,再能出发。你想,我们拿枪的老粗们一离开抗日的战争,日子过得还有什么味道呢!

在旁的部队里,可以凑合一把人,玩玩扑克,押押牌九。再不,找女人,可是我们不成。因为我们是四十年代的革命队伍。见了女人,总是规规矩矩的。我们部队的同志,遇到敌人的大包围,村庄上妇女之所以能和同志们亲嘴来证明是自己的丈夫——这地的良民——就是因为我们规矩。

我们是住在村前孤立的一座祠堂里,门口是一个大的污水池。村子里各户的垃圾,都倾倒在池边上。此外,这池子还是水牛的沐浴所。每当傍晚的时候,这里总有几条水牛的犄角,从池面上露出来。起初,我们就坐在祠堂门口,面朝这池子扯闲白。有的蹲在石台阶上,有的背倚着油漆剥落的廊柱坐着。我们当中一个最有人缘的同志,惯常是牧童吹笛式,横坐在形态不整的石狮子背上,有时一只脚还踏着石狮子的头部,讲的不是自己某年在某地遇到漂亮迷人的情妇,就是确有名姓的某队同志往昔的艳遇。到后来这些故事也讲完了,于是有人提议走五道[1]。不久,走五道也走腻了。这时,我们就顿然涣散起来。有的人一天到晚补裤子,有的人抱膝坐在背人处打盹,更有人坐卧不

---

[1] 走五道:一种棋艺游戏。

停嘴地低声唱小调。彼此碰头也不打招呼，各自走各自的，即便说句话，也不外是："今天吃饭怎么这样晚？"问的也不指望人回答，回答的人也知道，说句"可不是怎么的"，就算是交谈了。实在说，整天整夜在一块，又没事做，有多少话还有说不完的。

说实话，也并不是没有事情做，我们每天有早操、识字的文化课、小组讨论什么的。可是这些都不入心不入耳的，还不如小队长号召我们清除池子边的垃圾来得起劲。那天我们光膀子，一天就打扫干净了。第二天，我们找不到别的活做，池边上的石头子都捡净了。于是又恢复了以往的日子，打盹的打盹，补裤子的补裤子，一天每人说不了两句话。

每天，那个迈八字步来给我们上识字课的女指导员临出门对我们说："你们有空倒是念念生字呀！"

"念呀！"那个整天补裤子的同志说，"我们哪天手也没离书呀！可是念不会有啥法子。"

所以我们为了不使她有说话的把柄，她在眼前手里总拿着识字读本。人，谁不要面子呢？等她一走，书本就纷纷落到地铺上，就是手里还捧着读的，你若是不惊动他，一袋烟工夫，他就会发出微微的鼾声来。

"什么时候出发呀？要叫我们在这里老死吗？"

"鬼知道。"

"怎么今天吃饭这样晚哪！"

"勒着肚子等吧！反正也没事做。"

这是我们经常说的句子。

有一天，吃饭后，我们又坐在祠堂门口，实际上坐在这里，并不比坐在院里有趣，不过眼睛能一望无际，见到广阔的天空，见到一片成熟的稻田、几只飞鸟、三两头水牛，胸襟稍微觉得舒展一点罢了。那时，夏末的夕阳，不暖不凉，池边上还有燕子和苍蝇的影子，来往飞动。一群鸡雏和四只小鸭子追随母鸡的啾啾呀呀声，是这寂静天空唯一的音响。另外就是一个老妇人洗衣服所弄的水的流动声了。

池子周围，只有她一个人。两膝跪在石板上，弯着身，时而把衣服浸在池子里拨荡，时而提到石板上揉搓。我们谁都望见她了，但又似乎谁也没有望见她。就这样，我们各不相属地坐着，仿佛一坐就能坐到天黑，专门等候着吃完饭就困觉似的。

那时，我们确实是突然地听到洗衣老妇一声尖叫，就站起来了。全都吃惊地向她望着，发现她半蹲半跪的，两手撑地，想站起来，而腿抖索得又站不起来，同时嘴里呻吟着，正像我们平常日子意外地遇到扑人恶狗，没有受伤而给吓了一跳后，喉里会发出那种战栗声音一样。于是我们纷纷跑过去。每人的脸上都是严肃的。

她现在已经仰身倒在石板上了，眼睛望着天空。那眼睛表示她还留在恐惧的意识中。手腿抖着，脸色惨白。

"怎么的啦？"

"她准是犯了羊痫风。"

那时她的眼睛还是直直望向天空，在恐惧的呻吟声中，我们听清楚一个字："鬼。"

"鬼！"

"在什么地方？"我们这时没有笑，确实感到周近真躲着一个鬼似的悚然。等我们望见老妇的手向旁边池子一动的时候，我们才笑起来。一分钟以前的严重感觉全都消逝了。那个整天补裤子的同志，笑得声音特别大："喂，男鬼女鬼呀？"

"你们笑什么？"我们的小队长正色向我们说了一句，就低头问她，"你是看花眼了，大天白日没有鬼。"

"……鬼咬我的手指头……"她嚅嗫地自语式地说。

"真的，你看咬得指尖血红呢！"那个整天补裤子的同志，抓着她的手给我们看。那时，我们已经扶起她来。小队长一面给她拍着背后的尘土，一面说："老太太，你是叫别的什么咬了吧！别怕，我们送你回去，大天白日没有鬼。"

"怎么没有鬼呢！"那个最得人缘的同志正言正色地向老妇人说，"我家有个亲戚就是洗衣服叫鬼咬了一口得病死的。不过她是在河里，鬼抓她做替身，临死她说……"

"你不要听他胡说，老太太，我们送你回去吧！"

"怎么胡说呢！真的嘛。我那个亲戚是做牛贩子的，一年到头在外边混，叫鬼咬了的是他妈，我的堂叔姨母，我还侍奉过她的病。你拿手指头来我看看吧。我认得是鬼咬的不是鬼咬的。"当他一拿起老妇人的手来，就说，"真是的，真是鬼咬的。"并且做出表示无限惋惜的样子，于是那老妇人更惶惶的，只望了一下小队长，就匆匆摆脱开他，奔向村子去。那个得人缘的同志，还要跟随着说什么，给小队长阻止回来："这是干什么？一个老太婆。"

于是我们都笑起来，最有人缘的同志，尤其得意非凡。继之，我们争论起来。有的说是乌龟，有的说是大蟹，更有的说是水獭。我是北方人，知道水獭是寒带产物，绝不会跑到这温带来的，而且又是死水池。但是我们那个最有人缘的同志是四川人，他说四川就确乎有水獭，南獭嘛！

这一天，我们觉着伙夫送饭送得最快，而且吃得也最有味，老妇叫鬼咬了这谈资，仿佛是一碗最美的红烧肉一样。那个补裤子的同志，还不止一次模拟着老妇手足抖动的姿态，嘴里也同时颤抖地呻吟着。我们笑着，争论着，既没有怪炊事员做的饭少，也没有提饭冷汤凉而指问伙夫，同志们全是快活的。

晚上，我们在黑影里谈着关于鬼的掌故和传闻，小队长宣布了三遍，禁止谈话、吸烟，因为熄灯许久了。可是我们依旧偷偷地低声谈论不休。

我们全对那座池子发生兴趣了。越是神秘，越有诱惑力。第二天一起身，我们就跑到老妇洗衣那块石板上，去蹲着洗脸。特意用毛巾在池水里摆着，并且连胳臂都伸入水里去，那个有人缘的四川同志，不止一次惊叫起来，说是他确乎觉到有一个东西咬扯他的毛巾，但旁人停止了，凑到他跟前看时，却没有一次发现他的毛巾有什么特别动静，明知道他是撒谎，可是每次还是给他骗。

这天的天气很好，空中是洁净的，一片云影也没有。到处是温暖的阳光。乡村里，谁不趁着这个好日子洗衣服呢！清早，池子边就有妇女们的排列，用木棒捶着衣服，那杂乱的声音，老远听起来，又似乎一个有节奏的悦耳乐曲。连那四只小鸭都似乎特别愉快，得意地摆着尾羽，一会儿游到池当中，一会儿又漂到池岸上，不住声地叫着。

起初，我们和那些洗衣服的打着招呼，询问她们昨晚被鬼咬着的老妇人回家后的情形，接着我们正言厉色地劝她们不该再在这里洗衣服，那个有人缘的四川同志还说："实在这池子不干净，万一在这里着了邪，可不合算。"有一个声音响亮的媳妇说："你们同志别当是说笑呀！这里可真不干净。"她掉回头去对她的同伴之一说："你忘了，大栓家媳妇就在这里投水死的。"又朝我们说："这屈死鬼抓替身呀！昨晚上孙寡妇就自己说，大栓家媳妇活着的时候，孙寡妇向她借过半斤盐、两个鸡蛋，没有还；等到她投水死了，她婆婆向孙寡妇讨，她就说是还了。这都是孙寡妇昨晚上自己亲口招认的，你想她还会好？"

"快别说了，怪吓人的！"她的同伴说。

"咱们怕什么，行得正，走得端，一个屈死鬼还抓两个替身不成！"

正在这时，我们小队长召集早操了。后边山峰上的雾气，舒展到这空场上来，逐渐飘开去，和池面的雾气凝聚到一起。我们在打麦场做着早操，耳里一直是注意着池边传来的洗衣妇女们的捶衣声。

早饭后，我们又聚集在池子边上。那时候，池面上只剩下四只小鸭子了。我们正研究着怎样能把水里的那个神秘东西钓上来，突然听到小鸭的哀叫声。抬头望时，三只小鸭惊慌地朝岸边疾游，一只小鸭在池中央旋转着。我们立刻向它身旁投石子，只见那只小鸭的身体一沉，当池面仅露出小小鸭嘴的一瞬间，水面泛起了大的波圈，那只小鸭高高叫着第二次浮起来，旋转一周，就立刻朝对面的岸边游去，虽然另外那三只小鸭是停在近祠堂门口的池岸上齐声召唤它。

我们当时断定，池里有着一个奇怪的水族成员。那只小鸭走路的姿态，更不端正了。我们包围着抓到它，一齐研究着它腿上的伤痕。不知谁说了句是蛇咬的吧，于是那抓着小鸭的同志，立刻抛掉它，不自主地惊叫了一声，脸孔一阵灰白。而我们又大笑起来，他那直呆呆的眼光一闪，也随之笑了："吓了我一大跳，说真的，若是毒蛇咬的，是不是我也得中毒？"

他就是整天补裤子的那位同志，我们齐声说："要中毒的。"

"当然中毒的，怎么'要中毒'呢！是'当然'不是'要'。"那个有人缘的四川同志说："你还站在那里装没事，快去找马尿洗一洗吧！还得母马的马尿，这母马若是下过驹子是不灵的，得没和公马接近过的母马尿。快去呀！我说正经的，你不信吗？那么随你去吧！咱们可别碰着他的手，若是毒蛇今晚上就要有事儿，不是毒蛇那自然更好了。"于是我们劝他还是预防未然来得安全，何必自己和自己的手作对，万一真的是毒蛇呢！况且他把那只小鸭受伤的腿，抚弄了好久。

他始终摇头微笑着，正像一个孩子明白人家欺骗他所表示的微笑一样。但是他的眼睛却露着注意审察我们神色的光辉，显然他的自信力还没有，需要从我们的神气中找援助。而我们又是表示对他的愚昧固执很惋惜的样子，终于他请了两小时假，到八里外的医务所去请医生诊断了，因为他已经感觉到手掌有点麻木。

这一点钟的识字课，我们都是喜气洋溢的。以致那位女指导员不止一次在面向黑板写字的时候，突然掉头回顾我们，现出惊疑的眼光说："你们今天是怎么的啦？一个个像春天的燕子似的，啊——"可是我们谁也不肯说出这内心的秘密，每当这时，就用书本遮住脸。那个最有人缘的同志，还趁势朝我伸舌做了个鬼脸。

"你不该说的那么难，若是只说用马尿洗洗手，他早就信了。"

不知是谁吃吃笑起来。

女指导员这时停了笔，转过身来问："是谁又笑？"那半截粉笔在她的柔白手指上旋转着。她的口气和脸子都是很平静的，正因为这种特殊的平静，使我们肃然起敬。足有三分钟，她那手指捻动着粉笔，静静望着我们。我们都偷眼斜视着自己周围，不知怎样都集中在小队长身上。而小队长终于站起来了："是我，指导员。"一个微笑在女指导员的嘴角展开来："你们今天有什么喜事呀？都是三十多岁的人了，还像小孩子似的，真是……坐下吧！"

一下课，我们就高声吵起来。大家都集在池边上，有的向池子里驱逐鸭子，有的制钓竿，说是一定可以钓上来，而最有人缘的四川同志，则和小队长争论。

"没有的道理，叫你说世界上还有吃人的大龟呢？这一定是八脚鱼那一类东西。"

"你不用吵，我说是龟，就是龟。"小队长在别人越是激昂的时候，越是镇静。他两臂交抱着，眼睛不瞅对方说。

"你敢打什么赌吧？"

"我不和你打赌，总之不是八脚鱼。"

"它就绝对不会是龟，没有沙滩，哪里来的龟！"四川同志满脸气愤地说，"龟，叫你说龟还爬上树呢！"

"我不和你吵架，这是做什么？"

"谁还预备和你吵架呀！……"

"这是做什么！"别的同志劝解道，"大家原本是猜着玩嘛！"

正在这当儿，一个祠堂后背的屋主走出来高声说："同志们，别赶我的鸭子呀！"那老头子手里还擎着个烟管，仿佛一个乐师使用指挥鞭似的，他指着我们问："你们赶它做什么？"

那时赶鸡子的同志弯腰拾着土块向池里投,装作没有什么事儿似的坦然样子,仿佛他一向没有注意过他身边的鸭子。可是那母鸡还是咯咯高唤着,正像小鸡被驱散了之后的母鸡召唤鸡雏一样。伸展着翅子,臃肿地跑来跑去。实际上所有的鸡雏和小鸭都早已围到它身边了。

我们大家都站的站,蹲的蹲,谁也不作声。并不是对那屋主不满意,而是因为最有人缘的四川同志和小队长吵了架。他们两个还是并肩地站在一起,不过脸色还是有不大的愤恨遗留着罢了。所以这当儿,只有母鸡的装腔作势的咯咯声响亮了,仿佛谁真的欺侮了它的孩子,又仿佛还有小鸡什么的失踪了似的。

本来,那屋主已经往回走,但又回头望了一下。这次他发现了什么,就又转过身来了:"是谁把鸭子腿弄断了?"一边问着,一边朝池边上走来,"啊——是谁把我的小鸭子腿打断了?"

"是池子里的什么东西咬的,我们若是不掷石子救它……"

"是什么东西?池子里又有什么东西?"

"这你可不能赖我们呀!"那个曾经赶鸭子的同志说,"一是一,二是二。我们可没有打你的小鸭子,你想我们平白无故打它做什么?"

"我问你们,同志,是什么东西会咬断它的腿?"

"没有咬断,连血也没出,不过走起来不大灵便就是了。"小队长笑着说。

"怎么没断,没断走起来会那样斜歪?"老头子甩烟管指点着受伤的小鸭子问,"你们都看看。"

"断是确实没断,不信,你抓住看看。又不是我们弄的,何必说谎呢!"那个有人缘的四川同志说。

"我看什么,我就不用看,走起来一歪一斜的,还有不断腿的。"

"你这位老先生,说话怎么不讲理,没断就是没断,况且也不是我们做的孽,你不信,尽管问。昨晚你们村子上的孙寡妇是不是叫池子里的东西咬了一口……"

"我问谁,我谁也不用问,池子里就没有什么咬人的东西。我是一年四季守着它的,连条鱼也没有!反正你们打断了鸭子腿得想个法子。"

那时一个同志叫起来,我们循声一望,池面上只见一个大影子一露头就沉下去了,原来是扯断了那位垂钓同志的钓线。只是瞬间的工夫,谁也没有看清楚那影子的确实色彩和形状。有的说是紫色的,有的说是红色的,有的说是大螃蟹,有的说是海狗。至于小队长,依然说是乌龟,而那位四川同志声明,确是八脚鱼。我呢,当时没作声,可是我清清楚楚看见是一个类似水獭的东西。

这次连那鸭子主人也惊奇了。完全忘记从前的争执一样,他高声向那位垂钓的同志问:"你那是用的什么钓线呀!那不成,非找结实的不济事。到底是什么,你看清楚没有?"

"这么大,圆的,黑的,一闪,线就断了,很沉很沉,足有十来斤重。"

"我给你们找个粗线去。"鸭子主人兴致淋漓地说。

完全融洽了。我们重新讨论着,研究着,争执着。当整天补裤子那个同志回来时,老远我们就笑着问起他来:"找到马尿没有?"那家伙一跑到池边,就扑到四川同志的身上,两个人就在地上厮打起来,彼此笑着、滚着,我们拍手鼓动,怂恿他们向池边滚:"好嘛!再朝这边翻身,用劲,用劲!"

总之,我们是非常愉快的,虽然那鸭子主人一天没见踪影。直到半夜我们就寝许久之后,我们还谈论着池子里的东西。

忽然有人从地上跳起来,高声嚷道:"大家听着,我和小队长打赌了,他说是龟,我说是八脚鱼。若是龟呢,我这一季的棉衣发下来给他;若是八脚鱼,他这一冬天,也得穿单的。你们大家当证人呀!"

"喂!"谁在黑影里也跳起来说,"这还不成,若是谁输了得罚他当着大家脱裤子。"

"赞成。"雷鸣似的反应爆发出来,接着是高昂的笑声。

"我说是螃蟹,若是输了,当着大家面光一天身子,什么也不穿。"那个整天补裤子的同志说。

从这以后,我们天天集到池子边去设法钓取那神秘的东西。就是上识字课,我们也不让这工作停歇,我们织着渔网。

孙寡妇家里的人,在池子前边焚化过纸箔。这是一个年轻的媳妇。当我们问她孙寡妇的病状时,她低低地说:"家里没有什么人,就这么一个婆婆,人欠、欠人的账目,又都是她经管的,万一有什么差错,你们想,我们家的日子可怎么过。半个多月了,一直是迷迷糊糊地说胡话,怎么会交代我们呀!"每次在她述说当中,就流下眼泪。本来我们每次是为的探听些嬉笑材料的,但结尾往往是黯然,一片沉静,仿佛那孙寡妇一定不会活得再长久一样。

"你们一上识字课,就挤在一块。真是小孩子一样,你躲在人家背后弄什么呀?"一天,女指导员说。

"织网,指导员。门外那池子里不知有个什么东西,见什么咬什么,土红色的。"小队长说。

"那个池子?那个死水池子吗?"

"是紫色的。那天我都钓上来,这么大,这么圆……"

显然指导员也给这故事吸引住了,她逐一听着片段的叙述,而每人所见所想又是各不相同。

"是螃蟹吧!"

"螃蟹怎么会是紫红的呢?"

"太阳光反射的关系。"女指导员说。只见她眼珠滴溜溜的光辉一闪,就皱皱眉,表示不愿再听关于这故事的争执。说,"快不要想那些吧!"转身用粉笔写了一个字,"你认认这是什么?"

"螃蟹!"整天补裤子的那个同志说。

于是大家笑起来,他自己也将错就错地得意地笑起来。

"一个字两个字你还没看清楚呢!怎么你是一点功都不用。"

"用功是用着,念不会……"他用手抓起衣领来,脸上现出一个三十多岁的男人站在女人跟前不能答对自如所应有的困惑。但当他坐到地上,就又趁势向我们做着鬼脸,把一个眼睛灵捷地挤一下,来遮羞。

这天下午,终于我们用未完成的网,把池子里的神秘东西捞取上来了。当我们发现这是条三斤多重的鳜鱼时,我们都很扫兴。而且正当我们计议着把这鳜鱼送给孙寡妇家,医治她的疑心时,村子里就传来报丧的锣声。那凄凉而沉闷的音调,使我们久久无语。

"送去吗?"那个整天补裤子的同志低声说。

"吃了算啦!"小队长说。

以后吗?这以后我们又恢复了以往的寂寞生活,傍晚坐在祠堂门口,一句话也不说。这已经是秋天了,小鸡已经离开母鸡单独找食儿吃,鸭子已经换了彩色的硬性羽毛,但还是避着池水,在池边摇来摆去的。

谁知道,什么时候能接到出发的命令呢!每天傍晚看着秋风扬起的灰尘、落叶……一片灰茫茫的尘气,一片灰色……尘气,在天空飘展着。……灰色……尘气……有的打盹,有的补裤子。

后记:一九四一年冬完稿于香港,时萧红先生卧病八月,特此探访,并于病榻前诵读一遍;未半月太平洋战争开始,又,一月有半听此文者逝去。一九四二年夏,重作于桂林,以记之。

1941 年冬作

周启之老爷

周启之老爷,这天穿戴得很整齐,在床上躺着,既没有摘下盔帽,也没有脱掉靴子。他的那十根细致的手指,交叉着放在胸口上。脚尖呢!自由自在地哆嗦着。一个体面的中国绅士,在他心情愉快的当儿,你叫他怎样表示呢!若是生长在苏联的工人,他可以拉着手风琴,大家跳着,独奏一曲;若是生长在阿美利坚的水兵,他可以用鞋跟把地板当钢琴弹,扬手飞舞着回旋。可是一个中国的体面绅士,一双脚尖能够放纵无忌地哆嗦,已经足以使人吃惊的了,除去喝了几盅酒,周启之老爷的脚尖是很少这样轻俏的。

因为还有五分钟,他该出门去会一个相知不久的漂亮寡妇了。她叫雅芳,年纪很轻,丈夫生前是周启之老爷的地产经管人。周启之老爷很爱她,她对他也似乎钟情。他想今天要对她进一步表示,所以脚尖抖得挺迅速。

平常周启之老爷是极严肃的,脸长而瘦,和一般在香港称寓公的中国的绅士一样,走起路来,又高贵又严谨,说起话来,又和气又文雅,人们都觉着他是一个又体面又有教养的绅士,连他所住的公寓的左右邻客,碰见他也总是恭敬地让路。他呢!也必定站下说声:"您好呀!没有到浅水湾去游泳吗?"不管见了谁。他总爱说这两句话。至于浅水湾,他可从来没有去过。被问候者,也总是说:"没有去。"而且就是一礼拜听见十四次这样的问话,还是尊敬而且仿佛初次听见一样微笑,并用羡慕的眼光看他,仿佛说:"这才真是有教养的绅士呢！你看人家走路是多么稳重，说话又多么动听呀！"

周启之老爷甜蜜地叹息一声，准备起身，就是这工夫，发生了一件意外的不幸，他的眼镜跌落了。眼镜是给白帽扫下去的，当他从周启之老爷的光头上坠落的时候，顺便把它主人鼻梁上的眼镜拖下去。仿佛两个邻居的孩子，当一个从另一个门口经过工夫，说声："走呀！吃冰激凌去！"另一个就不应而和地随着去了。它们全跌在描花的地石板上，白帽还单独绕了个圈子，从沙发脚又绕回床下来。

周启之老爷当时脸色惨然发白，直到检视一番，镜片没碎，脸色才逐渐转红。眼镜是从鼻横梁正当中跌断，分作完整的两部分，这一半和那二分之一是一个样式，不过抓耳的左右不同而已。

一个眼睛患一千二百度近视的绅士，失了眼镜还怎么出门呢！最糟糕的是那个寡妇的脾气挺古怪，他是一刻也不能多停，必定及时赶到公园去赴约的。在这里，就显出上帝给人类的智慧来了，周启之老爷用胶布缠裹起断处，又怕鼻横梁这块白胶布给人看出来，再用墨汁涂黑，颜色和腿还适合：不管怎么样，周启之老爷没有以前那种悠然自得的心情了，像让脚尖自由自在颤抖时那样悠然自得了。

在总督府公园门口，周启之老爷遇见了他的朋友古黛耳。

古黛耳也是香港一个有名望的绅士，还兼着建华贸易公司的董事长。他比周启之老爷看起来年轻，实际倒有五十来岁了，腰身却又比周启之老爷粗阔，简直可以说是胖。仿佛他整天吃的是建华贸易公司的钨砂，使人觉得他肚子里就装着出入口运钨砂的轮船，膨胀得像恰当好风的布帆，秃顶，手捏着大斗葫芦的短柄烟斗，说话时，把烟斗插入嘴里，用手握着，以壮风度。另一手抱着个女孩子，又洁净又天真，还有一个女孩子拉着他的肥大的夏衣。她头上结着蝴蝶形的发带，手里牵了条卷毛的狮头狗。

当时周启之老爷站下来问："您好呀！古翁！"并伸出手去。

"好呀！"古黛耳紧紧握着他的手高声说，"您怎么今天会光临这儿呀!"

对这句话,周启之老爷用愉快而又高贵的微笑回答,又说:"您是领着两个小宝宝散步呢?"

"是呀!今天真是好天气。"

"那么没有到浅水湾去游泳吗?"周启之老爷照例问。

"怎么会不去呢?"古黛耳的声音越发高了。一个整天不离肥肉、海鲜的人,而又没有其他方法可以消耗精力,你怎么会哀求他用低声说话呢?我的天,简直是他肚子里的装钨轮船拉汽笛,"周公,你是刚从浅水湾回来吧!我看到你在水里嘛!我心想跑过去,又想还是上来吧!我怕伤风呀!"

周启之老爷用优雅的微笑来表示他遇见古黛耳是多么快活,又用手牵着古黛耳臂上抱的女孩子说:"你爸爸打扮的你这样漂亮呀,宝宝——古翁,你看我的脑子越来越好忘了。宝宝叫什么名字来?"

"您这么好忘呀!我不是向你说过几次嘛!她叫贝贝,那个大一点的叫娜娜!"实际上周启之老爷是第一次见到贝贝和娜娜,而古黛耳也是从未讲过她们的。他又叫:"娜娜!怎么见了你周伯不行礼呀!你看……做爸爸的一天到晚还得陪着我们娜娜的密西戈玩儿呢,过来。把铁链子给我,好好给你周伯伯鞠躬。"

"好了好了。"周启之微笑着,用眼睛向娜娜注视。

"不行,脚要并齐呀!"古黛耳又向周启之老爷小声说,"你看,她会,她就是害羞一点——快点行礼呀!怎么的啦!"

娜娜的眼睛瞅着自己的手指,被逼不过,突然弯一下腰,就逃到古黛耳身后去躲着了。

"贝贝呢,也给周伯伯行个礼。"

贝贝望着周启之那微笑的神气,忽然咧起嘴要哭。

"您可别逼她了,她害怕我这老头子呢!"

"不是。她大胆倒挺大胆,前几天害点胃肠病——别哭呀!贝贝听话。"

周启之老爷心里想:"我面对着一个多么不知礼仪的家伙呀!换个场合,真得冲鼻一拳。说她大胆,还大胆,难道我是妖怪吗?"但他嘴里却喃喃:"那可得医医。小孩子可不比大人。"

"您的贵体呢?胃疼好点吗?"

"上帝给的责罚呀!还有什么好法吗?不能离开药呀!"周启之老爷说话时,眼睛望着他处,显然是要找寻雅芳,而且急不可耐了,"那么就这样吧!贝贝给我亲亲脸!"他在贝贝脸上轻轻吻了一下,谁也不知道"就这样吧"是什么意思,在他却是用来代替再见的。

周启之老爷又文雅又有礼貌地向古黛耳弯弯腰——用我们古老的重礼恭友的中国上流社会的姿态——就是用手把住帽檐,向后倒退五寸,第二次弯弯腰,并望着贝贝发出一种不胜恋恋的甜蜜的叹息:"真是两个出色的孩子哪——那么就这样吧!"

"好啦,再见,再见!"古黛耳见周启之老爷走去,俨然一个将军姿势直起腰来,眼睛现着羡慕的光辉,注视一会儿周启之老爷的侧影,仿佛说:"唉!真是多么值得尊敬的人物呀!"之后,他的腹部依旧风鼓的船帆那样膨胀着,并低头命令娜娜:"把密西戈放到前面走,你抱着它做什么!我没打你吗?"又把贝贝放在地下:"好好走,不听话吗?"他擎起大头葫芦的烟斗:"你哭!我不给你这一下子!"

再说周启之老爷,让开古黛耳走的左手,从右手走过去。

沿路两行椰子树,能一直望去很远,除了一个推四轮小篷车的英国保姆,和随车走的一匹白毛西洋狗,再望不见什么。路中有一条横道,那儿的四把靠椅全铺着树荫,两支蝴蝶在其间飞舞。

周启之老爷想:修理眼镜用去十分钟,和那个古黛耳聊天又用去十分钟……真是,她脾气那么古怪,多等两分钟就会跺脚,三分钟就会咒骂……实在她又是什么!他想起有一天她骂他作"捣蒜锤",可是她呢?穿上裙子简直是个母螳螂。不等就不等,随她去好了。虽是心里这样想，他可并不放弃寻找她的念头，他从横道向南走去，想通过喷水池，到南端的草地上去找找；不想古黛耳打对面向北走来，他携领着贝贝想到椰荫路的靠椅处，玩儿玩儿的。他们在喷水池旁又遇到一起了。两位体面的绅士特别露着高兴，想找句俏皮话说说。一个挺着膨胀的船帆般腹部，一个挺着饱满的胸脯，如我们所常见的绅士挺着胸脯一样的高贵，都想不等走近就打招呼，可是又都找不出适当的话来说。古黛耳老远向周启之老爷笑着，周启之老爷也老远向古黛耳微笑。实在他们彼此的心里都低叫着："见鬼！见鬼！这真是大白天见鬼呢！"结果，两个绅士互相露着节日的愉快，热烈地说："上帝的意旨呢！""上帝的意旨！"

周启之老爷又和古黛耳握着手。

"你看看吧！"古黛耳说，"您老是和我相逢，上帝又叫我们碰头了。"

周启之老爷愉快地笑着说："这公园可太小了，若是北京那个叫……叫什么……"

"您说的是北海公园吗？"

"是啦，是啦！北海公园，就是一队人在大门分散开。单独走进去，说不定在里边没有两个人遇到一起的。"

"就不用说北海公园，您是在上海住过的，就是说上海的法国公园罢！可不能说大，但是游玩起来失散了伴，可不易再找到。"

于是从法国公园的白椿树又谈到北海公园的茶棚。周启之老爷说："大英帝国这个设计，可并不敢赞美。"说到这里，就用手杖敲着喷水池的水泥台阶说："若是别个国家的公园，这里就不能缺少一圈让游客可以坐坐的靠椅呀！可是在香港就没话可说！史柏坚拿着近百万的防空费，您说做出什么不同的有利于侨民的防空建设啦！"

两位体面绅士攀谈时的面容，完全是中国上流社会所培育出来的——又安逸，又愉快。就是面对面站立十年半载，也永远不会疲倦，永远不会找不出话来说。

仿佛谁都不愿意无情地说声"再见",谁都不愿意离开,并且彼此都受了彼此愉快的面容感染,觉得有种由于聚晤的欢心联结着他们,一时没法割断。实则他们各人又在心里骂着:"见鬼!见鬼!"盼望赶快分手,正在这当儿,又给娜娜和贝贝的争闹把话头打断了。

原来娜娜在他们谈话的时候,扣着密西戈项圈的电镀链子给贝贝抢过去,而且抢到手连娜娜用手碰碰她的铁索链儿都不肯,娜娜起初说:"我来牵着。你抓住一段铁索链就行了。若是你牵,一定给它挣脱了!"又说:"那么我们两个人牵罢!你捉住链儿的头,我帮你抓住这一段儿。"贝贝不让娜娜沾手,娜娜的手用力一扬,那铁索链儿就坠落了。贝贝的脸又正巧碰见周启之老爷的眼镜,于是,哇……呜呜……哭起来了,实在她是想睡觉。

"怎么的了?贝贝!"古黛耳抢起拴着密西戈的铁链儿说,"来,爸爸抱着你!姐姐欺负我们的贝贝吗?别哭!你周伯伯笑你呢!"

"令爱几岁了?"

"四岁了!"

"您为什么不送到幼稚园去?您知道那里您可省心的多了。别一小时也不忍离,您是太爱她了——好,就这样罢!"周启之老爷手抓帽檐,很合适地退了两寸,古黛耳也弯腰向后挪了两寸,连声说:"再见!再见!"

"赶明儿下午,您不到浅水湾去嘛,那么明儿碰头了。"周启之老爷走了两步又回头站住说。等旋回身子又向前走了两步,才发现自己弄错了方向。本来他是朝南走的。现在他又朝来路折返了。

古黛耳吃惊地望着周启之老爷。他自己本是向北,也只好半途折回,仍然循路南去。

"爸爸!怎么我们不到那椰子树……"古黛耳没等娜娜说完,迅速地在她头上敲了一烟斗,小声说:"你再嚷,我不在你头上凿洞放老鼠才怪!"

古黛耳心想:"那个家伙一定是在椰树路上停下来,我不如暂时到园西角的凉亭上坐坐,等他走了,再过来。"

周启之老爷心里也想:"那个家伙歇一会儿,一定从这条路经过,不如绕到园西角有凉亭的那条柏油路上去,等古黛耳走过来,再到园南草地上去找她。"

真是上帝降的灾难呀!周启之老爷一生最大的痛苦,就是第三次碰见古黛耳了!望见他站在凉亭栏杆外的饱满影子时,他已经来不及躲避了,并且密西戈还摇尾欢迎地向他吠叫。至于娜娜可立刻从古黛耳脸上看出这事态的严重,小脸都吓白了,她恐惧地小声叫:"爸爸!他又来了,他又来了。"

古黛耳早已经看见周启之老爷,想向山下的梯道望,可以让他的朋友自由通过,可是现在还有什么好说的哪!人家已经微笑着送到眼前来!只见周启之老爷——一个很体面很有教养的绅士——鼻尖和额头有闪光的汗滴了,尤其使古黛耳吃惊的,是他鼻梁处流出黑色墨汁,胶布的墨迹溶化了。

当时古黛耳心里叫着:"这是做什么呀!他不是来逛公园,是特意来和我找麻烦呀!他是瞎了眼了!在什么地方他碰破了鼻子呀!旁的地方有路他不走,单来找我呀!"

周启之老爷心里也叫着:"上帝饶恕我罢!给他一点儿智慧,不要让他向我这边看呀!那么我再向前走几步,就可以溜过去了……天呀!他是看见我了。这无耻的家伙,还望着我笑哪!一点儿也不害羞呀!他不是来逛公园的,特意来找我磨牙儿呀!为什么让路给他,他不走,跑到这儿来等我哪,一个人——尤其是一个体面的人,若是没有廉耻,你有天大本事也是没法对付啦!"

"我们又碰见啦!今天是个多么好的日子呀!"古黛耳满脸火红,简直遇到新年那样愉快地向他朋友叫着。

"可不是吗？"周启之老爷露着幸福的笑说，"您可会享福呀！我走了一头汗，而您是坐在这里风凉哪——怎么，娜娜哭过吗？"

古黛耳俯脸向娜娜笑着说："你周伯伯不是问你吗？"又说，"拿爸爸手绢揩脸罢！——您知道，她不大舒服！"

"怎么您府上孩子，都不十分健康呀！"

古黛耳心里说："你是特意找上门来骂我呀！你们姓周的家门上的孩子都死完了呀！"可是他嘴角却露着微笑："小孩子们，就是这样！"

"那您可得注意呀！"

——你是来教训我呀，古黛耳心里想，却说："怎么不注意呢！"

这会儿，周启之老爷发现娜娜的恐惧眼光，立刻知道是眼镜的横梁出岔子了，并且觉得立刻要分作两部分坠地。他的脸色苍白，眼光恍惚，口齿不清地说："您坐一会儿……"他想用手去按镜横梁，可又怕一触即应手而坠。他连声说不等他所约的朋友了，因为此刻胃疼得厉害，必须赶快回寓所去，不失礼仪地向后退了三寸。这次古黛耳向前进了三寸，仿佛也是送走拜谒的访客一样："再见！再见！您还是下去坐的士回去吧！"又自语着："嘻嘻！胃病……真是……"

"那么赶哪天带着娜娜去浅水湾玩呀！Bye——Bye！"

古黛耳眼望周启之老爷走远了，这才安然地叹息一声，失口喃喃道："真是霉气，哪有一连碰三次的……"心想，这次可以随便在公园里畅游一回了。就领着娜娜，又伸一个手指给贝贝牵着，顺了凉亭的柏油路，向空场上走去，打算在草地上休息一会子。等周启之老爷离开椰荫路再过来玩儿。

周启之老爷像逃开蛛网的蝴蝶一样，投身在靠椅上，整理着自己的眼镜和服装，好一会儿，心里才安然下来，并祈祷着：上帝！神圣的耶和华呀！可千万不要再让我们碰见了！我宁愿生个孩子，用生产的苦痛来赎罪！上帝呀！可千万不要再让我们碰见。

"你怎么在这坐着呀!"

原来雅芳站在他跟前。这是一个胸脯和脊背一样平弱的女人,随身携带着一把红布伞。听到这没有礼节的"你"的称呼!周启之老爷已经憎恶了,发现这柄红布伞,就越发讨厌:为什么不下雨,也拿着把伞?若说是遮阳的罢!又不撑开……他皱着眉说:"你怎么才来呀!"

"你还说呢?山道这样高,我又到处找你,穿的鞋又挤脚——哎呀!脚趾痛死了。"

若是雅芳聪明一些,知道周启之老爷心情不对而少说几句,周启之老爷的心情还有很快恢复过来的希望;若是她不说挤脚,甚至于说了挤脚而不加后一句的"哎呀!脚趾痛死了",周启之老爷还有容忍的力量,现在他的心情可完全灰败了。他想:"我是碰见一个多么下流的女人呀,简直是无耻,面对一个体面的高贵绅士就说出可怕的字眼儿,真是无耻之极呀!"

"你坐在这儿做什么?"

"那么到哪儿去呢?您还要走走吗?"

"到凉亭去坐一会儿不好嘛!"

"为什么到凉亭去呀?"周启之老爷勉强笑着说,"到草地去吧!"

"我不嘛!"

周启之老爷没作声。

雅芳想:他果然是逗着我玩儿呀,一点儿诚意也没有?一点儿也不体贴人!也颓然坐在靠椅上:"真的,我的鞋挤脚!"她把一只脚提到膝上,开始脱鞋,她的眉毛在那瞬间紧皱着,并不是脚趾疼,而是对周启之老爷的不体贴表示不满。她一手提鞋,一手揉搓着脚。

一个高贵的绅士对这大胆的举动,是多么吃惊呀!周启之老爷站立在她面前喃喃道:"那么我们别坐在这儿,向前走几步罢!"用手杖指着:"到有广告牌的那条横路上去!那里僻静些。"他望见雅芳的赤裸裸的发红脚趾,向空中舞动着,像是一只只矮胖的红虫子。他完全给这伤心——绝大的伤心——惊呆了:大白天在一个有尊严的绅士跟前脱下鞋来……上帝呀!这是怎样的丑恶呀!他用手杖抵触着她的鞋:"穿上它!穿上它!"

"你看,都磨破了。"

"穿上它,穿上它!"周启之老爷望望四周,他最担心给古黛耳遇见,非常痛悔今天出门儿。

"到哪儿去?"

"到喷水池那边去?"

"不!我要到凉亭那边去!"

"为什么你老是要到凉亭那儿去?"周启之老爷说,心想,古黛耳坐在那儿,我躲还躲不及呢?

"为什么你要到喷水池那儿去——你今天这样……对我发脾气……"

当周启之老爷扶着雅芳向前轻步走着的时候,互相争执着,彼此不肯让步。就在他们迟疑着是否走有广告牌的岔路时候,周启之老爷的脸色突然灰白,他第四次望见迎面走来的古黛耳了,仿佛遇见足以使人恐怖的东西。而且古黛耳和他的眼光一接触之后,就仰脸向西边天陲望去。

"来!来!到这儿来!"周启之老爷两眼惶惶地说。

"做什么!做什么!"雅芳吃惊地站住,"到广告牌后边去做什么呀!"

"来!到这儿来看看……来嘛!"他用手拉她,并抓她的红布伞。

雅芳的脸突然涨红:"我不……你是做什么呀!"她丢弃了红布伞,挣脱了他的撕扯,急匆匆走开,而且跑起来了,那瞬间她的一双鞋遗留下来了。

在她和周启之老爷撕扯时,周启之老爷的眼镜给她的伞划掉了。

那天逛公园的游客，到现在还大笑着说到他们目睹的情形：一个少妇慌慌张张跛着一双赤裸裸的脚，跑出公园；不久又有一个体面的绅士给警察扶着走出来，满面流汗，鼻梁全是黑色的墨汁，而且盲人一般用两手在空中探索，腋下还挟着女人用的红布伞和一只高跟鞋，还向和他打招呼的人，文雅地询问："您没有到浅水湾去游泳吗？"

1942年9月21日作

老爷们的故事

一

有一天,古儿鲁老爷为了樟木床的事情,到他的属员魏美美那儿去。他考虑了很久。那张足能睡两只大母象的樟木床,除了卖给魏美美和她的丈夫卢儿古以外,再找不出合适的朋友能要它。

因为魏美美怀胎足月了,说不定眼前就要生产,他们家的竹床,古儿鲁老爷是看见过的,只有三只腿,另一只还是用一条两脚凳代替的,而且床板也是竹子拼的,空隙又是那么宽,卢儿古老爷有一次侧身就险些掉下去,幸而一只脚踏住地,自然褥子挺薄,也像一张网似的兜着他的脚。从那以后,卢儿古翻身时候,总和魏美美打个招呼:"小心点呀!我要翻身了!"魏美美呢,她总在翻身时说:"您没睡着?我要翻身了,您不嫌麻烦?"卢儿古老爷就划着火柴说:"不麻烦!翻吧!慢慢地呀!"卢儿古老爷和太太魏美美脾气相投,彼此说话总是很和气。就是餐桌有客人,卢儿古老爷也不向客人应酬话,对太太魏美美做的菜,却总爱说:"这菜的味道挺好呢。"

"不觉咸了一点?"他的贤良的太太那时会这样问。"好呀!一点也不咸。"然后才对客人说,"您尝尝,这是内人特意炒的哪!"若是桌上有酒,卢儿古老爷也总是对太太说:"您不喝一口?喝一点儿吧!味道还好呢。——就喝我这杯子里的吧!"虽然那白酒把魏美美的舌尖辣得怪疼,眼睛有着泪光,也总说:"真怪香呢!怨不得咱们北边儿人说是酒香酒香的！"至多用手绢擦擦嘴唇，从来不让嘴唇说出违背良心的话。古儿鲁老爷每次从他们家走出来，都带着一声羡慕的感叹，心想："什么是幸福？这才是幸福哪！"魏美美是古儿鲁办事科里的女雇员。每月有二百三十元的薪金，八十元的米贴。她的丈夫卢儿古又是古儿鲁老爷中学时代的同学，所以交情很深，若是有一天古儿鲁不来，卢儿古就问他太太："您看，古儿鲁今天还能来？"或是，"您没有说什么不中听的话？"夫妻两人等久了，到头还是卢儿古说："不如我去看看他吧。"实在见面也没有什么说的，虽是吃杯茶，一句话也不谈，夫妻俩可总觉着满足，若不，生活就仿佛失去了意义。眼前仿佛缺少了什么——又空虚，又寂寞。

卢儿古老爷在某报馆做资料室的主任，而古儿鲁老爷是市府的九级荐任文官，掌管各附属机关的案卷，兼着审核报销和预算，是个忙差事。常常说："我的头痛！""哪还有钱呢！老兄！"实在战时的中国公务人员，哪有不穿破皮鞋的呢！可是人家都说古儿鲁老爷有着一笔五百元的储蓄。就说这张樟木床吧！就是一个朋友拿它抵债的。原来那个朋友新婚时借了古儿鲁老爷二百元法币，无钱归还，临走就把这张樟木床留下来，当时古儿鲁老爷还以为合算，因为现在虽是相隔半个月，二百三十元也恐怕买不到了。可是到手又没地方摆，放在窗外给风吹雨淋，又心痛，才觉着当初不该不拿现款。

古儿鲁老爷为此忧虑了两天。在路上，才觉着宽心一点，心想：若不是自己有政府的职员宿舍可住，情愿自己留下它，租间房子住。卖掉实在有点可惜。古儿鲁老爷不单喜欢木料是樟木的，因为油漆得也挺光滑，床身又结实，又宽大，完全是我们古老的中国的式样，还带着挂蚊帐的大木箱型的架子。这样笨重的家具，是非常适合我们中国人享受的，就像我们男人和旧时妇女穿的衣服一样，无论是肩头、腰围、袖口，都宽大得能装进两袋私盐。无论是走路、蹲、跪，是多么方便呢！世界上有什么民族会比我中国人还会享受呀！你若穿着西装裤和皮鞋，那么你走在我们中国城市的石子和砖头满路的街巷上，你就会痛恨外族衣着给你带来的灾祸了，虽是有黄包车，可是为了保全你西装的洁净和直纹，你也不得不皱着眉像站在露出水面的鱼脊上那么战战兢兢在石子和砖头上走。而且我们中国的黄包车，不但会把红裤子染成有黄花纹的，把白裤子染成灰色的，而且车轮子还会左右摇摆完全像醉汉一样，并在砖头上跳，当你下车的时候，再用尖钉子把你的裤腿撕个口子。总之，你在我们中国现在的城市走一遭，你立刻会了解，那些拖着布鞋、穿着宽大裤子而且用长指甲剔牙齿的人儿，是多么会享福。那么对于古儿鲁老爷之所以喜欢这张足能容两只大母象打着滚睡的樟木床，也就不稀奇了。

二

卢儿古老爷是住在市区外一座木板建筑的别墅里。门口就是垃圾堆，那上面有破纸扇、贱价的土制香烟壳和死老鼠。古儿鲁老爷从这经过时，用手绢捺着鼻子，因为他身体弱，时常咳嗽，受不住这气味的刺激。走上楼梯，古儿鲁老爷大声咳嗽两下，才抖抖手绢放在裤袋里，仿佛完成了一段极艰难的女人生产时所有的痛苦。卢儿古老爷是住在楼梯口背后的那间白天也必须点着油盏的阴黑屋子。古儿鲁老爷照例在门上轻轻扣了三下。

"古儿鲁老兄吗！进来吧！我的内人刚才还叨念您呢！"

"您还没吃饭呀！可不早了呢！"古儿鲁老爷在门外脱掉手套，走进去。他可向来不脱帽子的，就在靠纸窗的餐桌旁坐下了。

"您肯赏光吗？我的内人想留您吃点萝卜哪！今天炖了一点牛肉汤。"

"刚才吃过了呀！吃得挺饱呢！"

"那么您可得喝一点三花酒，我刚从报馆拿回来的，还是我们会计先生办事时剩下来的，味道很醇呢！"

"您还是自己喝吧!请原谅我——一个身体衰弱的人。"

"您常常是这样的。"卢儿古老爷叹息一声,"那么吃杯红茶吧!这也是报馆拿来的,味道不错哪——说真话,您不再吃一点牛肉汤吗?我内人的手艺呀!那么喝茶吧!抽屉里还有一块黄糖,您自己找吧!"

古儿鲁老爷喝着茶想:"我是对他太太说呢,还是对卢儿古说呢?"一边和卢儿古老爷谈着物价,一边打算着究竟怎样开口。卢儿古老爷一谈到物价就叹息。他说:"若是这样下去,咱们做机关公务员的,不得穿着单衣过冬吗!"古儿鲁老爷就报告新近涨价的东西,袜子已经十七元一双了,肥皂四元一块了。每说一声,卢儿古老爷就叹息一回说:"您看,这样下去,我们就得赤着脚,并且不要洗衣裳了。"

"十七元一双,您当是什么样货色呀!您还以为能买到毛线的嘛!还是棉花的呀!一上脚就有破洞,一洗就零碎了呀!"

古儿鲁老爷这时想:"还是直截了当地说了吧!"接着问:"尊夫人快进院了吧,这又得一笔可观的开销呀!"

"谁说不是呢!医生说产期就在月底,内人又是头胎,您想……我真担心呀!"

"一个很爱他太太的丈夫,您怎么会要他不担心呀?"古儿鲁老爷也发出一声叹息,"我都给您想过,起码您还得换张床,若是小哥儿生下来,您不换张结实的大床,您就得睡地板了。"

"是呀!不是不想换,可是钱不凑手,您想朋友们都是靠着米贴过活的,咱们还能忍心使朋友受累吗?"

"话是这样说,可是您脱不过,总得买张床,而且产后再安排,就更麻烦了。"

"自然啦!可是手里没有二百三百的,您光说不成,怎么能买呀!"

"您可知道,早晚脱不过去这笔开支的,而且等到月底床价一定又涨啦!我是替您着想,再说您这张床,我说句失礼的话——恕我不会花言巧语——一定要出事，您不想想，生了小哥儿，三个人不用绳子捆在一块儿睡，还有不出事的。"

卢儿古老爷的脸色立刻变白了："您知道，我是向来尊敬您的，我的内人也常常请您赏光，可是您不该这样……说话呢！"

"我说什么了？我是说实在的呀！您看您这张竹床，您自己不是告诉过我，险些漏下去吗？"

"假若我是个挑眼的人，那么您是存心侮辱我，不过，我是不会这样想的！"

"您怎么会说出这种话来呀！我真吃惊呢！您想想，您不是也承认这张床不能用了吗！"

"我可没有说不能用，我是说要换一换。"

"要换换的意思是什么呢！不就是不能用吗？您不要误会了我的好意，您看事实证明，您这张床的脚……您看这简直是个体面的秋千呢！"

"为什么您老是说我的床呢！您要知道您是什么身份呀！您不是存心侮辱人吗？"

"您怎么对客人——对一个体面的诚心的客人这样说话呀！您是要驱逐我呀！"

"谁说驱逐您？我可从来没这意思。"

"您不是驱逐是什么呢！对一个好心的客人，诚心诚意向您贡献意见的客人，说的是什么呀！您看——您这竹床……"古儿鲁老爷第三次用手去摇动它。

卢儿古的脸色突然发青，他跳起来，站在古儿鲁老爷跟前说："您若是再碰我的床，您知道，我要把您的帽子从窗口丢出去。"

"本来这张床……"古儿鲁老爷说话时候又用手去摇床，实在他已经吓呆了，强自装作坦然地用手去碰它，他的眼睛做着机警的躲避打击的斜视。他的担心是聪明的，果然卢儿古老爷伸手来攫取他的帽子，他立刻抓住卢儿古的手，帽子却坠落到床下去了。古儿鲁老爷的脸涨得通红——一个相斗的小公鸡的红冠子那样红，又紧紧扼住卢儿古老爷的另一只手腕，卢儿古老爷痛得叫起来："你要打架怎么的……你放开不放开呀……"古儿鲁老爷就喊："您怎么的……您要踢一个政府官吏的帽子呀！您要侮辱客人呀！"这时候，他们听见门外的脚步声，那瞬间，他们迅捷地分开来，同时露着困惑的眼睛背门站立着，仿佛完全没有发生过口角一样。古儿鲁老爷弯腰去拾帽子时，卢儿古老爷就弯腰去系鞋带，仿佛预备去看电影似的，虽然手指还抖着。结果是没有什么人进来。于是两位善良的老爷，好久不出声。

古儿鲁老爷不看卢儿古，卢儿古老爷也不看古儿鲁。古儿鲁老爷坐在椅子上拾起《大公报》来读，卢儿古老爷却叠膝望着房门上的通气窗，抖着脚尖……可以清楚地听见他鼻孔的喘吁声音。

"这真是不知世间有羞耻事？"终于古儿鲁老爷低声喃喃。

"知道有羞耻，还不会这样下流……"卢儿古老爷也独自面着墙说。

"您真是多心……我又不是说您……我是看报……"

"我也没有和您说话呀！"

"卢儿古老兄！您今天为什么这样容易发火哪！我看您的床不能用了，我自己从别人手里得到一张樟木床想给您送来……"

"那您早说呀！本来我是一向尊敬您的，我内人也总是盼望您来赏光……"

"可是我还没有说，您就发火了。"于是古儿鲁老爷走到卢儿古老爷跟前去，"是纯樟木的呢！又结实又宽，人家作为二百二十二元抵我账的，您给我二百元我就让给您！"

"多大？"

"足有您的竹床两张大，还有帐子架。"

"有个帐子架就值二百元吗！"

"是樟木的哪！还是一月前的行市。"

"一月前一张床也卖不了二百元呀！"

"是樟木的呀！"

"樟木的也用不了二百元吧！"

"您不知道是什么货色，还有帐子架呢！"

"真是，一张床，又是一月前买的，只有个帐子架，就值二百元哪！"

"哎呀老兄，您忘记是樟木的啦！"

"樟木的也不值二百元呀！"卢儿古老爷说，"至多八十元，若是一个月前买的，八十元也是不便宜。"

"您买个樟木床脚也得二十元呀！老兄。"

"我买个床脚做什么呀！您买床都买床脚呀！"

"您对一个客人就是这样说话呀！"古儿鲁老爷说，"一百八十元我也不卖呀！"他从桌子上抓起手套来，走到门口又退回来，叹口气。

"老兄！我借给你用吧！"又把手套放在桌子上。

"您借给我，预备明天来讨账呀！"

"您这是骂我呀！这就是对待一个体面客人说的话呀！我看您留着那个宝贝床过年吧。"古儿鲁气冲冲地向外走时说，那瞬间给他机警服务的眼睛发现卢儿古老爷跳着扑来，他就苍白着脸儿跳出门口，听见门砰的一声打在门框上，他还没有从惶恐中定住神，就发现卢儿古太太魏美美两手端着锅站在他跟前，睁着吃惊的一双大眼睛望他，像一只受伤的母狗那样，古儿鲁老爷匆匆从她面前跑下楼梯去。只听见楼梯一阵急匆匆响声之后，什么都消逝了。

三

古儿鲁老爷觉得头痛得厉害，越想越气，后悔不该对卢儿古老爷说，为什么不向好说话的魏美美提呢。在床上躺了一会儿，古儿鲁就起身第二次到卢儿古家里去。因为他的手套丢在卢儿古老爷家里忘记拿，而且这张樟木床除了对卢儿古老爷合适，再就难找买主。尤其是卢儿古老爷一天黑就到报馆去了，这时候只有魏美美在家，正是让樟木床脱手的好机会。

卢儿古老爷的太太，一听见有人敲门，心就跳起来，她是很怕夜深有人撞进来的。并不是胆小，而是卢儿古老爷不在家。这时，她就俯在门缝听。古儿鲁老爷又叩了三下，并且说："睡了吗？"

"古儿鲁老爷呀！我们老爷刚到报馆去。您进来坐坐吗？"

"我的手套忘记啦！"古儿鲁老爷喃喃着走进来。

"前一会儿走出去的是您呀！"

"我给您那宝贝老爷驱逐出去啦！一个老实的诚心给朋友出力的人，就得到这样的酬谢。"于是古儿鲁老爷就叙述到樟木床的事情，"我是诚心诚意想借给您用呢！您想，与其让它在院子里受风吹雨淋，自然不如借给朋友用，况且朋友的太太要生产，而且床又是那么坏，这怎么能忍心呢！那还算朋友吗？"

"我们可马上拿不出钱来呀！"魏美美微笑着说。

"这是什么话呢！"古儿鲁老爷也微笑着说，"难道我还能逼着您拿钱来买！"

"那么我们真感激呢！"

"您是说借吗？"古儿鲁老爷立刻愉快了，露着松心的笑，"就这样吧，我今天雇车子送来！"

"不用急吧！明天再搬不更好吗？"

"您知道，为朋友，我向来是办事彻底的。就这样呵！我回头雇车子送来！"

当晚古儿鲁老爷送来了樟木床。卢儿古老爷和太太魏美美吵了一架，太太打碎了一只坏嘴的茶壶，卢儿古老爷撕坏了一条很好很好的褥单，太太魏美美又摔了暖水瓶，卢儿古老爷看看，又拾起那条破被单撕得更零碎了……

四

第三天黄昏古儿鲁老爷又到卢儿古那儿谈天。那时卢儿古老爷和太太魏美美还没有讲和。因为房东几次催着搬开那个放在楼梯口碍人走路的樟木床,古儿鲁老爷又不来,到底卢儿古老爷皱着眉头搬到自己房间里去了,夫妻俩一句话不说在它上面安静而舒服地睡了一晚上,这天早晨魏美美又把那只破竹床劈碎了做柴烧。

当古儿鲁老爷叩门进来时,卢儿古老爷没有和他打招呼,也没有站起来让座儿。古儿鲁老爷摘下手套。向魏美美美问:"您好呀!去医院检查过吗?"因为魏美美请了假,三天没到办公的机关去了。

"没有去。"魏美美说。站起来想给他倒杯茶,又记起来茶杯全摔完了,已经站起来的身子,又坐下去。

"您看,这张樟木床一摆,多么体面呀!"古儿鲁老爷说话时用手拍拍床架子,并且望了一下卢儿古老爷。左顾右望,终于没有反应,就又退到窗口那把几乎成为他的特备座位的椅子上去。

卢儿古老爷在另一把靠椅上叠膝读着一张旧报的广告。骄矜自得地抖着脚尖。既不哼,也不哈,又不咳嗽,又不打喷嚏。

古儿鲁老爷默默坐了一会儿终于向魏美美说:"我有点小希望,等着您的布施呢!我想,谁还能在这难关帮助我呢?还有什么朋友会在这样艰难的事情上救我呢?就这样,我想还是到您这来吧!我就来了!"

"什么事情呢?"魏美美说。

"芝麻粒儿大的事情,说来也怪可怜的。我想向您借一笔钱呢。我凑了一笔,还差二百二十元,您知道我的那个不争气的弟弟在昆明读书呢!欠人家的伙食债,再不缴就要停他的学了。"

"您……一向对我们是很好的,您也知道我就要生产了……哪里会有钱哪!"魏美美低声说。

听到这里,卢儿古老爷那么自由自在的脚尖不颤动了,并向古儿鲁老爷望了一眼。

"您知道，我从来是关心我的这个朋友的家的。我看到你们睡的床太不像话了，就黑天半夜雇车给您送个好的来。朋友们嘛，都是离家背井的，谁还没有个不凑手的！若不，怎么叫朋友呢？可是我在难关上，也希望您能关切一点呀！"

卢儿古老爷第二次向古儿鲁老爷望了一眼，又重新读他的报纸，并把纸抖得很响，而且咳嗽了一声。

"实在没有钱呀！您……"

"那么先借二百元给我吧！"

"我向哪儿拿二百元呢！您知道我的月薪预支了一个月……"

"这样好吧！您先借二百元给我，赶明儿我再借来还您。"

"您这不是要人的命吗？叫我一个妇女人家向哪儿去借呢？"

"二百元都不肯借，真是对我太忍心了。您难道看着一个朋友落到水里，就不肯伸手扯一把吗？"

魏美美向卢儿古老爷望着，等到不见他开口，就突然转身面墙哭泣起来了，并不是对古儿鲁老爷有什么感触，而是想到自己被人逼得这样，丈夫不肯插一句嘴来帮助，非常伤心。卢儿古老爷立刻站起来说："先生！您是特意来扰我的家呀！您把内人逼哭了才松心呀！您请出去吧！"他大步走去打开门。

"您这是做什么呀！"古儿鲁老爷满脸通红。大声喊，并用五十公斤的力量坐在椅子上。

"您吵什么！您呼什么！"卢儿古老爷又走到古儿鲁老爷跟前低声说，"出去！您是要等我向外拖您呀！"

"您存心侮辱一个政府官吏呀！您要霸占一个穷苦人的床呀！"古儿鲁老爷用一百公斤的力量坐住椅子并舞手抵拒卢儿古老爷的抓攫。

卢儿古老爷突然离开古儿鲁老爷，向魏美美叱吓道："起来！"就把被子抛到地上，把衣服和破烂的两只袜子抛在地上，把枕头褥子抛在地上，就动手拆床。魏美美帮着自己丈夫向外抱床板，抱床脚，抱床架子。古儿鲁老爷吃惊地坐在那儿嚷："这是做什么呀！这是做什么呀！"

"现在您的樟木床已经在楼梯口，请您出去吧！"卢儿古走到古儿鲁老爷跟前说。

古儿鲁老爷的身体突然增加了一吨的力量，坐在那儿不动，两只发光的眼睛像野兽一样，一心一意等待卢儿古老爷抓攫的时候用手抵挡。

"您是必定要我向外拖呀！"

"这是做什么呀！"

"请您出去呀！"卢儿古老爷终于用手去拉他的胳膊。

"我要坐一会儿嘛！"古儿鲁老爷喃喃地说。

卢儿老爷开始拖起古儿鲁老爷来了。古儿鲁老爷用一吨的力量坐住椅子，抵拒卢儿古老爷。当他的衰弱身子将要给拖开的那瞬间。他不知怎样，却扯住桌布，显然他是要抓桌角做把柄，没有抓住才牵动了它，于是桌布上的烟盒、墨水、钢笔尖、茶杯、面镜、发油，全在地上滚起来了，而且桌布包住了古儿鲁老爷的脸，到底给推出门外去。古儿鲁老爷还想返身走进来，却给门关在外边了。但他立在门外不肯走。

这天晚上卢儿古老爷和太太魏美美睡地板。躺下去的时候，还听见古儿鲁老爷叩着门喊："开门呀！这是做什么呀！"

"给他开开吧！"魏美美低声说。

"我用脚踢你了呀！你要是再说，我就用脚踢了呀！"

从此以后，卢儿古老爷开始睡地板，太太生产又欠下了一笔亏空，物价天天涨，靠米贴过活的人，哪里能有余钱再去买家具呢？喝水也再没有暖水瓶和茶杯。古儿鲁老爷再没有来，留给他们夫妻的是整天吵嘴和咒骂，并且孩子也特别爱哭！

1942年10月作

红玻璃的故事

一

　　王大妈是榆树屯子里最愉快的老婆子。又爱说话又爱笑，见了人总是谈闲天，往往谈得忘记了做饭，往往谈得忘记了喂猪。不管是在大门口碰见屯子里的人，还是到邻居家里去借使唤家具，一谈就没有落尾，一坐下来就挪不开脚步。所以王大妈在榆树屯子里，有个好人缘儿，也正因为有好人缘儿，手里没有几亩地，过的日子反而顺心。不说别的，青黄不接的时候人家都到城里去借债，去向外批豆子，而王大妈可不用出屯子，就能东家借两升苞米，西家借两升高粱，凑合着过下去了。

　　自然王大妈家里人口少，除了她自己，跟前只有一个十五岁的男孩子。男孩子名叫王立，他还有个三十岁的姐姐，老早就出阁了。嫁给沙河子刘二虎家，现在已经是一个七岁女孩子的母亲了。另外他还有一个姐姐，那是王大妈的第二个女儿，没满十六岁得干血痨，死掉了。至于王立的父亲，他是从来没有见过的。因为他在出世的那一年，他父亲就到黑河挖金子去了。

　　王大妈过了十五年寡居的日子，最初还早起夜晚地想，慢慢就逢年过节地想，盼望丈夫能有个口信。年头久了，王立也长大成人了，王大妈也就习惯这孤寒的日子啦！不再想那个到黑河挖金子的男人了。王大妈为人又很勤谨，又生就一身结实的筋肉，身量又有男人高，腰粗，臂膀壮，有着一双充满生命力的眼睛，和一双能操作的大手；而且胃口也健旺，一吃就是一斤土豆子两碗黄米干饭，所以过得也很幸福。而且王立也能帮她锄地了，王大妈就不让他雇给外人放牲口了，留在自己身边，帮衬着干活儿。

　　这天，是九月初三，王大妈的外孙女儿小达儿七岁的生日，王大妈想赶早收拾收拾东西，到女儿家去走趟亲。因为女婿也到黑河挖金子去了，五年没有个信，不知是活着呢，还是故世啦！闺女的日子也很孤单。

　　这天从早晨起，就很冷。屯子里每家茅草屋顶上全都铺着霜。王大妈吃早饭时还说："天气变了，咱们得把后院子的白菜全刨出来！"并且催着王立快吃，谁知吃顿饭的工夫，又出了太阳。

　　王大妈本来想刨出白菜来挤酸菜的，酸菜缸都涮得干干净净了，又临时变了主意——晒干菜。留着那些没刨出土来的，等到走亲回来再挤。

　　临走，又预备好猪食，嘱咐王立只烧把火温一温就好了。

　　"要是天气变了，赶快把晒白菜的席卷起来，听见没有？你看你那么大了，还有鼻涕，真丢脸死了，快过来，我给你擦擦！"王大妈做着不屑望他的眼神又说，"真不害羞，那么大了还得我来照料——喔儿哧——喔儿哧——你看这些鸡，简直是活祖宗。立子！你好好地看着呀！勤赶着一点儿，别让鸡把白菜吃光了！"

　　"知道呀！你快去吧！"

　　"你看你……说说你，你还不耐烦了！你看看这些鸡，探着头，伸着脖子，一离眼就跑来了，我可告诉你别看着看着睡着了。"又小声说，"你知道隔壁老胡家的儿媳妇，手可不老实。"

　　"知道呀！知道呀！你别蘑菇了！"

　　"你说谁蘑菇，我没有打你吗？这孩子，越学越不像样儿，谁家有儿子说他妈妈蘑菇的……你看这些鸡，全是些饿鬼，一天不吃三百六十遍也不饱！"

　　王大妈又嘱咐王立当心着鸡，这才进屋去换衣裳，倒不是为了走亲，要穿得体面点儿，而是防备变天，关外的天气，尤其是秋季，说不定什么时候刮风，什么时候突然下雨。

　　王大妈穿了那件丈夫早年在家时穿的棉袍，提着一个红布包袱，就跨出满是绿色白菜叶子的院子了。院子的土墙极矮，腿长的人能跨过去。

　　"妈！"

　　"什么？"

　　"你早点回家呀！晚上我一个人怪害怕的！"

　　"害怕找刘家小牛倌做伴好啦！可不许吵架！要是下雾露雨，记着多抱进几捆柴火。"王大妈说着又想走回来，那神气仿佛说："还是我来先抱进几捆吧！"

　　"知道呀！我会抱进去呀！"

　　"要是晚上我回不来，把酱缸盖上呀！一着露水酱就要坏了。"

　　王大妈到底离开家了，在屯子口又碰见刘大爷，这是一个常常到哈尔滨去卖豆子的粮贩子，阔背、粗腰，穿着短的皮外套，说话的声音很雄壮。当时，他就笑着叫道："小寡妇！到哪儿去呀？打扮得这样俏皮！"

　　"老该死的，驴嘴里就长不出象牙来，都老白了头发啦，还小寡妇啦！去看看我的外孙女呀！你知道，今天是我外孙女的生日哪。当姥姥的没有什么稀罕东西，这个年月能走一走就不错了，谁能顾了谁呀！你又该收豆子了吧？什么行市呀？"

　　"还没有行市呢！咱们屯子里开的价是十六哈洋一石。你怎么？还有两石卖吗？"

　　"还有两个金豆粒呀——我不和你闲扯啦，改天再扯吧！"

二

　　王大妈走出屯子口觉得外边的风很大，到底屯子里暖和。而且外边风声也很响，和在院心听见的不同，刮起来，带着一种尖锐的叫啸。王大妈的袍子襟儿，都给风吹得一抖一摆的，前襟儿向后卷，后襟儿向前面飘；挪步都不便当，索性就卷到腰里，这样更利落。王大妈想："这若是叫自己闺女看见，又该说当妈的没女人气了。"不由得笑着，这种微笑是在一个少女走出她的情人家里时所有的，低了头，什么也看不见，又想：自己有这么个要强的闺女，真是给当妈的争光。不说别的，一个人，又没有公婆，又没有家底，有几个叔伯，也早分居了，单人独马挺着过日子，是不容易的。想到这儿又觉得闺女孤孤单单的有些可怜。若是自己的日子过得好，王大妈就是一月不走三趟亲，也总能接到家里来住几个月，可是自己的日子也是顶着过。走亲不带一点儿吃食，来回空着手，还不如不走。想想，又很难过。

　　车道旁，有屯子里的人收拾庄稼。王大妈看见一个包着粉红色头巾的少妇，在一辆四轮农车上装豆秸。她认识，是烧锅家的三媳妇。平常王大妈还看不出她这样能干。两手用二股叉叉着豆秸向车厢里送。车左首就是一个大坟堆似的秸垛。两个半老的农妇，站在那垛顶上，向车里抛豆秸，手里也各握着一柄两股草叉。阳光照在车上、豆子垛上，看起来镀金一样，黄澄澄的，难怪妯娌们是忙得那么愉快。

　　"立子他三婶儿，刮风天也不在家里蹲着呀！"王大妈老远叫道，"怪不得你们是财主哪，勤也不能卖命地干呀！"

　　那时，被喊着立子他三婶儿的正向手掌上吐唾沫（这样搓搓手，再握草叉就不磨手了），就说："外头的人，都向城里送粮去啦！人手不够呀！你提着红包袱做什么呀，又看闺女去吗？"

　　"统共今年没去两趟，可巧都给你碰见了，五月节去了趟再没去呢，我也不知道八月节她是怎么过的。我这个当妈的攀不得人家，手头紧,自己也顾不了,还有心顾闺女……今天是小达子的生日哪!就是我们那命根子外孙女儿,可巧,前几天积攒下几个鸡蛋,当姥姥的嘛,还有不亲外孙女儿的!卖舍不得卖,吃舍不得吃,连立子我也不叫他动手,可是闺女还嫌当妈的不像姥姥样,说我'把家啦',说我有东西也不给外孙女儿!"又说,"那是谁呀!是立子他二姑姑从沙河子回来了吗?你们看看,我这眼神一年不济于一年。"实在王大妈早就看见是烧锅三媳妇的小姑了,一时不知怎样回答她的招呼,就这样遮着心眼儿说:"帮着他大娘装豆秸呀!看看你们高高站在垛上的样儿,像是两个女神呢!"谁也没留她多谈一会。她自顾自说,"我可不能陪着你们妯娌、你们姑嫂,扯闲白了,还想傍黑儿赶回来呢!"

"大妈过来吧!抽袋烟再走呀!"

"是不是怕我们吃了你的走亲鸡蛋呀!"

"他二姑姑还说呢,女婿从哈尔滨捎回来的俄国牛奶糖,你就不拿出一块给大妈尝尝!"王大妈笑着说,那张神情像一般拿着真话当玩笑说的人一样,"下一趟女婿若带来稀罕东西,你不送,我就要跑到你那儿去硬讨啦!"

只见站在豆秸垛上那个半老的妇人,高声笑着,她这时候无话可说,你不让她笑,又有什么法子遮羞哪!王大妈咯咯咯地笑着:"真得硬讨呀!你说不是吗?他大娘!"她那时间向前走了两步,自然眼睛没有注意道路,所以停脚又追问一句,无非想逗引烧锅大媳妇说两句话,显得彼此有点温暖气,烧锅的大媳妇也仰脸笑着,因为这时起了一阵风,所以王大妈的话,她也没听见,至于她的笑因,自然并非由于王大妈的玩笑,而是因为她的小姑说:"王大妈活像一个跑关东的山东汉子!"只见她的头巾飘抖着,身子斜着,险些给风掀下草垛来,就势坐了下来;又是一阵笑声,王大妈也笑着,一会儿风势就掀卷着她的头发,红布包袱差点儿也给风吹跑,眼睛这才注意到立在路当中的一匹小马,它又畏缩又好奇地站在她面前,很久一会了,仿佛试探试探这有男人高的老婆儿,有没有驱赶它的胆量一样,可是王大妈现在才注意到,而它也一闪身子,就像受惊的小鹿一样跳着跑开去,这把王大妈惊了一下。走了一段路,心还在跳,就疑心着,莫不是小达儿家有什么不吉祥?但只一会儿,也就忘记了。

展眼远望,秋末的旷野,散布着几组收庄稼的农人,另外有两条村狗,在右首的高粱垛旁奔跑,仿佛是追逐垛鼠似的,再就是前面的路标石,和立在标石旁边的狐仙木板庙,因为那庙涂着红颜色,就格外显眼。

在左首一个岔道口上,有着狐仙庙和路标石的大桦树背后,王大妈望见一座新坟。坟墓周围有一道石栏杆,而且石栏杆的宽大距离连着一条粗的铁索链,朝南有门,门前又有大的雕石香案,心想是沙河子屯哪家粮户死了,修坟修得这样讲究,仅那七八十斤重的刻花纹的白石香炉,就值一石豆子的钱!走过这座桦树,就望见岗下的沙河,和对岸的沙河子屯落了,树木森森,可都是光枝子,既有一两棵树还有几片凋零将坠的叶子,也枯黄得给人一种雪季就要到来的感觉。沙河子屯上空的山峦上,霾黑的云块,飘动着,而且垂着灰色的雾丝,山顶和山脚,也仿佛蒸发着雾气,和低空垂下的连作一起。王大妈想,也许今天下午要落一场初雪,再不,就是临末的一场雨,可是南边天空,还是晴的。

在屯子口,王大妈又碰见几个熟人,有一个提着水桶的健壮女子和她打着招呼:"看闺女来了,王大妈!"

"黑柱儿他娘呀,您好!"

"怎么没带立子来呀?"

"留着看家呢!你不知道,天天要来,就是抽不出身子,今天是我们外孙女儿过生日,院子里还晒着白菜,就这么掷下,跑来了。"

王大妈这次不停脚了,说着话,向前走,实在心太急。普通人在临到要会面的亲戚家村口,是这样急的,仿佛要早一步,要早些看到所要看的人，一秒钟都不能等。

黑柱儿他娘，是一个寡妇，包着蓝头巾，短褂补着补丁。眼睛可又黑又尖，一边提起来水桶，一边注意王大妈的红布包袱。

"立子没有跟着他们到黑河挖金子去！"

"我养了孩子，让他当牛倌，也不让他挖金子！别气我了！挖什么金子，简直是……我真不愿说不吉利话！"

"那可也该娶老婆了？"她又望了一下王大妈的红色包袱，实际也不是存什么贪心，不过想知道究竟她给小达儿带来什么礼物而已。

"等他长大自己讨吧！我可不能害人家姑娘一辈子，说不定翅膀硬了，远走高飞啦！让我天天看着媳妇子难过。"

"可也是……"

"你不进去坐呀！"王大妈到了闺女家的土墙院门口站下来说，不想门口对面的茅屋后窗上，探出一个头来，正是小达儿。黑发梳得挺光，耳旁的两条辫子垂到肩上。只听她尖声欢叫着："姥姥来了！姥姥来了！"就看不见影子了，但还听见她的喊声和奔跑的脚步声，在茅屋前院响。王大妈的眼睛现出愉快的光来，心里骂着这小蹄子，像她妈做孩子时候一样，乱蹦乱跳的，嘴里却对黑柱子儿他娘说："进来坐坐嘛！"实在是说："你走吧，别打搅我了！"

"我还等着回去给猪弄食呢！"可是她手扶着土墙，不打算就走。

那时候，小达儿就跑出茅屋东边的夹道，一见王大妈就扑抱起她的两条腿来了，仰脸望着王大妈，笑着，像我们所常见的孩子，见了亲人不知说什么好，还有点羞哪！不敢看王大妈手里提的红包袱。她的一只小手里，握着万花筒。

王大妈也没有理会小达儿，只用大手捏住她的小手，和黑柱儿的娘说话。黑柱儿他娘说："你们的白菜都刨出来啦？我们这还没动手。谁知道今年霜下得这样早！"

"今年的天气有点不同呀！"王大妈说，心里老是急于早点摆脱开她。

谈了一会儿，黑柱儿的娘终于提着水桶走了。王大妈就抱起小达儿来，夸奖她打扮得漂亮，又摸着小达儿的新衣裳，问是谁给缝的，一边说着话，一边向屋子里走。这时候，王大妈的脸上洋溢着幸福的光辉，哪一个姥姥不疼外孙女儿呢！哪一个娘不喜欢自己闺女的孩子呢！亲了又亲，望了又望，就没有听见小达儿的娘在屋里的召唤。

小达儿的娘，和她母亲王大妈一样健壮，只是脾气不同，见了男人，总是一句话也没有，见了女人也不欢喜说笑话，问人家借把扫帚，都羞口，借给人家全部押箱子的首饰，倒挺大方。

当王大妈在墙外和黑柱儿的娘谈天的时候，她就看见是母亲来了。可也没有走出来。倒不是为了当娘的过八月节没来看她而生气，而是因为从早晨巴望到晌午，不见影，心也就烦了，兴致也就没有了，说不出哪里来的恼怒。所以只走到门口望了望，又退到厨房烧灶去了。

"召唤你也听不见！"小达儿的娘在房门口迎着王大妈说，"我们娘儿俩等着你来煮面，可倒好，面都风干了，才来！"说着话，把红布包袱接过去，仿佛接过客人一根手杖一样，"进屋坐吧，我还得去烧锅！"

"看看我的闺女呀！大老远来，一进门就给我酸脸子看哪！"王大妈像对别人说话那样高声叫，实在挺高兴，"你可别跟着你娘学呀，小达儿！"

小达儿的娘也不由地笑了："怪人家气！光烧锅就烧了三四遍，就等着你来面才落水哪！"

王大妈望着小达儿的娘，是这样清瘦，嘴唇也没有血色，两眼极像她的父亲，心里又一阵难过。脸上却依然装着欢笑，怕自己闺女在这小达儿的喜日上伤心。像五月节那天，哭得连她自己都流着泪没心劝了。

三

王大妈和小达儿她娘吃了孩子的生日面,谈着家常话,是很愉快、很幸福的。

小达儿她娘告诉王大妈,今年的乌拉草,卖价还好,籴了一石苞米,能凑合着吃到年底,冬天想请邻居们给挖个兽窨,说不定能抓个豹子、冬鹿什么的,也好过个富裕年。王大妈就说,明年打算叫立子下庄稼地,已经和刘大爷商量过,托他留心给租两坰黑土地,那么明年若是自己闺女缺什么,她当娘的就可周济了。

母女俩说得都挺高兴。

那时候小达儿坐在王大妈的膝上,玩着自己心爱的红玻璃花筒。从那三角形的筒里,可以望见红绿色珠子的变幻,有时是五角形,有时是八角的花朵,原来花筒是三块红玻璃制成的,那底子里夹的彩珠,给红玻璃反映着,一动就是一种新奇的花纹,一动就是古怪的图案。

王大妈正说:"我怕下雨哪!"说话时,望着窗户,不想真的有一滴儿雨点落在窗纸上,小达儿的娘就急忙爬下暖炕,到后院去收拾晒的几件冬季衣裳去了。

王大妈只一个人伏在窗口上,看不见天上的黑云,因为屋子是向南的,南天还是一色秋季有风日子的晴天,和惨淡的夕阳光辉,那光辉越是红,越是觉得惨淡。王大妈想:"有雨也不会大。"一回头,就望见蹲在身旁的小达儿。起初,王大妈还笑着说:"你那是玩儿什么呀?拿过来给你姥姥看看!"实在她不是不知道红玻璃花筒,正因为她太熟悉了,也没有注意。

但当王大妈闭一只眼向里观望时,突然她拿开它,在这一瞬间,她脸色一冷,如有所悟,而且她那两只有生命力的眼睛,是使小达儿那么吃惊,那两道眼光,是直线地注视着小达儿,小达儿的脸色变白,几乎哭起来。

"小达儿！怎么的了？姥姥想什么事情呢！"王大妈立刻自惊地说，"别害怕。"

王大妈失神的那瞬间，想起什么来了呢？想起她自己的童年时代，也曾玩过这红玻璃的花筒，那时她是一个天真的愉快而幸福的孩子；想起小达儿她娘的孩子时代，同样曾玩过这红玻璃花筒，同样走上她母亲的寂寞而无欢乐的道路。现在小达儿是第三代了，又是玩着这红玻璃花筒。王大妈觉得，她还是逃不出这条可怕的命运安排的道路吗？——出嫁，丈夫到黑河去挖金子，留下她来过这孤独的一生？谁知道什么时候丈夫挖到金子，谁知道什么时候做老婆的能不守空房？

这些是王大妈从来没有仔细想的，现在想起来，开始觉得她是这样孤独，她过的生活是这样可怕，她奇怪自己是怎么度过这许多年月的呢！而没有为了柴米愁死，没有为了孤独忧郁死！

四

从沙河子屯走亲回来的王大妈，和以前的王大妈不同了，她已经窥破了命运似的，感觉到穷苦、孤独，而且生活可怕。

在屯口路过那座新坟的时候，她又注视了一下。现在她不是赞美那墓石和香案的讲究，而是想，这里是埋葬着一个什么样的人呢？也许他生前是个阔财主，也许遗留在世上一些叔伯、子孙和亲族，而他自己是"解脱"了……

王大妈回到榆树屯子三天了，榆树屯子的人从她墙外经过，听不见她的说话声了，再也望不见她那充满生命力的眼睛和笑容了，人们还以为王大妈走亲没有回来。

王大妈每天坐在暖炕上，不落地，两只眼睛望着渺茫的前方，仿佛望那遥不可及的什么物体，而实在是连窗户和屋壁都没有望见。猪叫得太凄惨了，就叫王立弄猪食儿，肚子饥了，叫王立煮点苞米，她自己仿佛牵扯在某种营生上抽不出空来。

不久，王大妈犯了病，又咳嗽，又哮喘。王大妈自己知道没有希望了，就把王立叫到眼前，握着王立的手说："立子！你妈不中了，到沙河子屯叫你姐姐回来一趟吧！"又说，"我若是有那么一天不喘气了，你怎么过呢？没有人再疼爱你了，没有人再照顾你穿衣吃饭了！妈活着，还是份人家，妈死了，你怎么过呢？"

王立哭得不能说清楚话："……别说……妈会好的！"

"立子，记住我的话，我活着是立誓不让你向外跑的，可是妈现在不了……立子，到黑河挖金子去吧！"

王大妈是在这年冬天死的，王大妈死后，王立到底背着小包袱，到黑河挖金子去了。

第二年，春天又来到了榆树屯子。人们照常耕地播种，布谷鸟照常站在树荫下低鸣着，榆树屯子的人们已经忘记了村口王大妈这份人家。

王大妈那所茅草屋顶露天了，像死马袒露着肋骨那样袒露着柱子和椽子。房门还扣着锁，纸窗却破了，能看见露天的土炕，而且院子长了一片野草的绿茵。

这年春天，依然很暖和，大河开冻以后，冰解以后，到处都是流水的震耳幽韵，而且窝灵儿——那歌唱春回北方的山国的诗人，也依然在高的晴空，愉快地抖着翅膀，广播着悦耳的赞美春天的诗歌。

清明节，王大妈坟前出现了纸灰。有的说是她闺女来过，但没有人看见，也没有人听见过哭声。

王大妈的土墓上，生了初生的艾草和狼尾草，而且一天天蓬茂、繁密起来了。

1943年冬。为1942年1月22日萧红逝世一周年忌日追撰。是稿，乃萧红逝前避居香港思豪大酒店之某夜，为余口述者，适英日隔海炮战极烈，然口述者如独处一境，听者亦如身在炮火之外，惜未毕，而六楼中弹焉，轰然之声如身碎骨裂，触鼻皆硫黄气，起避底楼，口述者因而中断，故余追忆止此而已。

1942 年冬作

乡亲——康天刚

一

乡亲——康天刚第一次离开立马峰，已经是在关东山满了三年的期限。三年来，没有挖到一棵人参，脸上也看出是老了，眼角裂开一道道皱纹，尤其是在笑的时候，全不像只有三十岁的人。离海南家的时候，穿的是土布的农民式短袄；现在穿的还是那件的底子，不过补得一块一块的，看不出原先那种色调了。

现在他从关炮手那里，借来一具雪车和坚厚的羊皮外衣，套上猎户的那匹俄罗斯的公马，把手指插入嘴里，打声响亮彻野的呼哨，两手抖抖马缰绳——那缰绳从公马的阔嘴的左右分作两股，为的是便于车夫坐在雪车上驾驶而延展很长——呼唤一声骚达子（那时公马已经扬蹄），他把身子用力向雪车的干草上一抛，又抖抖马缰，雪车就开始移动，逐渐迅速地飞驶开去。骚达子也就高声吠叫着，追逐野兔子那样随着雪车奔窜——一会儿，就越过雪车，高吠着一直奔窜前去。康天刚就把两手插入无指的狗皮手套里，安然坐在雪车上。公马不用人指使，一百四十里的冰道，傍晚就可以赶到了。没有大风，雪刚停止，无际的晴空托着一轮暖阳，正是冬季探友的好日子。

这是爱新觉罗氏家族入主中国以后，算是"江山一统"的太平年月。正像京戏里任何一朝皇帝出场时所说的"风调雨顺，国泰民安"的时代。

皇朝发祥地的解禁圣旨颁布不久，就是说三年以前，乡亲——康天刚就到关东来了，抱着寻求财富的希望，和普通那般跑关东的山东农民一样，充满了冒险的精神。

康天刚本来是乐天任性的人，欢喜唱小曲、拉胡琴、玩鸟、打猎，一直没想他该怎样来建立家业。因为和三里外的邻村的财主闺女发生了爱情——他是在财主家做长工的——等到财主知道他和自己闺女的关系想要拆散他们，已经晚了，而且知道闺女抱着誓不改嫁的决心的时候，就答应康天刚：若是三年以内，他能够置买二十亩小麦地，另外再有耕地的牲口和一辆送肥的农车，那么他绝不再苛求，准备把他的闺女嫁给他。财主是中年丧妻不娶的人，平常日子自然极钟爱她。

他闺女也首肯了这个口约。康天刚回到自己的村庄，就贱价卖掉自己仅有的半亩祖茔墓地，以便及早动程到关东山。当时，关东山在山东农民的脑子里，是块遍地金沙的宝地，除了闯关东，康天刚想，是没有别的办法在三年以内成就这样一份家产的。

给他暮年的母亲，只留下两间祖屋，临走母亲嘱咐他，到关东山无论运气是好是歹，要常常找人给她带口信。那时还没有邮局，许多到海北的山东农民往往一离家门就失去音信。又说："我自己呢你就不用挂心。反正本族的户数多，冬天帮着人家推磨，秋天帮着人家打场，春夏有的是野菜，总能凑合着过的；不过只有一样不安心，就是昨晚做了个不祥的梦，恐怕咱们不能见面了呢！梦见掉了牙不见血，也不疼，不大吉利！"

"你别想这些，咱们一不杀人，二不偷盗，会有什么不吉利呢！"

"吆！可难说呢！"她流下泪来笑着说，"我自己老得这样，牙口眼色，越来越不济事，说不定有个三长两短，跟前就你一个亲人，又隔着渤海……"

"不会呀！"康天刚笑着安慰她，"老天保佑，说不定我今年年底就回来了。"

这样康天刚就离开乡井，带着几件替换的衣裳，另外还有地主女儿送给他的一件瓷的观音像，祝福他在观音老母的庇护下能够早日发财，及时回家；实际上她秘密默祷着，愿他不要变心，或给关东山的黄金迷住了，忘记了遗留在海南守约的自己。

那时没有汽船，他搭的是依靠风力的帆船，那帆船挂着三张白布篷，在无边无际的海里，漂荡了整整三个月，因为半途曾经迷失了方向，等到达如今叫作大彼得湾，望见渔船和海鸥的时候，康天刚已经和全船乡亲饿了五天啦！

在海参崴——大概是一八六〇年以后吧！俄罗斯亚历山大二世的东"西伯利亚政府"的主脑穆拉威耶夫，还没有占领这块土地——那俄满两族土人杂居的城市，康天刚只休息了两天就和那些同船来的旅伴们分手了。有一个名叫姜云峰的乡亲，指示给他到吉林省境的路程，说是第一天，他可以在地名卢锅的镇市住宿。那里有许多制盐的乡亲，尤其是孙把头，为人很义气，若是碰到他，说不定还能搭上访山帮的伴，让他们送他到省境去，然后祝福他有好运气——至于他自己，要歇几天，进山找"干这行的朋友"。说话时手指做着捻弄胡子的姿势。康天刚到现在才明白，原来在船上交了个"胡子"朋友，立刻觉得遍地白雪荒山的关东山，确乎和人口稠密的山东不同。两人分手，还约定交秋再碰面。姜云峰说："开春再入吉林边境去玩玩。"

路上，康天刚越发觉得这地界着实和海南不同。远远近近，全是重叠的高峰峻岭，而且岭峰还遗留着冬季的白，快到三月了，还看不见一点绿色。所有的岭峰全长着森林，峡地和宽谷又一色是草原。这都是他第一次见到的，那么广阔无际，那么丰厚、稠密，一片一片，无尽无止地展开去，地面不露一块土。足证它们是一年到头，没有人动过，冬季任性自衰自败，春季任性自长自生，无怪乎说关东山富庶。在山东不要说森林，就是河崖草都偷也偷着挖光了，哪有抛在地上不管的呢！起初，他还想着搭木帮，入山砍木头；后来想起姜云峰的话，为什么不搭访山帮去采参呢？他是抱着有月亮不摘星星的雄心的。

走到卢锅，果然找到孙把头。这是个背胸相当宽厚的汉子，满脸红红的，仿佛刚从热水浴盆里走出来的人。和他相离三年了，康天刚还清楚记得初次见面的印象。那时候，他就留着一撮蓬草式的胡须，辫子是割掉了，只剩着丰厚的辫尾，穿着破羊皮袄，敞着胸，衣扣全破了，用一块粗布扎着腰。一知道他是从海南新出来的乡亲，而且特意找他的，就把康天刚带到自己所盖的洋草房子里去。从墙上摘下酒葫芦来说："乡亲！这是俄国的'窝特卡'，尝尝吧。这地界没有咱们海南家的高粱酒，都吃这个。我是一滴也不要沾的，原是预备来人什么的。咱们在这碰到就无亲也带八分亲了，你得当作在自己家里才成哪！"他又说："你尽管坐下喝，关东山是不讲礼道的，也不要让。"又问他："海南家的收成怎么样？哪村哪乡受到旱灾？"说着说着越发亲近了。原来康天刚提出的庄名和本乡有声望的人物，孙把头也都知道，并且还能说出每人的特点。譬如："东旺庄衙役，还是那么能喝呀！每次都用棍子挑着个大酒坛赶集！""李家洼的老刀笔还没有死呢？真是祸害一千年，每年赶山，都是衣领后插着把扇子，谁见了不让路三尺呢！"最后孙把头告诉他，在这里可以多住几天。他现在新领了一块山地，预备开春垦荒，若是他愿意留在这里，他情愿一年给康天刚七十卢布的劳金，或者他也想领块荒山的话，那么就合股开垦：他出牲口，康天刚出力。

当时康天刚想：我要七十卢布有什么用呀！把七十卢布看得这么重；可是在我，一点也不济事，就是干两年回家也置买不了能养得住两匹牲口的地亩呀！就是合股垦荒地，也不是一年两年就见成效的营生，况且我还预备年底回海南呢！就辞了，决定去访山。访山就是挖人参，吃山的人是忌讳说明它的。

"为什么访山呢？"孙把头说，"那都是心高望远的人走独门，掷骰子想一把掷出三个六点来，全得凭运气、手红；那当然，说不定几个月能访到棵百把年的老山货，可是背运，三年五年也未见访着一棵参苗子。还是卖力气,做打头的长工吧!这是实在的,一步一步来。"

康天刚笑着说:"卖力气,我就不用卖掉祖茔地过海来了!"

现在回想起来,康天刚只有苦笑。还有什么可说呢?三年真的一棵参苗也没见,不过还有着自信,那就是再看今年这三百六十天了。

他现在就是去卢锅探望他的乡亲孙把头,托他找人向家带个口信,让海南家那个守约的闺女,再延期一年。他想今年底一定会走运的,因为败运也是三年一转的,虽然他确又不相信什么运气。

这时候雪车已经离开山道,在一道河流的坚固冰面上飞驰着。冰面又宽又平,向山谷之间伸展开去。两边全是白雪掩盖的草原,显得极空旷极辽阔,而又云树不分的渺茫,一切全是白的和灰的;只有偶尔那树枝上雪块坠地的声音,才使人注意到雪车越过森林蓬茂的山脚,原来空旷也并不辽阔。康天刚现在对无边无际的富庶山野,完全没有兴趣了。虽然抽了袋烟,想提提神,可是在那永远是单调的白雪灰云的河道上,永远是马蹄子在冰面上起落的单调声音里,终于袖手打起盹来。

路还远着呢!

二

拖着雪车奔驰在坚雪道上的公马,突然扬鼻打起啸声。康天刚醒来一看,太阳已经落西,雪车早已离开所走的冰面,而且旷谷周围起了大风,雪屑满空飞舞。不过从公马的一连串响鼻的声音里,意识到距离卢锅是不远了。为了避免再沉湎到睡眠中去,就跳下雪车,让公马就着自己的脚步缓缓走。这样,还可以活活周身的血,实在他的两脚冻得有点儿疼呢!不久,公马打起第二次响鼻,它的眼睛也放出光来,竖着两耳,向前侦听。康天刚就想,快到了。可是伸展在眼前辽阔雪野,又一点村庄的痕迹看不到,尤其是风高雪狂,连树木的黑影也望不清楚。慢慢地发现许多野雉的爪迹和狗的吠声,康天刚的雪车才走进半里外还不能十分确定的卢锅村。

　　一群孩子在村口站着望他。他们追逐那些飞到人家附近找觅食物的野雉，现在他们望见雪车来了，都想能认出他是谁。是本村的呢，还是父亲的故旧？等到彼此互望着，知道谁也不认识他的时候，就有年纪较大的孩子，提议坐雪车，一哄地迎奔前去。

　　康天刚向他们笑着说："小狗拾的，等进了庄再坐，马累了一天啦！"

　　一个两腮冻得红红的孩子，穿着大人的短袄当长袍，他说："你是不是来卖狍子肉和狐狸皮的？"

　　"孩子，我是卖鹿角和象牙的。"康天刚有趣地向他睁大眼睛说。又问："孙把头在村子吗？"

　　"你找姞姞领你去吧！"他笑着就向一个八岁的梳着两条垂肩长辫的女孩子叫，"姞姞！找你爸爸的呢！"

　　那是一个俄国孩子，有着黄头发、海蓝色眼睛。

　　康天刚想：怎么孙把头成家了吗？那么一定是个寡妇了。

　　他猜得不错，等刚一见孙把头，他就拥抱起他来说："你是天上落下来的惊人呀！"然后回头高声招呼起玛达嫚来。康天刚问他："还认识我吗？"也没得到他的答话。尽是吩咐姞姞把公马卸下来，自己就拉着康天刚的热手（因为刚脱出皮手套），走进一所有玻璃窗的房子。

　　"乡亲，你老了呢！"孙把头说，"我在后窗就望见你了。我说这是谁呢？我不敢认，后来越看越像你……唉，我成了家呢！还是先说你吧！你怎么样？"

　　这时候，玛达嫚走进来。脸面和孙把头一样红，肌肉粗壮而有力，腰胸一般肥胖。进来时，用裙子擦着手，说了句什么。

　　"你看，她还问干什么呢。客人来啦！还问干什么。拿窝特卡来——你那是做什么？挤牛奶吗？别挤了。烧苏布汤去吧！"

　　玛达嫚用眼睛向康天刚笑着，表示歉意，表示不知道怎样说话来迎接为丈夫所喜欢的这位客人。又用围裙擦擦手,可以看出来,这一次是宣告要下厨房了。

"牲口呢?"她用熟练的中国话说。

"牲口,牲口……牲口牵到牲口棚去呀!"孙把头说,"你不用动,她会摆布。其实她很精明,给我喊得喊昏了——你坐坐,还是我出去看看吧!"

康天刚一个人望着这泥壁光平而洁净的屋子,望着有窗帷的玻璃窗,望着平整的油漆地板,白布罩的饭橱,觉得一切是这样富美,一边脱掉挂着雪屑的羊皮外衣,心里是急于要知道孙把头是怎样在三年内致富的,并有若干财富。

"姞姞去领这康大叔到河冰眼洗洗。在冰水里泡泡,不会冻伤的。"孙把头回过脸来说。

康天刚很熟悉地通过后门,走到后山脚的小河崖下。姞姞总是用出神的眼光望着他,在她出神望他的时候,他就做着猴子眨眼那样迅捷的眼风,取悦她。心想母亲那样粗笨,怎么会生出这样一个漂亮的女孩子。走到石凿的冰口,姞姞指给他可以坐下洗脚的石头,就独自像山羊羔子般跳着跑开了。

洗脚回来,孙把头又在他脚前掷下一双短腰毡靴,说是:"这还是你前一次穿过的哪!"然后把西窗帷拉开,这样屋子更亮一点。于是聚在宽长的桌子周围用晚饭了。孙把头照例还是不沾滴酒,只给客人亲手斟。

"乡亲——我说你留在这按部就班地干,不是也和我一样了吗?"孙把头开始说,"你知道,我现在有一百垧熟地了呢!还有三百垧荒地没有开。虽说背着千把块的债,可是我也给你讨了个嫂子。"他向玛达嫚望了一眼,"我就是不向高里望……还是先说你的吧,我也从'来往跑山的'口里听说过你不大得意。你说吧!我这里听呢!"

"有什么说的哪!"康天刚笑着说,"咱们各人有各人的看法。"

"那么你还想回到山里去吗？"

"当然哪！"尽管他是怎样地微笑，孙把头却也觉出一种感叹而且有点气馁的印象，"我是有月亮不摘星星的，况且已经花了三年的日子。"

"乡亲！为什么你不一步一步来，尽向高处望呢！"孙把头说话时望了一眼姞姞。

因为姞姞看着康天刚使刀叉的手哧哧笑。玛达嫚向他说："这样！这样！"两手做着刀叉切排骨的姿势。

"乡亲！你知道咱们不是外人，才这样说。你是太贪了，人不能不知足！"因为玛达嫚说："拿来，拿来！"孙把头的话给打断了。

康天刚因为排骨滑到盆式盘子的外面，意欲用手推它去，可是两手全握着餐具，不知是放下刀子妥当呢，还是放下叉子妥当。孙把头就想："我的话，他一点也听不入耳哪！"

玛达嫚用围裙擦擦手，接过康天刚的刀叉替他切。康天刚这才抬起头来说："啊！怎么样，不能不知足，还怎么样，你说呀！"其实他只听见末尾这句话，并不是因为太饿了，想急于吃东西，而是根本他对孙把头这话，不啻一个读书的人听农民讲《三字经》那样不入心。所以等到玛达嫚把刀叉放在盘里，推给他，而且她露出不看他是怎样吃，更用眼睛制止姞姞向他望而姞姞偷着望的时候，康天刚又没听见孙把头是说些什么了。孙把头看见康天刚故意用刀片挑着肉块向嘴里送，装作戏弄姞姞，实在是借以解嘲。心里想："他是完完全全没有注意我说什么！"

康天刚也想：这个女孩儿确乎是可爱，那老家伙可蠢死了。陪送三百垧熟地，我也不要呢，而他却很满足并以此自骄呢！

"乡亲！"

"什么？"

"那么你说说，你这三年里……你看，我说你又不听；我要听，可是，你嘛！又不说。"

"说什么呀！你全知道，我倒霉就是了。三年访不到一棵山货，一年换一个访山帮，这样下去恐怕没有山帮敢搭我这个霉气伙计了。"

"那么你还回去吗？"

"我说过嘛，当然要回去的。"

"你来是做什么呢？"

"我来是看看你呀！乡亲。"

"那么……乡亲！我不留你就是了，愿意在这多住几天，就多住几天；愿意什么日子走呢，就走。乡亲！你知道，我新添了辆车呢！两匹挺壮的公马。等明天咱们哥儿俩去看，放在地户那儿呢！"孙把头叹息着说，"若是你来的那年，听我的话，咱们哥儿俩，不都是大粮户了？唉！你老是要摘月亮呢！"

哥儿两个大声笑起来。晚餐吃得很愉快。餐后，又谈了一会子闲话，康天刚就到厨房去睡觉了。在谈闲话当中，康天刚托付孙把头有便人向海南带口信，就说今年年底要回家。至于那个守约的闺女的事情，他是从来没有向他的朋友提过的。

三年前康天刚就是在这厨房住宿过的，那时还有新鲜木材和油漆的气味，现在则充满了牛乳味以及油气。最大的不同，就是三年前，这是一座新盖的住房，而如今是降做厨房了。

康天刚打开窗，想使屋里的空气调换一下，不料风势很大，推不开；用力推开一半，那窗又借着风力自动地朝两边外墙打去，冷风立刻侵入，且扑灭木棒火烛。他想起三年前，也曾有过同样的情景，不过那是春末第一次雷雨的黄昏，而现在是冬末的夜晚。

他还记得那时候，他打开窗，窗户也这么有力地自动地朝外墙两边打去，他听见一声画眉的婉转娇鸣，仿佛一般起风的日子，或是傍晚百鸟归巢的时候，人们所听见的短促的悦耳的鸟鸣一样。似乎向它们的同伴说："快呀！暴风雨快来了！"或是"快呀！天要黑了，我们得赶快回巢!"如今呢!春天还很遥远,外边只有狂啸的北风的声音。关上窗,风声就隐约不清,因为门窗边缘都钉有一条条狗皮,自然,不透风,再加墙壁又坚,所以听不见外面的风声响了。这也和三年以前一样。

康天刚没有重新点燃木棒火烛。在黑影里,面窗站立很久,又叹息一声,想倒在炕上睡觉,可是好久也睡不着。在他脑子里有两个念头,一个是怀疑自己:果真命运安排妥当,年年走下坡路吗?一个是对于他的乡亲孙把头的幸福的怀疑:不错,他是成家立业了,可是她又丑又蠢呀……是的,他很满足……于是他又想到若是三年前真的和他合股开荒,自己确也不至于像今天这样了。最后另一个念头又讥笑道:"莫非你真的相信鬼运气吗?那么在海南娶一个傻丫头就算了,何必穿山过海跑到这百里不见一个村子的关东山呢!不是要摘月亮吗?这才决意把她娶过来,这才跑关东,这才访山。"他又想起她——那个财主闺女的两只撩人的眼睛来。想起在他离海南家那年的清明节日的黄昏,在她后院独自一个人打秋千的情景来。春燕在秋千左近飘着,蝙蝠在暮影里飘着,她的鬓发和轻柔的衣襟也在空中飘着,真是妖魅一样迷人呀!他觉得世间唯有她是最美丽的,唯有得到她是最幸福的!为什么不爱这最美的呢?山里同样生着树木和人参,为什么不采人参而去砍木头呢?这正和他要娶她一样,有月亮何必去摘星星呢!就是没有月亮可摘,他也不要摘星星!

他想到这许多的道理,但尽管他是怎样深入地去思索它们,终于抵挡不住一个念头在脑里飘起来,这就是三年前他若安分守命地垦荒,他现在可以回海南成亲了。

半夜他起来给那匹俄罗斯种公马加了草料,回来还是不得入睡。直到头遍鸡叫,才昏昏沉沉似睡非睡地打起盹来。

三

第二天，康天刚就想回到山里去。孙把头堵着牲口棚门口，不让他牵出公马来，无论他的乡亲怎样坚决，他是要留下他去看看他的那百十垧熟地、新置买的牲口和车辆，才肯放他走的，并在当天下午邀他骑马到后山上去打围。

这些事情都满意地履行之后，孙把头在回来的路上和他说："乡亲！你不信不成，就说咱们哥儿俩打的这只兔子吧！咱们想也想不到的。咱们是出来打野雉的，可是就碰到它。什么事情都是安排定了的，为什么咱们在瞄准那只野雉的时候，就看到它呢！那只本来该死的逃过了，而我们连想也没想到的这只兔子，却送到咱们枪口上来！"说话时，孙把头一直盯住康天刚的眼睛，想从他的眼睛里辨出他的反应来。他们是并着马头走的，只见康天刚的嘴唇苦笑了一下，他的眼睛望着前面，足证他的脑子确是在思索孙把头说的话，可是他没有作声。孙把头虽则也不作声，但那眼睛仿佛一定要获得他一句话才肯离开他的脸，结果是连康天刚的注视都没有得到。

"乡亲！你想什么？"

"没有什么！"

"嗜！"孙把头自嗟自叹地叹了一声，表示对于不能折服他的乡亲的惋惜，"我昨天还想留下你，我可以给你九十卢布一年的劳金！"他低声无力地说，"你知道，我看见了咱们一块土上生长的人，分外亲呢！我还想预先支给你，那么春天可以买几匹马驹子在这一放……愿意领荒呢！也中，秋景天咱们哥儿俩赶车到海参崴去玩他一个月，该多好呀！可是你不会的？"望着康天刚又一次的远望前方的苦笑，他又加重声音说，"怎么样？我知道你不会的嘛！"

"乡亲！"康天刚也低声说，仿佛一般人经过长久的深思，而虚心下气地把衷心话说出来的口气一样，"人哪，只活一辈子；有的百把十岁,有的四五十岁,都有这么入土的一天,没有第二辈子的。有些人呢,在这辈子里,整天有口粗饭吃就知足了;有些人呢,就不了。不是到头都一死吗?那么我要活得幸福,有意义。真的,就是这样!乡亲!人就是命运的主儿:我要今天回山里就今天回山里,我要打兔子就打到兔子。我不开枪,兔子就不会到咱们手里来;我不套马,雪车也不会把我拖到山里去。人就是命运的主儿!"

到底康天刚第三天早晨离开卢锅了。孙把头和玛达嫂送他到村外。只住了两天的工夫,姞姞见了他,不是像山羊羔一样跳开去了,不是用出神的眼睛凝视着他——就是他向她挤眉弄眼也不嬉笑地凝视他了;而是一见,就用两腿盘在康天刚身上打秋千。因为康天刚是那样一个愉快活泼的汉子,只要一见他就像从他身上得到生命力似的,就受到他的感染而顿觉生命的幸福似的。他会把手指插入嘴里打很响的尖哨子,又会给姞姞唱小调,编装蟋蟀的草笼子。所以当康天刚抓着马缰绳,要想抖抖它,使那匹公马拔脚飞跑的当儿,姞姞又一次用两手抱紧他的腿,尽管康天刚说:"我还来哪!再给姞姞带个黄鹂来!一叫唧溜唧溜的……"她还是摇头不放手,她低着头,用脚踢康天刚的靰鞡的靴尖。

玛达嫂在一旁站着,两手毫无意义地抓着围裙襟,提到腰前,既不擦脸也不擦手,躬身在姞姞身边说:"听话!"接着是两句俄国话。康天刚虽是听不懂,可明白是骗孩子放手;但她嘴唇所漂浮的笑容,又明明白白是赞美姞姞对客人的阻拦。她的眼睛洋溢着热情的光辉,仿佛说:"姞姞多招人喜欢呀!"并且把这意思,用眼睛传达给康天刚。只有这时,才看见抓住她手里的围裙确实是有用的,她擦了一下嘴巴。

到底姞姞给孙把头拖开了。她还伸出一只胳膊一只腿,向外挣扎。康天刚就抖抖马缰,立刻跳上雪车,打起尖哨,回头向着姞姞摆着手,说句俄国话:"道需但妮!"

"那么,就这样吧!乡亲!年底我们等着吃你的喜酒吧!"孙把头高声说,不是因为康天刚的雪车走远了,而是因为风狂雪啸的声音大。

"好了,你们回去吧!"

"年底一定来的呀!"

"当然要回来啦!"

这时候车载着康天刚飞驰开去,还听见孙把头叫道:"把外衣穿上,出村子风更冷了!"

"知道啦!回去吧!外边挺冻的。"康天刚回头喊,"别忘记,托人向海南带个口信呀!"

孙把头两手当作传声筒,说了句什么。康天刚没有听清楚,只见玛达嫚的头巾在风里急速地抖摆,两眼望着他,孙把头和姑姑也都两眼望着他。他就把手在空中扬了扬,转过身来,叹息着,满心不愉快而且怅惘地望着尖尖的两只马耳。瞬间抖抖身子,披起羊皮外衣来。那雪车在坚实的雪道上,又飞速地奔驰开去了。

四

十七年过去了,康天刚没有再到卢锅去探问他的乡亲。

十七年当中,康天刚换了十六个访山帮,每年他都是被新加入的那个采参集团摒弃。起初,是因为访不到人参,说他的霉气沾染了大家,后变作人人见到他,就觉得败兴,就觉得不愉快,即使秋底挖到几棵草参,也找个借口驱逐开他。乡亲——康天刚一年比一年苍老,眼光一年比一年犀利,而且冷酷,脸色也一年比一年顽强,甚至面对着好心肠的伙伴,也没有一点改变。永远是用冷酷的眼光,仿佛瞭望某种遥远的东西,那样望着近前的人。实际上他对伙伴们倒没有什么敌意,正像赌牌九:一连打开的全是"毕十",这时候就是面对昔日心欢的友人,也变成不服输的赌徒那种冷酷而愤怒的神情了。

这年,乡亲——康天刚的两腿受了风湿,精神顿然颓唐。本来他的头发已经花白,盘在头上的辫子就细弱得很可怜了,现在又时常脱发,同时脸色也更加憔悴,而且也越加沉默了。走起路来,脚步迟钝,两膝有时竟抖得支撑不住上身的重量。

这时候,他的爱狗骚达子已经半途抛弃他,死在白头山快满五周年了。现在陪伴他的是一匹叫乌耳的白狗,它也和主人一样倔强,常和野狼撕咬。为了保护乌耳的生命,乡亲——康天刚在它的脖子上套了项圈,那项圈有着大半环密密的尖钉,可见乌耳是怎样被它主人心爱。也正因为乌耳是康天刚的爱物,伙伴们遇见了,总是憎恶地驱逐它。偶尔也有人借乌耳故意大声威胁它的主人:"再他妈进伙房来,就杀了它!""到秋非赶它们出去不可,整天汪汪地跑进跑出,咬杀人凶手呵!"也有心肠软的伙计招呼康天刚:"乡亲,把你的狗唤出去,它又到墙角上刨土,搜寻把头养的那两只兔子哪!"而康天刚常常一句话不说,就进伙房把乌耳驱赶出来。有一天,把头双喜对他说:"喂!"——他是连声伙计都不屑叫他的——"你看夏末了,山里还没露红,他们说你把霉气带给我们了……以后不用你进山,在伙房里烧饭吧!省得出入口,冲犯了山沟的喜气。再说你的腿又生毛病……"从那次以后,康天刚就搬到伙房去住,伙房的伙计就代他随着大帮早出晚归地去访山了。

伙房立在峰顶上,地基比宿棚高出五尺,门口就是一个岩石形成的悬崖。康天刚一打发走挑饭的伙计,就坐在门口休息。望着远近的高拔山峰,望着两山之底的深谷,望着白云以及飘荡在低谷之空的苍鹰,抽两袋旱烟,又要预备午饭或晚饭了。

有天黄昏,康天刚坐在门口休息,突然听见一声马的嘶鸣。那乌耳就跳起来,抖抖耳朵,吠着窜出去。这声马嘶是不足稀奇的。"线上的"磕头哥儿们,每年巡两次山。巡山就是抽税,遇到种烟土的要三二百两烟土;碰见打围的,收几十张狐狸皮。至于砍伐林子的木帮、访山的参帮,把头们下山时要向当家的去献喜礼。但这一回,那三个骑者之中,有一个是他面熟的,直到近前,他才想起:这是姜云峰。

他的脸色顿然闪出生命复活的光辉，仿佛一匹久经战争的老马，突然听见冲锋军号声而竖起耳朵。

他的脸上现着十七年来的第一次光辉，嘴唇露着十七年来的第一次的微笑。"下马歇歇吧！"他说。

"老头子！离白头峰是不是还有三十里路了？"

"也就是三十里路吧！"

康天刚知道他是不会认出来的。知道自己是和二十年前迥然不同了。至于姜云峰呢，只比从前壮实一些而已，面目可一丝没改。两眼犀利，满腮半圈短的胡茬。他又问："你们的把头是双喜吗？"那时，两脚摆着马镫，显然要催马奔跑了。"是双喜！"康天刚说，"乡亲！你还认不出我来！你看——我就是和你一起在大彼得湾登岸的康天刚呀！"

"康天刚？"姜云峰迟疑会儿，并没有吃惊，只是注视着他。在一个飞黄腾达的将军，遇见初入伍时的同等列兵，而且望见那列兵的穿戴比当年更褴褛的时候，是用这样具有怜悯性的眼光看他的。逐渐有一道波纹，从他脸上泛起来，他说："真是……二十年了。你怎么样？没回海南家去看看吗？"

"没有。想是想回去的，就这么空着手回去吗？"康天刚仰脸苦笑着。而姜云峰却是冷静地俯脸望着他。因为他骑在马上，那两道俯射的眼光，就越发使人觉得骑者的高贵，康天刚萎缩而且可怜。实际上姜云峰不是骄矜的人，而是望着这个二十年前并无深交的乡亲那种衰老的样子，一时不知道怎样来表示他的亲切和关怀。

"你的腿怎样了？"

"受湿……寒气，那还是两年前在……"

"我看你还是回海南家去吧！这个样子，还在外边混什么？"

"是想回去呀！可是隔着一个大海，光是两条腿没有用呀……"

那时候，姜云峰的两个随身伙伴，又攀鞍上马。他们在这两位乡亲谈话的时候，进伙房去喝足了水："走啦吧！"

"走，走，"姜云峰说，并且用两脚摆着马镫，借以抵击马股，"这里有一百卢布，你收着！我还有事情……回头若是有空，再来看你。"

康天刚的脸色苍白了，趋前一步。那时，姜云峰用力勒着马缰，以便把卢布递到康天刚手里，可是那马躬着长颈，望见它的伙伴都跑开去了，而转着身子，不住地长啸。康天刚又趋前一步，脸色更苍白了，他的眼睛锐利地盯着那一百卢布，而且随着马身旋转一周，到底把卢布接到了手。那马立时扬蹄飞奔开去。乌耳也吠着追逐下去。

康天刚当时望着远去的姜云峰背影，久久站在那里不动，而他握有一百卢布的手却颤抖着——完全是不自觉地颤抖着。最后马蹄声消逝，周围复归于平静，偶尔又能听见草虫的畅鸣。

康天刚回到伙房，颓然坐在炉口的矮脚凳子上。仿佛要休息一下，现在他确是疲倦而且昏眩了。他合住眼，又仿佛有着重忧的人，考虑某种决定之前，先养养神，或是先冷静冷静头脑一样，用手抚着脑袋。他的脸色依然是苍白的，握着卢布的那只手，也依然抖着。

最后，他叹息一声，仿佛竭力摆脱身上某种不愉快的感情那样，抖抖衣裳，把腰巾解开，重新扎上，同时把一百卢布的票子塞在胸口里，动手烧起茶来。这是每天伺候那些伙计不可缺少的饮料。一切都是井井有条，和往常一样。

天一黑，就听见鹿鸣和狍子群迅速地跳跃奔跑的声音，不久有了老远传来的响亮话声，是伙计们回来过宿了。康天刚独自一人，看守着这间单间伙房，伙房西首是访山帮的宿棚。所以除了来提晚茶的小伙计，大白日没有人进来的。康天刚照例不点灯火，往日早躺在炕上睡了，今晚却静坐在矮板凳上发呆。他又听见乌耳吠声，足证它是一直追逐着姜云峰的公马，或许直等遇见山谷里的伙计才放弃它，后跟随他们一齐回来的。往日，康天刚会大声叫："乌耳！乌耳！"可是今晚他不喊。

他所想的却又不关于那一百卢布，而是想海南家的那个守约的闺女。因为母亲老了自然活不到现在，若是回海南只有那个守约的闺女一个扑头了。可是"人家"也一定孩子成群，说不定娶过儿媳妇做婆婆了。他回海南，究竟有什么味道呢！况且又没有赚下一点家底。他又想起卢锅的孙把头：说不定"人家"有千把垧放牲口的大草地了！又想起姑姑也该出嫁而且抱孩子了！在这许多念头当中，最使他痛心的是不该当初拒绝了孙把头每年七十卢布的劳金，不该不按部就班像孙把头所说："一步一步来。"总之，他是每一步都走错的：若是当初不爱那财主闺女，随便娶一个，不管是丑是俊，那么他不必卖掉祖茔闯关东山了；若是一见孙把头就留下，即使不合股垦荒，三年也满可以回海南置起二十亩麦地了；若是第二次去探望他，能回心转意，也不至于落到今天这样地步——竟伸手去接这一百卢布的票子。

到现在他明白了，他是不能够回海南家的；而且吃惊过去对生活的追求力，到底他为什么还能这样坚定地做山客呢！自己心上的人儿，已经不知给谁做母亲了。他的生活还有什么意义呢？

这天晚上有月亮，满窗月辉，满门口月辉。康天刚起身轻声唤着："乌耳！乌耳！"蹲下来，并向它卧处伸着手摸索。那乌耳昂头向他注目，突然竖直耳朵，仿佛望一个陌生人一样，两眼在阴影里发出绿火。忽然鼻吟一声，受伤一般夹尾跃过康天刚的肩膀，跑出屋去。

"乌耳！乌耳！"康天刚轻声叫着，跟到门口，他看见乌耳远远地立在岩崖上，向他注视。

月光又白又亮，苍茫夜空，是那么圣洁，展布着星斗的阵列。远近的山尖、树木，清清楚楚。康天刚在门口伫立许久，轻声招呼乌耳两次，乌耳远远注视它的主人，不近前也不远逃，立在那岩崖上完全不动。

康天刚最后回来，脚踏高脚凳子，从灶王的供板上取下那座白瓷的菩萨像，口里喃喃着："你老，是她送给我的，也跟我去吧！既不能给人降福,又不能给人生财,留在世上做什么。"就走出门。那时乌耳又鼻吟一声,向左首逃开去。康天刚没有追它,在岩崖上把瓷像敲碎,又收集了破瓷片,全部抛向山涧去。仿佛现在他又全部恢复了原有的高傲,一手抛去,那些破瓷片就抛得很远很远……故意不去寻望乌耳,他想回到伙房去守候它,他是不愿死后,遗留一件他所心爱的东西在这世界上的。足有两炷香的工夫,除了耳熟的鹿鸣和夜枭凄厉啸声,尽是一片草蚊的哄闹和虫鸣。

不久,他听见窗下的草响,辨别出是乌耳回来了,但是又归寂然,仿佛乌耳是伏在窗下了。康天刚又轻声召唤它两声,听见乌耳重新跑去的动静,足证刚才的草响确乎是它,而卧伏在窗下的猜想也没有错。又不久,康天刚望见门口的月辉下,现出乌耳的颈部,仿佛它也在窥探主人的动静。那两道眼光,发着绿的火焰。康天刚就闭上眼睛。再启目观望它的时候,乌耳的头部低俯下,显然嗅着屋里的气息,试探着向门里落腿。康天刚二次闭上眼睛。

终于乌耳给他抓住了。那匹灰毛大狗呜咽着,摆头晃脑,企图脱出它主人的两手。然而康天刚抓得很紧,并把它的带刺钉的颈圈脱下来,这样两手可以扼紧它的脖子,使它吠不出声。拖到门口,乌耳就倒下来,用前爪抓着他的手,两只后爪也向空刨跃。

"月亮有红圈啦!"康天刚听见伙计宿房有人说。可以听出说话人是站在门口小解。

康天刚立刻又把乌耳拖回几步。这次一手握住它的嘴巴,一臂挟住它的身子,又听见外面一声困乏思睡的"喔——呵"声和进门的脚步,这才挟着乌耳,走到悬崖石上。

"我就来!你先走一步吧!"随着话声,乌耳已被抛向深的涧谷去。乡亲——康天刚又回伙房,拾到从乌耳颈上脱下来的有刺钉的颈圈,就是他心爱的这条公狗的东西,他也不让它遗留在这人世间的。

他第三次走到悬崖上,他的脚抖着,这次他向山涧望了望,要找出乌耳的尸迹,以便投落有刺钉的皮圈。在这瞬间,他突然失神地站在悬崖上不动了,手里还握着刺钉皮圈。

原来就在离他立足处二十丈深的悬崖底下,一个岩石围绕的泉水口旁,有个千把年的老山参,枝粗壮叶,周围野草都向它俯着头,永远跪拜着它一样。月光映射着泉水,那老山参的影子是清清楚楚的,可以分辨出是个"四品叶"。

康天刚又环顾四周,看看是不是有人望他,又注视一会儿那棵挺然而立的山参,骤然急步向伙计们的宿房走去。一只脚光着,因为和狗搏斗时失落了鞋,但他没有感觉到,走得是那么匆忙,手里还握着乌耳的颈圈,而且脸色完全变成死尸那种惨白。

五

"乡亲,乡亲!起来,起来!"乡亲——康天刚发出颤抖着的低微的声音,在每个伙计的耳旁呼唤。他们全是并头睡在暖炕上,在月辉下显着魔鬼似的暗绿的脸色。而乡亲——康天刚有如一个神秘的幽灵,一个一个去晃动他们的肩膀。不管睡者醒了没有,他任何人头前也不久停,按着行列一个一个地送着轻呼:"乡亲!起来!"

"就在那边,乡亲们!一棵山货——四品叶……就在那边。"他向在月辉下睁大眼睛的伙计们说。

于是似醒未醒的立刻坐起来,已经醒来的眼睛立刻就闪出一夜未曾瞌睡的赌徒的那种眼光。他们你望望我,我望望你。"就在那边……乡亲们……一棵四品叶!"

突然他们明白了,发出大声的呼唤,有人点起了木棒火烛,烛光的光辉,又使这一群流浪汉的脸色发红了。他们激动、吵嚷,高声骂着忘记携铲子的伙计,用拳头有力敲打着还未爬起来的懒汉的肩膀。一个人嘴里说着:"在哪里?在哪里?"提着铲子跑出去了。两个人说着:"在哪里?在哪里?"提着铲子跑出去了。无数的乡亲们说着同样的话，提着同样的东西跑出去了，手里也同样擎着木棒火烛。

现在完全是火烛的行列，火烛的世界，到处是红光，到处是红辉。

"在哪里呀？乡亲！"最先跑出来的回来问。

"就在那边……悬崖下，深有二十丈的那口冷泉……"康天刚的声音更低弱，更颤抖了。若是持火烛者稍微留心一下，他可以看出康天刚需要一个乡亲的看护，可是这个红脸的高大汉子，没有注意他现在是一种怎样可怕的脸色，就跑出去了。

康天刚两膝抖着，坐在炕脚下的矮凳上。他的手里还紧紧握着亡狗的项圈。火烛前，他的脸色是惨白的，月辉下他的脸色又是暗绿的，从他那直望前方的渺茫神气上看，可以知道他是在和生命做最后的挣扎。他的嘴唇发紫，口角挂着一滴血液。

终于康天刚倾倒了，像一座巨塔那样倾倒了。

当他醒来，天已经黎明。周围的烛光依然辉煌。环绕在他周围的乡亲们，脸色是同样的又红又亮。他们有的跪着一只膝，有的蹲着。他发现自己是睡在地上，他从那围绕着他的乡亲们的眼光中，知道他自己的生命是无望了。他反而很安静，很愉快。仿佛以前他从来未曾有过这样的安静和这样的愉快。烛光辉煌而又恰当黎明，他觉得仿佛大年除夕一样。他听见双喜把头说："乡亲！山神为了你，赐给我们福了。你安安静静的……"他的两个点漆的黑眼睛间，有泪水了，而且立刻把脸埋在双手里，抽泣着说："老二……把山货请过来，给……咱们的乡亲看看。"

从前康天刚觉得双喜是又丑陋又阴险，现在觉得他的眼睛是又聪明，又英俊，他望着所有的乡亲们，都是豪杰一样的雄伟而且高大。当他用那迟钝而安静的眼睛环望着他们的时候，每个遇见他的眼光的人，都低下了头。倒不是惭愧，而是因为悲恻，不忍望这双不久就要离开他们的眼睛。那时候乡亲——康天刚的嘴角透出幸福的微笑，他现在不能发音来表达他内心里无比的快乐和安慰，夜半他想投崖自尽时候所想到的结论，和他现在所想的完全相反。从前他觉着步步走错了，现在觉着步步走对了。从前觉着他不该攀山望日追求那个财主的闺女，更不该舍弃一年七十卢布的劳金，如孙把头所说"走独门"；现在他觉着他是应该有月亮不摘星星的。他到底没有俯首认命。虽然他自己是得不到什么了，然而他把这幸福带给了他周围的乡亲们，他用眼睛，表示他内心的欣喜、满足和骄傲；用眼睛表示他对哭泣的伙伴烦恼，他觉得大家全该快乐的。他望了望那个捧在一人的双手里的老山货，他们是用柔软的羊须草包扎它的。他又微笑了。

"……你有什么话吗？"双喜问，"……我们无论怎样是要把你送回海南去的。"

说前一句，康天刚摇摇头；说后一句，康天刚的嘴唇露出黎明前第三次的微笑。后来，他的眼睛陷入沉思，只见他动了动左手，他的乡亲们到现在才看见那个乌耳的颈圈。

双喜叫人找乌耳去，康天刚摇摇头。双喜问："那么它跑掉了吗？死了吗？在什么地方？那我们能找到它的，你放心。我知道……让它也入土就是了。"

没有过三次鸡叫，康天刚就停止了呼吸。双喜一手埋着脸，一手给他掩上眼皮。

秋天，装殓康天刚的珍贵的棺木，运往海南他的故乡。在路过卢锅的时候，孙把头举行了一次路祭。他那时，已经有了个十七岁的男孩子，他正在海参崴读书，两个女儿还留在家里（大的一个已经定了亲）。所以他生活得满幸福；唯一的苦恼就是因为车轮子没换，以致半年多农车没法用，眼看秋收了，修理车具的铁匠和木匠还没有来。至于姑姑，嫁给外村的地主了，据说丈夫年纪比她大三十岁，她也挺知足而且过得很愉快。只是玛达嫂最近不大健康，常咳嗽。

1943 年春作

北望园的春天

一

离开桂林的前一礼拜,我是搬到丽君路的北望园去住的。

我们所租的建干路上的楼房,全部退了租,所有的朋友,都到重庆去了。那时候,我还有些琐碎事情要办,譬如等昆明的汇款,等广告社的开幕,那是朋友临走留下的一个事业,临时交付给我协助的。还有,我必须找关系弄车子……就这样我计算计算,至少在桂林还有一个礼拜的居留。若是继续住下去,我得继续缴满一个月的全部洋楼的房租,我一个人得看守着这一座有二十八个房间的空楼。

只要在桂林住过两三个礼拜的人,都能知道,一个没有邻居的房子,是多么容易失盗的。你想,一个人白天夜晚老是守着二十八个空房间,那是多么可怕的寂寞呀!没有人谈天,没有笑声,没有叹息,没有走动的影子,没有光辉的面色,一个无声无色的小世界呀!你想,若是这个大世界有那么一天也没有声音,没有闪动的色彩了,那么你也没有喜悦,没有痛苦,没有可悲哀的,也没有可憎恶的,那你一个人孤孤单单地享受这寂寞,还有生活下去的意义吗?

就这样我搬到北望园那所茅草房里来了。屋子潮湿又有什么关系呢?阴暗又有什么关系呢?我是借住的。我的床头、床尾、床对面,共有四个门,这里作为进进出出的走道,作为餐厅,然而这又有什么关系呢?住一个礼拜我就离开这里了。

实在说，北望园是丽君路上一所比较讲究的建筑，不过我们这所茅草房子是不足谈的。这简直是下人房、车房，若是在乡下无疑是马厩、牛棚。因为里进一座西式的洋房是太标致了。北望园的名衔实际上是属于这所西式洋房所有的，谁进来，也不会注意这所茅草房子，虽然它靠近竹篱笆门口，而且茅草房的墙壁和红瓦屋顶的墙壁之间，只有三尺宽一条走道的距离。可是只这三尺宽的距离，人们说起北望园来，就不把这所茅草房子包括在内，都是说："北望园的建筑图样可真好。""北望园的院落可真讲究。"也有人提到那所茅草房，就是说："怎么不把它拆掉了！"

北望园的院落确乎讲究，有砖砌的宽走道，走道两旁有流水沟。

那所红瓦屋顶的洋房的正门朝南，那所茅草房子的正门也朝南。只是房基前后错落开，茅草房子距离那条走道有五尺远，那条走道从竹篱笆院门直通到红瓦洋房的走廊。廊口还有几级士敏土的台阶。

红瓦洋房的墙壁是涂成云灰色的，四面都有玻璃窗，整洁，闪光。

茅草房子的墙壁是泥土的，四面也有窗，不过是纸糊的。白天仿佛是瞎子的眼睛，晚上有灯，仿佛是醉汉的眼睛。

红瓦洋房的走廊每天扫两次，终日保持着纤尘不染的洁净，而茅草房子的门口，日常有三五块石头排着，而且窗下拉着绳子晒尿布，地下还有鸡粪。

那些鸡雏是林美娜养的，尿布也是林美娜晒的。

林美娜是梅溪的太太，天天忙着家务，不是下厨房，就是抱孩子、洗尿布，可是还有给那些小鸡雏沿着篱笆掘蚯蚓的闲情逸趣。梅溪是一个有名的画家，最近忙着筹备展览会，只要天晴就到城里去。这所茅草房子，就只有孩子的声音，和小鸡雏来往奔跑的啾鸣声。再就是林美娜用鼻子低吟的歌声，那时多半她在低着头剪孩子的春衣。茅草房子另外还有两个住客，一个是在电影院画广告的，经常不在家，他的名字叫叶蕤，取秋枫的意思。除了画广告，他还给制烟厂设计牌子的图案什么的。另外一个名叫赵人杰,年龄比叶蕻大,面貌又比梅溪苍老枯槁。二十七岁的人,看来倒有三十四五。整月不刮胡子,身着一件冬大衣,又旧又破,五年也没洗过一次似的。脸色永远是阴沉的,我没有见到他有一次微笑,我想他的微笑一定很珍贵的。从前我到北望园来的时候,常在路口碰到他,手里提着一块鸡蛋大的牛肉,仿佛去喂雀的,拴牛肉的草梗又细又长。我常想:为什么那么小的一块肉,用那么长的绳吊着呢?他也是画家,主要的收入是美术学院的月薪,自然白天是去上课的。

　　天晴日暖的时候,北望园就确乎属于红瓦屋的住客们的了。他们都在走廊的高台上晒太阳、吃茶、谈天。搬出漆木沙发,有毡的靠椅,孩子坐的四轮车。我的朋友杨村农夫妇也就在这个时候出现。他是国内有名的政论家,担任着某大报的星期论文的撰述,人却又不像你所想象的政论家,倒像一个俄国的好心肠的地主,在陀思妥耶夫斯基笔下所写的:身体粗胖,常叹息回到国内没有啤酒吃。脸色发红,血力很旺,脸上经常露着由于消化和营养良好的笑容,但说起话来又常常气喘。

　　太太婚前是个当地极有人望的教育家,严肃而又有礼貌。北望园的邻居们对她总是十分恭敬里带着八分畏惧的。她叫胡玲君。日常穿着一身蓝布的长袖旗袍,和邻居碰面,总是用一个中学校长对待教员的姿态打招呼,就是说眼睛望着你做出并不讨厌你的笑容。但一走过来,你就会想,怎么杨村农会爱上这样一个女人呀!

　　胡玲君也养着几只小鸡,喂食的时候就站在门口大声唤着:"鸡!鸡!鸡鸡!"不是喂食的时候就大声驱赶着:"哧——哧——"把鸡雏全赶到走廊台下那一小块空地上去。

　　有时候,两三个女佣人坐在走廊上缝衣服,那多半是红瓦洋屋的住客全都进城了。这所北望园也就顿时寂寞了。那么除去她们低声的交谈,就只有小鸡的啾鸣声了,也只有在这时你才注意到它们在春天是怎样欢悦，怎样在日光下展着翅子连飞带跑地追逐它们的姊妹。

林美娜所养的小鸡雏是幸福的，林美娜一走出门口，它们就啾鸣着奔跑过来，围着她的脚跟跑。她停下，它们也就停下来。它们是很想林美娜给它们掘蚯蚓吃的。

胡玲君所养的小鸡雏，也是很幸福的。北望园的住客，都躲避着它们走路，房主人有时在走廊的高台那边踌躇，喂它们米，可是发现林美娜的鸡雏跑来，总驱赶开去。因为林美娜的鸡雏，额上没有染红点，是极易辨别的。

那房主人是个歇手的商人，很少说话，特别对茅草房子的住客。尤其是林美娜窗下所晒的尿布，他是看不过眼的；至于胡玲君的孩子尿布，都是晒在西壁厨房侧面的，在正院里望不见。

若是落雨天呢，红瓦洋房的走廊的檐底下，水滴就淋滴作响，汇合着流入接雨槽里去，再顺着接雨槽的斜度，流入输雨筒。从那里流到地下，流到水沟里，再在茅草房子门口洋溢开来。那时候，茅草房子的门前的几块石头，就显出它们的存在价值了。到茅草房子的人，都得踏着那些石块，一步一步地，最后跳进门里去。

二

我有些事情，每天必定进城，早餐是在杨村农家吃的。他们有共用的餐所，临近走廊门口就摆着餐桌，饭后，铺着白台布，作为会客喝茶的地方。贴壁的小茶几摆着白瓷的花瓶，那花瓶上画着朵红的牡丹花，花瓶是细长的，插着美人蕉——还没有开花的几片卷成筒形的叶子。两天换一遍，日常保持着绿的新鲜的生命。两壁又有油画，嵌着黑边的玻璃框，悬在上面。

在餐桌上，我是必定和胡玲君碰一次面的。她总是有礼貌地向我笑笑，我也表示对她诚心的尊敬。用餐时我们是彼此没有声息的，只是杨村农喝汤的时候，嘴唇做出吸气的响声，而且羹匙常碰着碗，叮当响。他们夫妻彼此也很少交谈的。

餐后,胡玲君忙着晒衣服。那时候,她向杨村农说了一句话:"高一点嘛!没听见怎么的,什么事也不会做。"这是指着晒衣绳说的。那时杨村农站在走廊檐下,老远向我笑着说:"你看,我怎么知道是吊得高一点,还是吊得低一点呢!"笑得很天真,你一看,就知道他的脾气是这样好,而且知道这样笑的中年人,一次至少是能吃五瓶啤酒的。

三

晚上北望园里的气息是沉寂的。我回来,就觉得没处落脚。杨村农夫妇睡得挺早,梅溪又回来得挺晚。只有到赵人杰房间里去坐会儿。我的书桌子是摆在他的房间里的,他也欢迎我和他共用一盏植物油灯。

赵人杰是一个过度谦虚的人。当我和他商量的时候,他的嘴唇第一次露出笑。那笑容是出自他的善良的诚意的。可是闪在苍白的脸上,显得可怕,尤其是他那牙齿上的光泽,使人有点恐怖,仿佛笑的是死人,实际上死人的牙齿又是没有光泽的。

当我向里搬桌子的时候,他是那么匆忙地收拾锅子和碗盏,我也不知道他是不是吃完了晚饭,就那么匆匆地收藏起来,仿佛怕我望见他吃的是些什么。收拾碗盏的时候,他用背挡着我的视线,同时嘴里说:"你一个人搬不进来吧!"我听见筷子落地的声音,我望见他弯腰去拾,拾起一只,第二只又从桌上掉下来。我想:他一定吃得很坏。

起初的几天,他是常常这样掩护他的餐具的,那天晚上扫地时,他也一样用背遮着我的眼。床底下是那么多可怕的肮脏的东西,一团儿一团儿零碎的报纸,都是吐痰用的,手卷的纸烟头,饭粒,还有菜梗、鼠粪,若是六月天,这屋子的苍蝇一定会成群地嗡鸣。他扫地时,还背着我说:"秦先生,你抽烟自己卷。"他那局促的声音,说明他是怎样困惑,仿佛感觉到我在背后观望他的眼光。他那挪移我注意的匠心，是多么可怜呀！

他的身体，不健康，像一个有胃病的人。我们的谈话一沾到他的生活，他就叹息一声，不说什么了。譬如我说："这里太潮湿，不能长住人的，尤其是你的身体……"他就不说什么了，只低着头，叹息一声。譬如我说："艺术学院的月薪怎么这样少，一百二十块钱，怎么生活呀？"他就不说什么了，脸色也阴沉下来，只低着头叹息。再不就抚弄他的手指。

然而一谈到绘画，赵人杰的气色也活跃了，苍白的脸上也新鲜了。

我们谈到罗丹的雕塑，米开朗琪罗的艺术生活，赵人杰的脸色也就越来越光辉。他的生命在这些谈话里复活了，眉眼间也闪出青春的闪光。他对绘画有许多意见。他说："我有个画稿，在脑子里酝酿很久了，可是总没有心情来画。"他说："整天忙着烧饭、上课，哪有时间呢！"他说："我是不像中国一般画家那种作风的！"他说："中国画家不是没有天才的，全给在形式上追求的倾向损害了！"又说："一个真正的艺术家哪有不在内容的发掘上追求的呢！"他不满意目前中国某些流行的木刻作品，在这上他说："秦先生读过勃兰兑斯的《十九世纪文艺主潮》吗？我觉得勃兰兑斯有一句话说得很对。他说：'什么是浪漫主义呢？一句话，譬如他们听到别人说话，他们不注重那语言的意义，而注意语言的声音是不是优美。'现在的中国画家呢？不注意作品里的人物，而注意整个画面的背景和情调。现在中国的诗人呢？不注意诗的内容，诗的语言，而注意卖弄小智慧的美句子。现在中国的小说家呢？不注意人物的思想，人物的灵魂，而注意语句的简练，有的注意语句的俏皮，故事的曲折。"

接下去他就说他的画稿。在这之前，他卷了一支烟点着，又问过我："秦先生说不是吗？"我说："赵先生的话很对！"

"那是从前在我们这条街口见到的。"他说，"现在可惜你看不见她了，她去年就死掉了。我在这条街上住了三年，搬过五六次家，可是每回经过这个街口就看见那个摆糖果摊的老婆子,坐在矮脚凳子上,看守着她的糖果摊。这记得再清楚不过了。她的脸上全是一条条深的皱纹,线条挺细致,若是她的两颊丰满,就是个慈祥的面型了,可是消瘦,又发黄。我想她是有什么病的,可是她的表情上,又一点不带病容,我觉得她的心地很善良。从她的面部也看不出她忧郁、痛苦,因为她是那么穷呀!一方木盘上只平排着二十多块糖,即使有时在她那方木盘上发现一两个橘子,那也是过时的、变色的、发霉的了。照理,她的脸部表情该含有生活的忧苦,然而她给人的印象反而是那么出奇平静,仿佛她的脑子里什么感触都没有,不管是一个漂亮的香港派的少妇从她眼前经过,还是一个褴褛的儿童在她的糖果摊前发呆,这些都仿佛不在她的感觉世界里存在似的。从她的眼睛所含蓄的意义上看,全世界仿佛是死寂的,全世界只有她一个人,只有她那方盘上的二十几块糖果;若是夏天,那么她的世界扩展了,那就是说在她的世界里出现了苍蝇,她用纸扎的驱蝇具时时赶着它们,可是也并不过分注意它们。因为整日蹲在夏天的树荫凉底下,极容易打瞌睡的,她也不例外。只有在她瞌睡时,我才从她的面部看出来,她是冷冷的。我每天必定从她那糖果摊前走几趟,没有一次看见她有交易。有时,看见几个穷苦人家的孩子,蹲在她眼前,环成一圈,望着她,也许是观望方盘上的糖果,可是总没有碰见他们买块糖的时候。那老婆子呢,可是天天在她那营业地方出现,这又仿佛是她每天确也有些交易。有时只她独自一个人,把左角上的红色糖移到右首去,把右角上的两块绿色糖,挪到左首去。改变一下排列是煞费她的匠心的。只是二十几块呀!她在排列上消耗着脑力,而且极有兴趣。这就是她的全部的生活意义了。"他结尾说,"秦先生!你说这不是一幅很好的油画吗?"

"是很好的一幅油画呀!"我说。

他叹息了一口气,在这叹息里又表示出他放弃了他所说的全部话的价值:"可是谁知道哪一天才能实现呀!也许我等不到成功那一天的。"

"为什么说这样的话呢！"我说。他低头，抚弄着自己的手指，若有深思似的沉默着，也许他没有听见我说的什么。他的脸色是怕人的苍白，我想说：首先你该注意，建立起自己的生活来。譬如春末了还穿着冬大衣，实在该换换了；譬如胡须吧，也该刮一刮，就是没有钱吧，也该借把刮脸刀用用。生活得不好，营养又不好，就是有任何伟大的抱负，不能实现，也是空的！还有许许多多的话，可是我没有说出口来。因为我们终究是初交的谈话，虽然他是那么谦虚。

那天晚上，我们谈得很久。我被他带入他自己所有的精神世界里去，久久不能入睡。我的眼前似乎现出那个摆糖果摊的孤寂的老妪。可是在这幅画像出现时，又常常闪出赵人杰的冬大衣，我想：春末了……茅草屋子所有的住客都熄灯睡了，穿堂幽黑，只有从赵人杰门口流入的一块长方形灯光，映着我床头的竹栏发亮。

那天晚上，赵人杰的房门开到天亮，我说过几次，他无论如何不肯关，因为我这个客人睡在他的门外呀！

临睡前，他问过我两遍："秦先生你觉得那幅画稿的印象还深刻吗？""秦先生你不觉得她的生活是多么寂寞吗？"这两句问话，相隔有十五分钟。

"寂寞。"最后这一次的说话，我的字音就含糊了。我知道似是呓语。我仿佛神智还清醒，似乎还听见门外的划火点灯声，以及继之而来的剧烈的咳嗽。

四

在北望园住的时候，早晨我都是醒两三次的。第一次往往在天明不久，纸窗还发白。那时候，梅溪的孩子熊星就咿呀自语地在我床头上追逐小鸡了。及至我望他，他就现出乖相，讨好地静静望着我，小手指含在嘴唇里，两个乌黑的眼睛有点畏怯，怕我申斥他似的，怕我怪他惊扰我睡眠似的。那时候，我的神智还不清楚，可是嘴角露着微笑，仿佛他也向我微笑，仿佛我还望得见他的笑容，就又睡了。

第二次，我一定是给杨村农大声说话吵醒的。那时候，窗子多半是闪着阳光，檐阴发白，阳光发黄。若是落雨天，自然窗户是埋在雾气里的，屋子也格外幽暗。

有一次是例外的，我觉得有人在我身上盖毯子，我的肩部给埋在毯子里了。当时我合着眼睛，就知道是林美娜的举止。听见转背时的衣履声，我就悄悄睁开眼睛，果然林美娜站在地当中，背向我，蹲在那里向熊星小声说："伯伯睡觉呢！"

杨村农每次进来，总是大声说："老兄，还不起来呀！海燕叫你秦伯伯起来，说他懒，说他，说他不害羞！"他是那么钟爱他的女孩子。那女孩子刚过周岁，可是见了人两只小脚就跳跃，两只眼睛就瞅着你，要你抱。

有时杨村农也到赵人杰房子里来看我。仿佛这屋子里只有我，仿佛赵人杰并不存在。赵人杰可是不同，完全对待一个贵宾那样对待他，殷勤得像个老仆人。问他："杨先生起来很早呀！"招呼他坐。杨村农就用鼻音回答他："吆！"若是没听清楚，让他再说一遍，也是用鼻音的"嗯"。这声音就比前一种高一点儿。

我们谈话，就是不可笑，赵人杰也望着他微笑，那笑容，确是像一个良善的老仆，笑得是毫无意义呀！那时，该做饭了他也不离开。他是主人呀，主人是不该离开客人的。

每天早餐后，我约杨村农进城的时候，当着胡玲君他的态度就严谨了，同时他说话的声音也喃喃不清了。他不说去，也不说不去。他总是向我申述他进城有某些事情要办，他说着"老孔"或者"老李"，这些人我又都不认识。他每次说完，就向胡玲君暗窥一眼，暗窥她的气色似的，暗窥她的反应似的。

我们一走出北望园的竹篱笆院门，杨村农的神气就活跃了，微笑得也就可爱了。仿佛一个被囚十二小时的赌犯，离开警察局，世界上的一切，都在他眼睛里闪光了，话也多了。说他学生时代在这样天气，怎样偷偷溜出教室去钓鱼，说他在这样天气，怎样在教室里打盹。说也说不完，至于"老孔"什么的，就完全不提了。

我们常常到 HE 厅去吃茶，一坐就坐到天黑，也不知谈了些什么，而且谈得很兴奋。印象最深的，是杨村农注意妇女穿戴、举止的兴趣。这多半是坐了很久，找不到话谈的时候。不管进来一个什么样的妇女，他总品评几句，不是说："你看，那个香港风度的太太，微笑得那么高贵，只是不露齿地嘴唇在笑。"就是说："你看那个穿白披肩的太太，衣服是多么讲究，全体的轮廓都表现出来了，可惜不会配颜色，白披肩哪能配花旗袍呢？你看，这个举动把她的美全给损害了，一个贵妇人哪能用手在脸上抓痒呢！"

有时我们也在这上热烈地辩论，有时我只唔唔地应付。

可是我们一走出门，就没有话谈了。我们都沉默着，北望园的距离在这时就显得又长又远。

也只有在这时候，我想起了在重庆的太太、三年没见的孩子。在桂林这几天的日子使我厌倦了。我想：必须赶快离开桂林，这是些什么日子呀！

杨村农一直是沉默着，等离北望园几步路的工夫，他就喃喃地说："回来得太晚了，回来得太晚了。"

五

夜间我回来不管怎样迟，林美娜总是没睡，总是林美娜给我开门。她睡得是那么迟，等候着她的丈夫，不是在灯下缝衣服，就是给熊星织帽子。她是一天忙到晚。

赵人杰呢，就在他的房间里看书。我一进去，他总不安地让开位子，说是自己要睡觉了。我说我不用灯的，他就笑着说："秦先生客气。"我说真的要睡觉了，他说："秦先生太客气了。"我说我从来不会客气的，他说："哪里！哪里！"赵人杰就是这样过度谦虚的人，这又是怎样固执呀！

　　林美娜对我的招待就又不同。我在那时候走进她的房间，她向我微笑，从那微笑里，我知道熊星是睡熟了。而我的举止也就要谨慎小心，轻轻地，怕惊醒孩子。她是常常这样微笑的，那微笑轻柔得仿佛早晨原野边陲的一片有阳光的云影，它的出现完全和你的存在是没有关系的，然而你觉得亲切、柔和、美。她的说话声调也充满了温柔，她的眼睛望你时也充满了温柔，然而你会觉得这种温柔，不是属于她自己的，不是属于一个普通的少妇的，而是属于你朋友的太太的。

　　她很爱她的丈夫，然而若是在她丈夫面前，即使她沉默着编织什么，你也会觉得她是体贴你的，注意你的茶杯是不是空了，注意你是不是在找火点烟。在这时候，你就会感觉到她的微笑、体贴不是对着你，对着一个有身份的客人，而是对待她丈夫的朋友的。

　　林美娜对她的丈夫，反而没有这种温柔的微笑的，然而你却觉出她对他是怎样深爱。尽管她的口吻平淡，你从那平淡中会觉得她是怎样顺从，顺从得完全失去了她自己的特质。你从那顺从中，就觉得对你的微笑就没有一点价值了。你会羡慕梅溪——他是多么幸福呀！

　　白天梅溪在家的时候，林美娜的生活是有意义的，她笑得是那么幸福。这笑是在他从熊星身旁经过的那瞬间出现的。梅溪就站在穿堂中央，弯着腰，双手扶膝注视着熊星，两眼放出金色的火焰。熊星就在门口，远远地望着他。他刚从爸爸的臂膀里逃开，现在想：是不是再向他爸爸的那边跑去呢？是不是有把握能一下子抱住爸爸的两条腿呢？

　　梅溪的神气也表示着他是怎样注意熊星的意思，在想：是不是他就要朝他扑来呢？他若是躲得快，孩子会不会跌倒呢？在那时梅溪忘记了自身以外的世界，望见我在身旁，就笑笑，又正面去注视熊星。他笑得是那么匆促，不及看清楚我，怕放松了对熊星的注意而使孩子跌倒。熊星扑到他跟前,他就畅快地叫道:"呵哟!呵哟!又给宝宝捉到了。再来一遍,去,再来一遍!"说话时,他还可能望我一笑,那时他的笑就有声了,笑得很天真、幸福。在这时候,林美娜不是在厨房吃早饭,就是在窗底下洗衣服。

梅溪进城去了,林美娜的生活还是有意义的,她陪着熊星谈天。熊星指着那只小鸡欺侮它的姊妹,咿呀作语,林美娜就说:"那只小鸡是坏蛋——呵——"熊星若是用手背擦眼睛,林美娜就说:"我们睡觉去——呵——"熊星真睡了觉,而衣裳又没得洗的了,做饭还不是时候,林美娜的眼睛就寂寞了。她要做点什么呢!总该有点事呀!没有一点事在手边、在眼前,她是一刻也过不了的。就提着铲子,沿着竹篱去给小鸡雏们掘蚯蚓了。她又找到了生活的意义,她的眼睛又充满了光辉。那些小鸡雏全围在她脚旁边。

北望园的整个院落都是阳光的世界了,女佣人在走廊底下打盹,房主人睡午觉。娇媚的春天呀!就只有那个对人温柔体贴的少妇,蹲在壁阴凉下边,掘蚯蚓。

有时我就走过去:"很多吗?"

"不多。"她向我微笑,这微笑比在她丈夫面前就减色了,距离远了,而且是属于一个少妇的了。

此外,她穿的衣服,总是三两天调换一件。调换了,你也不觉得。她那衣料是上等的,但穿在她身上你也觉不出特别显眼。虽然那衣料的色彩鲜明,样式也合适,但全不像一般少妇的穿着,使你一看就知道是刚从服装店拿回来的才会那么整洁。只在她蹲着的时候,你从她背后找不出一道皱纹,你才觉得她的衣服式样优美、鲜明、标致。

六

在我接到昆明汇款的那两天,赵人杰的气色格外阴沉了,烧饭的时间也早晚不定,碰到我只苦笑一下,就匆匆走过去了。有时候,黄昏才回来，腋下挟着两三块木柴，点着油灯下厨房。林美娜望他的眼光，就具有怜悯性，抱着熊星到厨房里去说："木柴不够，用这边的好了。"赵人杰总是谦虚地笑笑，说："够了，够了。"林美娜回来就叹息着。我知道，赵人杰这两天是连买盐钱都得借的。在都市里生活，还有三五块木柴三五块木柴零买的穷人吗？

我说："你别烧饭了，我们到GB吃酒去。"他笑着辞谢。我无论如何让他陪我，我说："我快走了，来吧！一块儿去吃一杯吧！"到底他坚持不下去了，离开厨房还说："我还是不去吧！"他是这样谦虚，谦虚得使人不愉快。

我就挪开话题："我们找杨村农一块儿去。"

赵人杰还是在原来的话题上犹疑，说是："太晚了，我还是不去吧！"

我就说："杨村农若是换了睡衣，那么就不会出门了。"就敲起窗来。

他还是喃喃着："真是……秦先生太客气……"

杨村农本来是个谈笑自若的好心肠的绅士，可是一见赵人杰，神气立刻就不同了，又高贵又尊严，仿佛我们身旁带着一个从仆。若是一个体面的绅士在从仆面前不矜持，那像是什么话呢？若是绅士们当着从仆又谈又笑，毫无顾忌，那像是什么世界呢？杨村农的眉目间，时时戒备着，时时怕赵人杰说出可怕的侵犯他的尊严的话来。杨村农越是提防，赵人杰越是拘束地窥睨他。在路上从旁窥睨他，在GB餐室，从碗边上窥睨他。他的眼光是不安的、困惑的，一个穷人和绅士同餐是多么刻薄的刑罚呀！他就像一个在众目灼视之下的刺猬那样拘束，那样可怜。

我说："赵先生，我们吃酒，你不要吃，就尽管吃饭好了。"

"好。"他说，可是一个米粒一个米粒地向嘴里送。五分钟就停停筷子，十分钟才夹一口菜，而且只夹一小片白菜。明明他是饿了，可是他还陪着我们吃酒。他的命运就似乎决定是为了别人而生活的。

我说:"赵先生,有肝尖,有肥肠,有鱼片,你是吃嘛!"

他说:"我是吃呀!"

我说:"你不要客气,这些菜我们是吃不完的,你尽管吃呀!"

他说:"我是吃嘛!秦先生太客气了。"

他依然是夹着白菜叶,或是小块的笋片,他尽力避讳着鱼肉,只一片小块笋,他就满足了。

杨村农在他低着眼睛的时候,就望着他皱眉,嘴唇的一点滴不易见的笑容,对他是怎样蔑视呀!实在赵人杰的那件破旧的冬大衣,在我们之间是太不谐调了,太褴褛了。他那十分钟夹一小块竹笋的吃法,太不体面了。他自己也觉到他是怎样褴褛可怜,微笑得也就更困惑,眼光更畏怯。尤其是餐室的灯光那么亮,把他那冬季大衣的破绽全给暴露出来了,他的手臂就越发不向直里伸,可是腋下那块破口的布衣依然遮掩不住,依然清楚地动荡着,像屋檐底下晒的尿布,又使人联想到他腋下是挟着一块木柴。他在 GB 餐室里是一直无声无息的。

杨村农却大声打着饱嗝儿,用牙签剔牙齿,还发出咻咻的声音,完全是个良善绅士的气派,完全是个胃口消化健旺的人的姿态。满面闪着红光,除了胃囊加重三十斤的感觉,他对身外什么也没有感受的兴趣了。虽然剔牙齿时,他还左右环顾着。恐怕这瞬间就是他的生活中最幸福的时候了。完全不像在北望园的走廊下的政论家了,完全不像在胡玲君身旁向我喃喃说着进城理由那时候的政论家了。

这天晚上又是林美娜给我们开的门。在门外杨村农又喃喃地自责:"回来得太晚了,回来得太晚了。"

红瓦屋顶的洋房的玻璃窗,全是黑的。在那屋子里的住客是幸福地早早睡觉了。

茅草房子的纸窗闪着灯辉。街头上很寂静。若是有一辆人力车走过,我床侧的纸窗就闪过一片红光,篱笆骨架的影子就清楚地在纸窗上出现。人力车多半是空座的,走出街口,还清楚地听见铃铛声,那声音使人感到寂寞。是夜深了。

那天晚上，我第一次听见北望园夜深时候的声音："玲君，玲君！""开开门，玲君！"声音是低微的。足有三十分钟，北望园的院子才沉寂。

那天晚上，赵人杰屋里充满了纸烟的烟雾，门口正面的墙壁上映着一个硕大的黑影子。赵人杰在那里坐着冥想什么呢？他是坐在床上望着前方吧，望着他眼睛前面的空气吧，望着辽远的什么吧？是走入他自己所独有的绘画世界里去了呢？是在灰白的气息里望见那个摆糖果摊的老妪的寂寞的面影了呢？

"赵先生！"我说，"你还不睡吗？"

"唔！"他受惊地说，"没有！"

"别想了，睡吧！"我说，"这样下去，你的身体要坏了。"

"唔！我睡不着……"他走出来，站在我的床侧。

"别想了，睡吧！"我说。我握住他的手。

"唔！"他不知所云地依然站在那里。

"你想什么呢？"

"没有想什么。"他说。

他依然站在那里。

"睡去吧！"我放开他的手。

"唔！"

他反而坐在我的床边上了。一句话也不说。背向我，面对着门口的灯光。

"你想什么呀，说说不好吗？"

"唔，没想什么！"他说。沉默了一会儿又说，"若是我那腹稿没有画出来以前就死了，我的生活不是全部没有意义了吗？"他仿佛是自语。

"为什么你老是想这些呢？你该想怎么把生活布置一下，你看你春天还穿着这件大衣……"

"是的。"他那声音表示他是在苦笑,"是该换换了。"

"广告社给了我四百块钱,让我找人塑个半身模特儿,你拿去好吗?当作材料费。"

"不用。"他站起来说,"我这两天就发薪水了。"

"发薪水又有什么关系呢!有笔额外收入不更好吗?"

"这太不好意思了,我可以用黄泥塑的,也不用什么材料!"

"为什么不好意思呢!"我说,"找别人做不是一样要钱吗?"

"我有钱,就要发薪水了……"

"这也没有关系呀!为什么拘于一些小节呢?"

他笑着说:"我并没有拘于小节呀!"就站起来说,"很晚了,你睡吧!"在这上他又是有着异样的过度的自尊的。

七

从那天以后,杨村农日常穿着居家的便服了。中国式的宽阔的裤筒,给风吹得像船帆一样。西装坎肩也不结扣。抱着海燕在走廊上望小鸡。我约他进城,他那眼光也不拘谨了,就是在胡玲君面前,他也是现着好心肠的绅士的笑容,说是:"你去吧!"有时我走出篱笆门,回头还望见杨村农从胡玲君背后,目送我的眼光,那眼光充满了无限的羡慕,仿佛囚犯望着铁窗外的春燕,呢喃地飞入云霄一样。我当时想:可怜的丈夫!胡玲君在那儿大声唤鸡,她却没有注意小鸡群以外的什么。

赵人杰的早饭延迟到午间才动手烧。这天他在我床前来往经过了七次,这是从前没曾有过的现象。等我走到街口了,赵人杰终于从我身后追赶上来,他的脸色又阴沉,又苍白,急促地说:"秦先生!借给我五块钱……我今天晚上就还。"说话的眼光是多么严重,一个到乡长面前请求缓役的中签壮丁,是会有这种神态的。你知道,如今的五块钱还当什么用呢！五年前可以包一个月的月膳，三年以前还能买二三十个鸡蛋，可是现在呢？现在只可以吃杯红茶。然而赵人杰是坚持着，只借五块就够了，说他买点盐，最后他又说一遍："晚上五点钟，我一定还给你。"这一点点钱，可见在他是怎样严重，在他是认为有关自己的威信的。

我说："那又何必还呢！我不会等着这五块法币买烟抽的。若是不够，你再来拿……"

晚上是怎样的情形呢？晚上，我回到北望园来了。差不多有六点钟，广告社开幕的晚宴，是有五瓶茅台酒飨客的。同时我接到金城江发来的电报，催我即日动身，那里有辆与我们剧团有关系的车子等我。我决定一两天就起程。

我回来时，很愉快。

北望园的两所房子都有灯光，只是杨村农的玻璃窗是乌黑的。

林美娜在灯下削着梅溪的画笔。梅溪还是没回来，她也就照例做出熊星睡熟了的微笑。我就小声说："梅溪的展览会筹备得怎样了？"

"他整天是那么忙，也没有说过。"

"可惜我看不到了，我一两天就离开桂林了。"

"是吗？"她说。她的嘴唇微笑，仿佛受到我那愉快面容的感染。

"是的。"我说。

"我们在这儿住了一年了。从香港回来，再就没有动。"她又微笑着说。

"将来有机会，到重庆去吧？"

她无声无息地微笑一下。她是那么容易微笑，又那么不容易说句话。我坐了一会儿，就到赵人杰这边来。

赵人杰和我说什么呢？第一句话就和我说："等会儿，我出去一趟。美术学院还没送钱来。"

我说："我不想问你要那五块钱呀！"

他笑着说:"等会儿我一定给你。"

我说:"你知道我一两天就离开桂林了。"

"真的吗?"

"真的。"

"真是……我们刚认识就又分手了,哪年才能见呢?"

"有机会,到重庆去吧?"

"我想回北方去呢!"他笑着说。

"回北方去做什么?"

"在桂林又做什么呢?"

我笑笑。

他也笑笑。

"好吧!"最后他说,"我出去一趟。"

赵人杰深夜才回来,他的脸色阴沉、苍白。他在我床侧站着。我说:"坐一会儿吧!"

他说:"秦先生没睡吗?"又说,"我没有弄到钱,不过明天早上一定还你……"

我说:"为什么你把五块钱看得这样严重呀!你若要用,我还有呀!"

他不说什么,沉默着坐了许久。我不管说什么,他最多唔唔一声,他是一点也没注意我的话。坐在那儿给我的感觉,仿佛他的身体有两万吨那么重。

我说:"去睡吧!"

"唔!"他那黑影子离开床的时候,一声叹息回荡在寂静的屋子里。

八

北望园也有愉快的日子,那就是杨村农陪着胡玲君进城去看过电影的日子,那就是赵人杰收到薪水的日子。

那时候，就有愉快的光辉闪耀在胡玲君的嘴唇上，那时候，她的头发上就会出现一条蓝色的丝带子。她的年龄也就显得小几岁了，而且她对客人的姿态也就稍微亲切一点。

这天晚上，就是正当她愉快的时候。她在没有听清楚我话的工夫，她会用眼睛望着我问："什么？"做出那种少女的天真，做出不懂事的孩子问"家雀怎么会飞呢"那种稚气的神气。只有在这时候，才显出她的年龄是过时了。若是一朵花，那么这朵花已经是开过一礼拜了，有一场风，花瓣就会片片坠落，而且那些花瓣是没有水分的了，只是还没有枯萎。她是完全不适合用这种口吻讲话了，也许退回十年，她那种稚气的眼光会诱人微笑。

赵人杰在我们谈天的时候来了。他是使人吃惊地年轻了，他刚走出理发馆来。他微笑得是那么幸福，几乎是一个陌生人了。他有礼貌地向我们点头，他是第一次到杨村农的房间里来的。他说："找你没有找到。"那瞬间，杨村农是用一种惊讶的眼望着他的，不过只一会儿工夫，杨村农恢复了原有的兴趣，向空中抛着海燕，嘴里发出憨厚长者的笑声。仿佛他知道赵人杰没有别的意外发展，猜到他是领到一点可怜的薪水。胡玲君同样，在惊疑之后露出那种眼光，似乎说："又领到一百二十块钱的月薪了。"赵人杰坐在我旁边，依然微笑着，可是我感觉到他带来的是怎样的空气，那种空气使我们一时找不到谈话的资料了。绅士们坐在一起，找不到话可谈，那该是怎样不好受的心情呀！正像在热烈攀谈的绅士们，发现旁边站着个求乞者，不管怎样装作看不见，然而心里还是有一种负担。

赵人杰没有一句话要说，只是望着人微笑。我就说："我们回去吧！你还有什么事吗？"

"没有。"他说。

我们就走出来。他立刻急切地向我说："我拿到这个月的薪水了，这里……还给你那五块。真对不住你。"

实在说，我之所以到杨村农那里谈天，是有意躲避赵人杰的，我怕他今晚上拿不到钱，那么我在他面前是会使他在精神上增加更大的负担。我怕接触他的眼光，若是他拿不到钱回来，他该怎样不安呀！他对我说过两遍"今晚一定还你"，总之这一切算是过去了。

院子里的空气有点潮湿，四月的夜空乌黑，一点点星光也没有，老远有一两声蛙鸣。我想：蛙声这样叫，一定有场风雨。

赵人杰这天买了三块钱的花生米，仿佛招待一顿盛餐那样几次地让我："吃呀！吃呀！"

他这晚上是过分愉快的。他说："你就要到重庆去了，我们还能见面吗？你看，我们才认识一礼拜，可是我觉得我们是认识很久了似的。"又说，"我是要把我的作品拿出来，拿到世界上来。可是我的生活牵制我，你不知道，我前两天是怎么过的，我卖了两本珍贵的意大利版的油画集子。"

"为什么不向我借呢？"

"不好意思的。"他说，"现在是没有问题了，月中我可以接到一个朋友的汇款。我打算下半年回北方去，我还有个叔父，在乡下住。他有三十多亩田，过得挺舒服。我想回去，就住在他那里。前几年他来信催我回去，我没答应。若不，这一年我是画不出画来的，我的身体又不好，我想回去过一年再出来。而且对都市生活，我也厌倦了。"

"你叔父还健在吗？"

"我想还健在。他是没有娶过老婆的。晚年，吃酒吃得很凶，一天醉到晚。不过他挺喜欢我。我从小是孤儿，完全是我叔父带大的。"

一个人愉快的时候，话总没有完。从他所向往的家乡，又谈到北方的麦季，谈到夜晚挟着凉席子，躺在打麦场歇凉的风味。

"你们那里几月割麦子？"他问。

"六七月。"

"那么你们那里晚。"他说，"我们那里是六月，一过端午节麦子就秀齐穗了。你到了晚上听吧，望坡的人在月亮底下常常高声地呼哨，那是他发觉有偷麦子的动静了。我们那儿的习惯，没出嫁的闺女都是在这时候去找体喜的，她们每年都能弄一两斗。这不算是丢脸的事情。她们的娘就给她们放出去，两斗麦子，到年底本利就有两斗半了。就这样从八九岁到出嫁的年龄，一个闺女至少有了一套说得过去的嫁妆了。好手，一个麦季，就能弄个三四斗。不管财主的闺女，还是讨饭户家的，都是一黑天就三五结队地到村外的麦子地去了。男孩子们可不作兴，捉住了，打得头破血流，还得罚钱。看坡的听见老远有脚步声，就高声地呼哨，也不去追赶。只要不是饥荒年月，是没有男孩子偷麦子的事情发生的。看坡的也就不去追逐，不过呼哨声是可怕的。那呼哨声在夜晚从野外传到村子里来，说不出的一种灾害感呀！我小时候，听见这种声音就害怕，就像是感到土匪要攻村子而村子的人大声疾呼着，召集人抵抗一样。现在我又觉得，这声音是富有诗性的，可惜我不懂音乐，若是音乐家或许有更美的感受吧！"

"我们那里不兴这个，不过你说的那种声音，我可以想象到的。我们那里也有看地的，叫作望青的人，他们都带着枪，他们听到什么动静，只是朝空打一下空枪；可是偷庄稼的人听见就要跑了，一跑嘛，望青的人就循声追去了，他们放枪原来就是试探偷庄稼人的方向的。他们都是猎手，那本是打猎的法子，可是他们用到对付人上了，又一样灵验。人在某时是聪明的，在另一个时候又愚蠢得和野鸡差不多了。"

我们谈得又投机又兴奋。在我们之间，没有一丝的距离。我们彼此感觉到忘情的愉快。话一终止，我们就听见院子里的草叶飘舞的声音，竹篱摇晃着，天气是变了。足证我听见那一两声蛙鸣的断定不虚。我想若是明天落场雨，又得延搁一天。

我们分手的时候，屋子里的气息也骤然阴冷了。远处传来树木的摇撼声，显出风势来得大。不久，我们的房子里也旋起风来，从窗户和墙壁之间，从屋檐墙缝之间，风声呜呜作响。地中央的风，也就回旋起来，越来越大。赵人杰房间的纸窗颤动鸣叫。壁画击打着土壁，毕毕剥剥。

"赵先生，"我说，"关上你的房门吧！"

"不用关……"

"外边起风了。"

"恐怕你明天走不成了。"

"关上门好。整夜开着做什么。"

"早晨你进出方便呀！"

"还是关上好，若是下雨，早晨我不一定比你起来得早。"我说。

"不用关吧！你真客气。"

"赵先生！"我说，"不关门，一定要受凉。关上门，风就不会来往在我们这两间屋子里转了。若是我们的身体一有病，什么也糟了。"

"你真客气。"

"赵先生！"我平心静气地说，"我并不是客气呀！你知道你是招待客人呀！我是客人，你要招待得使我舒服，你就要听我的话呀！就是有成见，你还得牺牲呢！不是吗？"

"太客气了，太客气了。"他笑着。意思是：我不是小孩子呀！你别绕着弯骗我了。

"你关上门吧！"

"客气。"他说。

"怎么这是客气呢！我们还要客气吗？我是说真话呀！"

"嘿嘿。"他笑着。我们现在的距离又是这么远。

就这样我伤风了，又在北望园住了两天。整天躺在床上，头晕，发烧又咳嗽。感谢上帝，林美娜待我很好，就是在她忙着给小鸡雏在竹篱下掘蚯蚓的时候，就是在她忙着洗衣裳的时候，她也没忽视了我，哪次醒来她都及时地赶到我床前，问我要不要喝水。

今天是七月一日了。桂林北望园的夏天该是怎样的呢？林美娜还是在掘蚯蚓吗？若是那些鸡雏壮大了，那么她在熊星睡着的下半天做些什么呢？她是从来不读书的，也不看杂志，那么她的生活不是会有一段空白吗？她会在这段空白的时间感到空虚吧！正如杨村农，他若不是每天有着进城去一趟的小欲望，他若不是每天回北望园有着自谴太晚的忧虑，那么他的生活就会空虚的，一个人连点小的忧虑都没有，那是怎样可怕的虚无啊！至于赵人杰是有独自的世界的，祝福他现在已脱去冬大衣。

　　实在说北望园的男女住客在无忧无虑的时候也不会寂寞，还会坐在走廊下打盹呀。红瓦屋子的客厅里，由于花瓶里那株美人蕉的花朵，给他们幸福的点缀也一定不小。也许还有株秋海棠呢！我怀念北望园，怀念北望园的深夜……赵人杰一定还是冥坐在他那阴暗的屋子里遐想……现在北望园的深夜应该有一片蛙鸣了……

1943 年作

老女仆

一九四一年十二月八日以前，英国统治香港的时代，在黄泥涌夹道那条山径幽雅的公路旁，靠近总督马道附近，有一座西班牙式的别墅。暑期乘搭六路"巴士"到浅水湾游泳场去过的人，都要经过这条西班牙式别墅的铁栏门前的。

现在这座西班牙式别墅是毁于炮火了。两层的建筑只剩下底楼，而且半边是露天的了。

这别墅的主人俞一飞是个出身高贵的老爷，段祺瑞组阁时代曾任过某部的秘书长。现在俞一飞老爷头发斑白了，依然还保留着昔年的风度。日常嘴里含着雪茄烟，胸脯又饱满，西装又华贵、整洁，完全不像是个退休的人物。整天忙来忙去，出席皇家的宴会。每礼拜也在他的别墅里召宴来宾，晚间还举行茶舞。他不像托尔斯泰所写的俄罗斯贵族，在中国国内他没有领地，不过他拥有爪哇最大制胶厂的股票，又是印度利蒲通茶制作厂的握有最多数股票的首席股东。

俞一飞老爷这所别墅里有士敏土汽车道，有车库，有两块草地。草地上有两棵挺拔的热带地椰子树，分立在汽车道的入口处。还有一头荷兰种的卷毛狗，偶尔出现在铁栏门里。它浑身雪白，阔嘴，扫帚尾，猪耳朵，耳尖和眼圈都是乌黑的。它用后腿坐着，观望来往的汽车，望见人也不吠叫，很驯服的。那时候，往往是俞一飞的年轻太太在睡午觉，那是它最寂寞的时候。

俞一飞太太最爱的是这只荷兰种卷毛狗，走到哪里都抱在胸口上，正像一般贵夫人冬季离不开热水袋一样。午睡一醒,第一句话就是:"巴鲁!巴鲁!巴鲁哪去了?"她是香港的名媛,体质娇弱,性情温柔,全不像一般出入上流社会交际场所的贵妇。天真得像个十五岁的不懂事的孩子,胆小得像刚刚能听懂鬼的故事的初级小学的学生。

　　主持这所别墅主人的家务的,是一个叫作曹妈儿的女佣。她祖父就在俞府上当差,她是第三代的女仆了,她的丈夫还在天津,伺候俞府的老太爷,俞一飞老爷的叔父。所以曹妈儿是这所别墅主人最亲信的佣人,差不多是半个主子。在客厅里不管遇见身份多么高贵的贵宾,曹妈儿都是微笑着说几句话,从她那微笑的姿态你就可以感觉到她是怎样得宠的佣人。以致她向你献殷勤,不管是给你点烟还是送茶,你也不得不谦虚地向她微笑。

　　有时候俞一飞老爷招待来宾在别墅里用便饭,曹妈儿照样要向太太请示:"加点什么菜呀?"太太就说:"加点什么菜吧?""我看加盘洋葱牛肉好了!""好,就加盘洋葱炒牛肉吧!"从这里就可以看出太太是怎样的贵妇,她是一点自己的意见也没有的,曹妈儿说什么就是什么。从这里也可以看出曹妈儿的聪明、小心,明知道自己做主,可是照例要讨太太的口风,而且还认为这是遵从太太自己意旨做的,而且她说菜名的时候,就显出她那女佣的才能,从来宾穿戴和风度上,她才决定加什么菜。自然平常一点的客人,是洋葱炒牛肉,若是来宾手上有钻石戒指,而且一进门就和太太握手,曹妈儿向太太请示时就说:"加个砂锅好不好?"那是说清炖鸡。太太虽然不懂事,俞一飞老爷可是赞叹她的聪明,哪里还有曹妈儿这样智慧的女佣人呢!没有一次她说的菜,俞一飞老爷觉得不适合的。侍奉来宾是曹妈儿的主要差事,厨房里有另外的女仆,专门负责烹饪。除了少爷吃荷包蛋,又嫩,蛋黄咬到口里又不流汁。这是她独特的讨主人欢心的手艺,一向不外传的。

　　少爷是俞一飞老爷的独子,体质和他母亲一样娇弱,才六岁,还没有进学校。已经有了大名，叫作宏达。他有个乳妈儿也是安徽省家乡的人，叫戚妈儿，宏达出生的那年来的，可是宏达不喜欢她。戚妈儿出身农家，有脾气，不高兴了，两个眼睛就白着望人，问她什么，她也不说。生老爷的气，宏达向她要袜子要鞋子什么的，她不说。生男佣人的气，宏达问她要玩具什么的，她不说。就是说，也没有好声好气的："你自己不会找，什么东西都要问我，你自己放在哪儿就不记着！"老爷说过："年前年后就把她送回国内去。"

戚妈儿不管和谁都顶过嘴，尤其是厨房里的广东女仆，顶过嘴有半年了，还是见面不说话。和曹妈儿倒很投机，亲姊妹似的。曹妈儿在她忙的时候，替她洗少爷的衣裳；戚妈儿在她忙的时候，就代她去买菜。各种柜橱的钥匙是在曹妈儿裤带上吊着的。

曹妈儿三十二岁，戚妈儿四十五岁，戚妈儿管曹妈儿叫"老曹"，曹妈儿管她叫"老姐"。戚妈儿恨的是宏达，嫌他在爹妈跟前学嘴学舌，嫌他在她的针线上挑鼻子挑眼，难伺候。曹妈儿最恨的是巴鲁，恨它在餐桌上吃老爷和太太剩下的最可口的蔬菜。

那还是太太给它调和的。那时候，曹妈儿的眼睛是那么憎恶地望着太太。曹妈儿这眼光是这所别墅的最大的秘密，只要主人一仰脸，就又变成愉快地笑了。但在仆人们面前，她是那么憎恶巴鲁。有一次，巴鲁跑入佣人的房，在门口嗅什么，曹妈儿就倒背手抓着秤砣走过去，突然在巴鲁的脊背上一击，巴鲁就尖声呜呜着逃开去。

"巴鲁怎的了，谁打它啦！"俞一飞老爷的太太闻声从客厅跑出来。

"谁敢打巴鲁呢！"曹妈儿就笑着迎上去说，"该不是过路的英国兵抛石头！刚才它还坐在院门口嘛！"

那时候太太就把巴鲁抱在胸口上，亲它。

"它老是叫什么呢！太太看看，没有伤到哪儿吧！再关在它屋子里，别让它跑出门口去受人家欺侮吧！可怜的。它还没有吃午饭吧！

不给它打开牛肉罐头？"在太太面前，曹妈儿对巴鲁又这样体贴，这样亲切。

　　这所别墅里还有一个男仆，那就是韩东洲，上海人，喜欢穿工人裤，俞一飞老爷总是说他像个工厂的学徒。在俞府上他就不得不穿长衫，日常的职务是站在宾客背后，把曹妈儿端进来的菜盘递到餐桌上去，擦汽车，修剪园子的草地。若是餐厅里没有外宾，俞一飞老爷是很少差遣他的，那时候他就躺在车库的侧屋里睡午觉。星期天，他还有半天的休假，你可以看见他又换上工人裤，整洁得很，吹着口哨外出了。曹妈儿在这上妒忌他，正因为她是俞府的亲信老仆，她反而连礼拜天的半天休假也没有。

　　太平洋战争以前，若是这天，别墅逢着天晴日暖的好日子，是那么寂静。窗玻璃闪着阳光，屋瓦闪着阳光，椰子树上偶尔有个燕子呢喃两声，一片叶子坠落下来，都清清楚楚地听得见。草地上映着一株株树影，一两只凤蝶在低低地飞舞，好困人的天气呀！阴雨天气呢，院子里就有来往走动的男女佣人了，屋子里有男孩子的欢叫声，巴鲁跑动时的项铃声，日子是这样平静地一天天过去，已经两年了。

　　战争爆发的那天，别墅客厅里第一次有尘灰出现了，来往的宾客，依然是些可尊敬的贵人，然而他们的尊贵的鞋上，带着那些沙土，他们的汽车都给港政府征作军用了，他们都是搭"巴士"来的，并且他们走路都是那么匆促。临进门也不在擦鞋毡子上擦擦他们的鞋底，同时每人的脸上都失去了平日那种养尊处优的绅士笑容，说话的声音也高了，也激动了，曹妈儿第一次望见主人是那么优柔寡断，而且和宾客谈话都是站着的，那些来往的宾客也是站着的，做出三五句话就告辞的样子。战争的第二天，情形越发糟了：俞一飞老爷不停地接电话，说的又是英语，曹妈儿一句也听不懂，可是知道战争是紧张了。客厅里是那样糟糕，沙发全移动了位置，而且曹妈儿要布置的时候，俞一飞老爷就说："不要管这些了，随它去吧！"不久，在客厅里就堆积起面粉和米袋子。曹妈儿就跟在韩东洲背后说："怎么不搬到汽车房里去，汽车房不是空出来了吗？"俞一飞老爷就说："一样，一样！堆在这里好了。"夜晚，客厅里就随它那么零乱着，而且半夜还有电话来，一连就是几次。情形是越来越坏，厨房的使女辞工了，餐厅作为临时客室，而且俞府用餐时的习惯也不同了；平时每人两双筷，现在是尽着一双用了，而且有两次还是站着吃的，因为俞一飞老爷很忙，在家只有两小时的停留。俞一飞太太的嘴唇也不涂红了，曹妈儿第一次感到太太的嘴唇是那么黄，仿佛贫血似的。她不止一次向曹妈儿说："这可怎么得了呀！没地方躲，没地方藏的。"在她身上也失去了娇弱和温柔，曹妈儿觉得太太是陌生的了，微笑也离开了她的嘴唇。平日太太就是微笑也不露牙齿的。可是，现在她说话时也露出那雪白的牙齿来了。平日太太皱眉时也是美的、迷惑人的，可是现在她的前额皱纹是那么难看，完全是另外一个女人了，一点不高贵了。这一切都使曹妈儿有种新奇感，反而觉得比远处传来的炮声深刻。

　　俞一飞老爷三点钟回来的。那时隔海的炮声不断地响，炮声穿过空间发出一种可怕的呼啸声，直到炮弹落到附近三里远的地方，那瞬间，这所别墅里的主人和仆人才感到生命在这一刻钟是保全了。继之又传来第二声，炮弹穿过空间的声音，又像要落在这所屋顶上似的，可以想到主仆们是多么寂静，一点声音也没有。他们都是躲避在客厅一角的米袋脚下的，脸色全那么苍白，眼睛全那么缓慢而有力地移动着，仿佛在测量声音的距离似的。太太伏在曹妈儿的身旁，韩东洲伏在太太身旁，他们之间，是宏达。他还觉得不宽，小声说："向那边一点，向那边一点！"说话时用他的小肘，有力地抵着韩东洲的胳臂。

　　一听见门响，太太就跳起来了："外边情形怎么样？"

　　"很坏。"老爷只这么说了一句就叫曹妈儿，"去——赶快把宏达的衣裳收拾收拾。""戚妈儿帮着她，我们这就走。东洲你是留在这里呢，还是跟着我们走？快说呀！外边情形很坏就是了，你留在这里帮着曹妈儿看家吧!"在他说话的工夫,太太焦灼地问了三遍"到底外边怎样了",都没有得到俞一飞老爷的注意。现在他说:"还老问什么,快收拾你的要紧东西,再耽误两三分钟,到香港的路就不通了,快吧!宏达穿衣裳去。"就急匆匆走进寝室,一路上还是催促太太,"快收拾你的东西去吧!越快越好。"又叫,"曹妈儿,我的烟斗袋子呢?"他不是找烟斗,而是保险箱钥匙放在烟斗袋子里。

俞一飞老爷督促着太太:"快来呀!"就径直匆匆地走去,等不及似的先走了。手里挟着皮包和两件冬大衣。戚妈儿是那么惶恐,衣裳披在肩上,边跑边向袖筒里抽胳臂:"达哥儿,向前跑。"

"曹妈儿好好看家呀!"太太临走只交代这么一句。然后,就走出寝室,门砰地扣住,她把心爱的巴鲁抛在屋里了。

曹妈儿脸色惨白得可怕,她站在门口的台阶上一句话也没有。一条盘在松树上生长的藤蔓顿然失去了依恃,是多么可怕呀!尤其是在暴风雨的漩涡中间。

那时候她还望见俞一飞老爷匆促奔走的影子,戚妈儿的脚步是那么轻捷,谁也没有回头向她望。公路上一个人影也没有,半边天横着一道长虹似的黑气,那是九龙,深水湾汽油库中弹了。炮声比在客厅里响亮,曹妈儿不知道是原先客厅的墙壁厚,还是现在炮位移近了。远处有一所英国海军将佐的别墅,寂静、空虚、孤单,一个生物的影子也没有。左近也一点声音也没有了,只有连续不断的轰轰声,而且可以清楚地分辨出来,两方面炮战。对海发炮,炮弹的声音像彗星流过夜空一样,爆炸声震耳。别墅左近发的炮弹在离炮口的那瞬间,震力使大地摇撼,耳朵反感轻柔,爆炸声沉闷。

曹妈儿在门口站立很久,才突然悟到立在外边是危险的,这只是心里的警惕,脸上依旧阴沉,可见她还是为被遗弃的恐怖所迷离。她走进来是那么从容不迫地关上门,像平日居家关门的样子。那时候她听见巴鲁的鸣叫声,她就走到太太的寝室里去,顺脚踢去,巴鲁落在门外，跌得泣声哀鸣了，并且迅速地跑开去。寝室门口那柄乌木躺椅上放着宏达的衣箱，原来戚妈儿把少爷的什么东西都收拾好了，临走却忘了带去。地板两天没扫，床上全是太太的服装，零乱地展布着。有一件荷花色的夏季旗袍掉在床脚下，那是太太所要带走而没有找到的，床上之所以那么零乱，完全是太太急于要找到它的缘故。曹妈儿又到下人房，又回到客厅……各处检视了一遍，现在这所阔大的别墅只有她一个人了，七个门的门口，都敞开着观望她。天色渐渐地黑下来，炮战休息了。从客厅里时时传来巴鲁的呜呜声。它的嘴埋在后尾里。

当曹妈儿走进客厅的时候，巴鲁那可怜的失去爱护的荷兰种小狗，就倏然地昂起头，呻吟着，在狗给人截住逃路时，才是这样呻吟的。突然它跳起来，从曹妈儿的脚下窜出去了，是那么迅捷地，一条蛇似的窜出去了。曹妈儿这次没有注意它，她的眼睛阴沉得可怕，一个谋杀凶犯在害人之前筹划的时候，眼光是这样可怕的。她在米袋垒下坐下来，两手抱着膝，眼睛望着前面，好似连墙壁和客厅的门都没有反映在她视感里那样望着前面。这种可怕的神色，只有在她愤恨的时候才出现的。有一次，主人俞一飞老爷在家庭的晚宴上说："曹妈儿，我让你拿纯香槟你是不是又掺了白酒呀？""没有掺呀！""没有掺怎么有白酒的味道？""哪是白酒，一点点玉冰烧，没有洗干净。"曹妈儿笑着说。"怎么是玉冰烧呢？明明是白酒的味道吗！""哪是白酒……""你再说不是！你过来，叫你过来！把酒杯拿去喝一口尝尝。"曹妈儿就笑着说："我去问问厨房看，我记得似乎是装玉冰烧的壶，也许我记错了。"等回来就笑着说："可不是白酒怎么的，老爷真是会品。"可是曹妈儿回到下房，那脸色就这么阴沉得可怕。眼睛就这样可怕地望着前面，因为那壶确是装过玉冰烧的。"哼！主子嘛！我们是奴才嘛！"她心里现出这样的字眼儿。现在她那眼睛发着光，夜色逐渐浓了，窗外的天空又阴又黑，曹妈儿的眼睛在这黑的夜色里发光，夜色越黑她的眼睛越亮。客厅里什么也看不见了，只是她那双眼睛的光,仿佛两个珍珠依稀地光辉闪闪,定止在空间,看不见她的身体,也看不见那亮晃晃的光所寄附的头颅,一对凭空悬挂的鬼眼一般。巴鲁恐惧地望着她,遥远地站在寝室门口,只和客厅门口相隔一条甬道,那甬道是由太太的寝室,直通到门外台阶,经过客厅的室内的窗下的。巴鲁就那么遥远地望着曹妈儿,它的眼睛闪着绿的火焰,一会儿它就用鼻子呜吟一声,有如嗅到不祥的气息,一会儿它就伸舌舐着嘴巴,又凝止不动地注视客厅里那双悬在空间的有光辉闪烁的眼睛了。

曹妈儿梦里也没想到的父亲,在她面前出现了。那是临别前夕招呼她赠几句教言的。他已故世年久,死时曹妈儿没在床侧,她正陪着少爷和少奶奶在杭州消夏,他们是到南方来度蜜月的。她父亲临别前夕的装束,是灰布仆人长衫。他的颏下有一丛胡须,眼角皱纹密集。他说:"小梅,你也不小了,出嫁的人了,从来就不听我的话,你要吃亏的。你知道,我活着还有人在你旁边絮聒,我死了,你就找不到一个这样絮聒的人了。你的脾气不改,活在世上就要吃一辈子的苦。你知道咱们是下人,生下来是给人使唤的。什么都是前生定的呀!头上有老天,你这一生就要修下一辈子,你不管做什么,亏心事也好,行善也好,人家不知道,可是总逃不出老天的眼睛的。你还不知足吗?老太爷给你找个丈夫,是喜欢你呀!咱们在老太爷府上两辈子了,没有挨饿,没有受冻,这都是在老太爷府上当差呀!老太爷还做不了主吗?别说你的亲事,咱们的什么不是老太爷给的,老太爷还有做不了主的事吗?傻孩子,小李不也是个好人吗?人是笨一点,可是和咱们做亲,人家还觉得委屈呢!他爹活着的时候,老太爷什么都得问问他,人家在俞府上有功呀!"接着他又说那不止说了十遍的老掌故:在老太爷当统领出征西北的时候,有一个极悲惨的战役,几乎全军没有逃出一个来,老太爷还年轻,负伤了,小李的父亲李良才差不多背老太爷连夜跟了七十里路才遇到接应的。又说:"你老是和小李过不去,吵嘴拌舌的,若是老太爷听到个风声,不是以为你不中意这门喜事吗?傻孩子,那是老太爷做主的呀!你爹——你爹是仆人,是当差的呀!"

曹妈儿还清清楚楚地记得,那时候,她站在父亲身旁,还是永远不说一句话的姿态,可是听到这里,她的眼睛就落下泪滴儿,那是在她眼睫上涌出几次的,她都用手背擦去,像擦去一粒尘沙一样,可是现在她不用手背去擦了。她的手卷着衣襟,眼泪一滴滴地流着,那时候她还是一句话也不说,只是擤鼻涕的声音很响。然而那仿佛是平日子擤鼻涕,全听不出她是在流泪。她不是给父亲的话感动了,而是想到自己嫁了那么个又笨又粗鲁的男人,那她活一生还有什么意思呢!她那时常常想到投井。自从离开北方,她已经是个不同的人了,绝不想死,也不想回到丈夫身旁去,更不想改嫁,在俞府了此一生,也就算了,任什么欲望也没有。

现在她就想着这些,她的眼睛就在幽黑的客厅里发着亮的火光,像悬挂在空间的两个黑宝石,她的生命复活了。若是俞一飞老爷现在面对着她说:"曹妈儿你留下好好看房子!"她就会说:"我为什么留下呢!我的命就不值钱吗!光是你们的命才值钱呀!"这样想的时候,就觉得俞一飞老爷确乎站在她跟前似的问她:"你说什么?"她就说:"我不留下。我说什么?我当然不敢说别人,可是我自己要逃命,这可别人管不到。"俞一飞老爷说:"那么你去你的好了""当然我去的,你当是我还靠你们俞府一辈子吗?给我算工钱好了。""工钱,工钱不能算给你,还得汇给你男人!""谁是我男人,我没有写红纸白字的卖身约,你们俞府也就不能随便做主,那是我的事情,你们管不着,你们已经害苦我了,害了我上半生了,还要害我下半生呀!我不傻了,我起早睡晚地给你们做活,受你们的支使,你们就得给我工钱。"那时候,俞一飞老爷就一定说:"你不能从我这里走,你要走,也得把你送回天津去。我们放你走了,你丈夫向我们要人,我们是没法子应付的。"她就说:"你当是送我到天津,我就害怕,我不是五年以前那么傻了，再说要回天津不回天津，你们做不了主。我从来不认识谁是我的丈夫。谁是媒人？我没有坐过花红小轿就有男人了？"这又似乎在法庭上辩论，法官是一个慈祥的老人，结尾他说："现在民国了，民国不比前清的大律，曹妈儿可以自由离婚的。"

　　现在曹妈儿听到突然而发的机关枪声。那机关枪是安置在浅水湾附近的山顶，枪弹爆炸的声音也非常清楚。曹妈儿就站起来，走到二楼上去，老爷的读书室的门开着，那临晒台的玻璃窗上有一片火光，靠近楼梯口的甬道都映得发红。那火仿佛远在铜锣湾一带的市区，附近的高楼大厦都像死亡了一样，又黑又没声音，仿佛一座空城，一任火焰随风蔓延，宏达的寝室单扇门也开着，玻璃反映着窗外的火光，可见这间寝室的窗外是一片黑的。枪声就在它背后的山峡道附近响，又可见黑暗中一定有许多英国部队是多么紧张地忙碌着作战。那时再望南窗外的遥远的火焰，就感觉那里是平静而且安全了。曹妈儿在两门之间的甬道上站着，反而没有觉得恐怖，也没有想，这所别墅里只她孤独的一个人了。她所以镇静，正因为她的情感已别有牵挂，像一个守护孩子尸体的母亲，遇到警报，听到飞机侵入居宅上空的情形一样。支持后者的是悲哀，支持曹妈儿的是愤恨。她平静地观望着，心想，日本军队一定用橡皮艇进攻浅水湾，英国军队一定是在山头上阻截，若不是机枪是不会成排地旋转着响，而且一直不间断。

　　曹妈儿心里又一次想："哼！他们的命值钱，我的命就不值钱！"

　　突然她的心跳跃了一下，她听见楼梯下传来一种声音——有人走路的声音——那一瞬间她是恐惧的。

　　"谁？"她大声问，她的声音变了。

　　"曹嫂呀！曹嫂呀！"那是韩东洲的战栗声音，"曹嫂呀！曹嫂呀！在哪儿——外边不通了，你没有逃吗？"

　　"没有！"她望韩东洲的身影，韩东洲是那么忘情地握住曹妈儿的手了。他低声说："我逃到养和医院后边，有一个难民给流弹打死了，乱仔到处都是，英国哨兵把着路口——日本兵今晚上或许在浅水湾登陆，你听这枪声——我们怎么样呀？"

"在这里等着吧！"曹妈儿说，"谁叫我们是下人呢！"曹妈儿说，"你怕什么？我一个妇道人家还不怕呢！你还没有吃饭吧！我给你找面包去……巴鲁也没有人管了，饿了一天！"

巴鲁一直是呜呜着，这里跑跑，那里嗅嗅，可见这嗅觉灵敏的小生物是怎样不安了。当曹妈儿立在楼上两门之间的甬道上的时候，巴鲁就跑到楼梯上两次，两次都是跑上楼梯口就跑下来，在幽黑中，它那眼光有绿色的火，望着曹妈儿的背影，仿佛又想到什么，匆匆地重新跑下去，一到楼下就又哀恸地呜叫了。曹妈儿在那时是听见它的声音的，由于那是一种习惯的动静，而并不注意，仿佛这声音就没有传到她听感去过。所以当一种人的脚步声出现的时候，她反而突然感到恐惧。

现在客厅的门窗都用地毡蒙蔽了，曹妈儿点着蜡烛，韩东洲那可怕的苍白脸色就在烛光中出现了。巴鲁立在客厅门口，停止了叫，老远向曹妈儿望着，望她时尾巴无力地下垂，仿佛又立刻感觉曹妈儿对它没有过分的恶意，尾巴就又摇动起来，向曹妈儿讨好，可又不敢向前挪一步。

曹妈儿的脸色依然阴沉，那种阴沉使人感觉她那给巴鲁调和一盆罐头牛肉的动作，完全不是她，而是另外一个人，至于她自己是在思虑另外的事情。韩东洲不久就受了她的感染，注意着曹妈儿的神色，而帮她忙。譬如曹妈儿走向抽斗，手里拿着块面包，他就知道她是找刀子，就走去拉抽斗。在这以前他是定定站在客厅中央，注意谛听别墅北部传来的机关枪声的。就是现在，他虽然把刀递给她，眼睛还闪着他的注意集中在听感上的神气。而曹妈儿接过刀子不明白就望望他，只在这瞬间那眼睛现出回到现实来的她的影子，不过只一刹那眼睛中的光辉就熄灭了。她放下刀子，反而把面包递给他。她是给他找香肠，而且她脑子很明显地又继续着想那和香肠完全无关的身世了。

韩东洲接过面包时候说:"枪声不是很厉害了……你听!"

曹妈儿就停在茶几旁,凝神听听,那瞬间她是第二次回到现实上来。接着说:"要香肠吧?厨房里有。"

"不要!"韩东洲说。那时候他咬了一口面包,还站在那里,侧着头做出谛听的样子,嘴巴没有嚼面包,一会儿他的嘴巴动了,逐渐嚼那块含在口里已久的面包了,可能机关枪声是缓和下来了。

曹妈儿自己在茶几上坐下来,两手撕着面包向口里送,可是眼睛注望空间,想什么。

韩东洲完全安静下来,那眼睛突然出现一种不同的光辉,当一个人突然想到他的幸福的机遇的时候,是有这种光辉的,但是只望一眼曹妈儿,那光辉就隐蔽起来。他及时地控制了自己的舌头,保全了那秘密。

"太太呢?逃过去了吗?"

韩东洲吃惊曹妈儿的问话,为什么他回来这么久了,才问他。

"不知道。"他说,"他们会讲英国话,当然能通行。"

韩东洲的眼睛又一次出现那种有幸福机遇的光辉,他说:"曹嫂,我告诉你——我们斜对面那所英国人的洋楼里,一个人也没有——你等等我,我去看看就来。"

"看什么,自己的东西还顾不了呢!"

"我们不趁这个时候,还等什么时候。打完仗也不见得是俞家的天下了,我们还给他们当一辈子下人怎么的。我去了——那洋楼的墙上还挂着相片,恐怕他们什么也没带走。"

韩东洲在机关枪声响得稠密的时候,匆匆走出去。现在他是这样大胆、勇敢、无畏,财欲支持着他,世界上还有什么比财欲更有力量的呢?

巴鲁也跟到门口,曹妈儿就突然小声喊:"巴鲁……巴鲁……进来。"并且关上客厅的门。她现在又这样爱护巴鲁,那是她自己当时没意识到的,完全是她的善良天性使然。她反而没有顾及韩东洲的冒险。仿佛他是一定安全的,至于他的轨外的行动,她却连想都没有想,仿佛是应该做的。

现在她注意地侦听远处机枪声,可见那机枪比以前怎样激烈。听来是逐步地后退,而越来越和这所别墅相近了。就在这时,天空突然响起一种寒心的风哨,继之是一声爆炸的炮弹……大地颤动了一下,窗玻璃完全震碎,落地声琅琅响。那时候,曹妈儿跌在地板上,蜡烛灭了,而且滚到她手旁。她还很镇静,扶着地板想坐起来。这瞬间,她的耳朵嗡鸣,火光在她眼前一闪,满鼻全是硫黄气了,炮弹炸去了别墅的一角,但她反而没有听见。耳朵嗡嗡地鸣叫着,那是她身上的血鸣,只见满屋的烟气。

机枪在爆炸的第三声中哑静,现出远处山峡那边的机枪声。曹妈儿想:"那一定是日本仔的了。"

实际上那是英国军队的机枪在坚守另一座山峡的阵地。日本海军确是在这时从浅水湾登陆了。这是韩东洲在事后告诉她的。那天黎明之前,韩东洲回来,提了四只大皮箱,装着各种高贵的欧洲绅士的服装,医生的手术工具,各种药品,还有自动计款机,大宗的柯发软胶片。他来往两趟,都是把皮箱一搬到大门口,就又跑回去的。

在那时,韩东洲答应将来和曹妈儿平分所得,而曹妈儿没有响。她到处检查着,楼上楼下的通道散满了石灰片、尘土、碎玻璃,曹妈儿得极小心地伸脚。到现在她想起来那时的自己是怎么愚蠢呀!若是再有第二次炮攻呢!她全没想到她那时应该逃到外边远远避开那所别墅,然而那一夜,是平安地过去了。

韩东洲一夜也没有休息,他更换了五次那些意外财产的隐藏地,最后搬到车库背后的土坑里去,在那土坑四周是些乱蓬蓬的茂草。

一小队日本军第二天下午就在这所别墅里做临时主人了。他们最初进来，是可怕的恐怖，不只是由于他们那奇特的服装，不只是由于他们那死人般满脸尘土的脸色，而是他们那紧张的眼睛，魔鬼一样的冷酷，他们是搜索这所别墅有没有隐藏英国兵，曹妈儿的笑脸又在他们面前出现……及至回到厨房，她的脸色依然是阴沉的，常常双手支着下颌坐在小凳子上思索什么……

一礼拜之后，曹妈儿挽着一个大包袱跟随韩东洲到俞一飞老爷的隐藏处的寓室里来了。寓室是在市中心区一所老旧的二楼上，临窗街道，充满恶臭。由于街市长久地死寂，堆满失去运输工具的垃圾、粪便、钢盔、警哨……但俞一飞老爷的面容是舒适的，敞着领口，灰格纹布的背心，口里含着纸烟，一见曹妈儿就笑着说："咱们的家私是都给日本人用卡车运光了？"

"唔！"曹妈儿眼睛不望他，只这么说一声，"东西放在哪儿呢？"

"这就是剩下来的吗？"俞一飞老爷的太太说，"曹妈儿你没有受惊吧！"

"嗯！没有。"曹妈儿望了望她说。

当曹妈儿说话时，俞一飞老爷用猜疑的目光注视着她，那目光在她脸上停留了好久。

"我们可真挂念……不放心呀……老韩说你挺大胆，什么也不在乎……巴鲁呢！"

曹妈儿脑子里酝酿很久的言语，现在都没有了、失踪了，她一句话也找不出。尤其是老爷是那么尊贵地站在旁边，他背后有许多工厂，有整片的房屋……而且，有北方老太爷府上的大花园，老少的家仆。现在她想说："我知道你的巴鲁？巴鲁叫日本人带去了。"但说出口来是"不知道"。

若不是宏达哥儿给她机会，她始终是没法表白自己的感情的。宏达在她进门时就向她招呼过并牵她的手，给她摆脱了。那时候，她正听太太说话，而且俞一飞老爷还用眼睛向宏达警诫，宏达就望着父亲退后一步。现在又攀住曹妈儿的臂膀:"曹妈儿,给我打鸡蛋吃呀!"他说什么都好,不管是什么。然而他这话触发了曹妈儿,正像炮弹给撞针碰到一样,曹妈儿的眼睛立刻爆发了火光,她说:"不是你们俞家的天下了。谁给我打鸡蛋呀!"

俞一飞老爷的脸上闪过惊愕的影子,太太是吃惊地望着老爷,仿佛等待老爷的意旨,仿佛说:"你看她是多么无理呀!简直叛主了。"可是俞一飞老爷的脸色立刻又松缓了,只是眉毛讥笑地皱着。这是有教养的绅士,遇到下人失礼反抗的时候,所表现出的一种容忍。

曹妈儿继续着说:"曹妈儿,这时候想到你的曹妈儿了。""曹妈儿没有红纸白字卖给谁!""曹妈儿对得起你们做主子的了。"她说得很急,说到"在大炮底下,谁管曹妈儿",眼睛突然就有润湿的光泽了。

太太的嘴唇颤抖着,几次要说话,都给俞一飞老爷的眼神制止了。当曹妈儿用衣襟擦鼻子擦嘴唇的时候,俞一飞老爷就说:"戚妈儿把她带到后边去歇着吧!"口气里完全没有被激怒的反应,嘴角还露着微笑。曹妈儿没有就机说辞工,也没有推托,完全不由己地给戚妈儿挽出去了。

从那以后,曹妈儿在俞一飞老爷或太太的面前出现,脸色就是阴沉的,失去了笑,也仿佛失去了生命。对待客人的面孔,也是冰冷的,而且站在客人面前,像是站在一株树面前一样。不像以往那样殷勤,更不像以往那样向太太讨欢心了,太太不说加菜,她也不问,太太问了,她就说:"加什么,我不知道。"凡是以前见过曹妈儿的都说:"曹妈儿变了。"真的曹妈儿给人的感觉是一块寒冷的冰,是一株树。

曹妈儿在香港那最后几天,以及离开香港以后,一直是这样冰冷的阴沉的,视觉几乎没有一点外物的存在。但在这两个地方的心境又各自不同。在香港那最后几天,曹妈儿心里有主,是等待韩东洲那笔意外财产的交易,预备钱到手就辞工。可是临离开香港的时候,韩东洲在送行之前得到和曹妈儿私谈的机会,他只轻轻说了这么一句:"我们那东西,在原地方都找不到了。"就匆匆走开去。他已经换上洁整的工装,而且向俞一飞老爷说:"预备等船回上海去了。"那么在俞一飞老爷带着曹妈儿离开香港后,曹妈儿的冰冷的脸色,自然可以想象到的,那是已经变了质的一种什么心情呀!只有一种生物在她的冰冷的感情里占着位置,那就是巴鲁,尤其是巴鲁站在客厅门口,遥望着她给它调和罐头牛肉,而尾巴摇晃的姿态。

自然俞一飞老爷的年轻太太,也很少望她的,就是在叫她进房扫地时也不望她。若是太太正给宏达讲有插图的儿童读本,听到曹妈儿的脚步,就在故事中间插一句:"把茶几上那碟子水果皮拿下去。"若是只有她一个,而又无事可做,就走到打开的窗口去,向外望着,听见背后的脚步声停下了,就背着脸说:"歇会浴盆子里预备水。"最使曹妈儿怀恨的是,现在她也有了每星期的半天休息。

曹妈儿一天天苍老憔悴了,相反的那双阴沉的眼睛一天天锐利了。

1942 年冬至 1943 年 7 月 10 日作

一个唯美派画家的日记
——当那幅油画诞生的时候

十月二日

娜露今天对我说,她想等他来,结婚算了。又做着苦笑说,想请我吃喜酒,问我高兴吗。

我当时是什么样的神情呢?我露出不高兴来了吗?我说:"很好。"我们之间再没有说话。她用手抓着瓜子壳,一片一片地向桌子上撒。我呢?我望着过路的人,望着有一个高贵的夫人从桌椅之间的走道上过去了——又是她,又是我在桂西路碰到过两次的那位夫人。那两次的路遇相隔三个月了,可是在那三个月当中,她在我的幻想中挺立着的印象一点也没有减淡。每次当我走到桂林的市中心的时候,我就想:到桂西路走一走吧!也许今天我能碰见那位夫人。是的,她是这样占据着我的心。不只是出于她的式样高雅的服装,裁制是多么讲究呀!不只是由于她所选配的色彩——她穿的是灰呢大衣,下部露出紫色的旗袍底襟,从这颜色上,使人感到美、雅致。既可以看出她有着怎样高的艺术修养,善于调理色彩,又可以看出她内心的境界是怎样幽静。不只是由于她走路的那种优美的为贵妇所有的风度,而且她是那样孤傲呀!仿佛外界的任何事物都没有诱染她那视感的能力,那完全是走在沙漠里,一片绿草也不见的沙漠的姿态。我从她的一双秀美的眼睛里,又感到她那内心的孤独境界间所透露出的一点寂寞。我相信,整个桂林，桂林街上稠密的行人，那些行人丛中的"港风"青年男女，桂林十字路口林立的各种色彩的大幅广告牌，路尽处的七星坳，滴江桥上遥望所见的独秀峰，峰脚下的渔船……整个的桂林，晴朗日子的蓝天以及闪光的江水，所有这些，都没有浸入这位夫人的视觉里去，她完全是个沙漠地带的过客。确实，她的视界里还不见一根青草呢！

现在她就坐在我的斜对面，依然是那么高傲的。我想，她根本就不知道她周围的茶座上是不是有人，她像是坐在树木森森的丛林里似的。一个自知漂亮惑人的贵妇，意识到有若干眼光向她注目，往往会目不旁视地端庄地坐在那儿，如我们在咖啡厅所常见到的，然而无论如何你可以从她那目不旁视的神色中窥出她是感受到周遭的注目。而她呢？完全没有这种感受。坐在丛林间品茗的人，对于周围的树木又会有什么感受呢？

她具备一幅很完美的油画的形象，我现在只有初步的理解，初步的感受，只够作素描。她是简朴的，正因为简朴就特别复杂。她微笑时，嘴唇只轻轻地半启，一朵将开的花似的，一种特别的美出现了，而她又是那么珍稀着她的微笑，只一闪就收藏了。她给我的印象是深刻的，我表现她的微笑姿态，一定比表现她静态的能力强，然而这是不能代表她整个内部生活的。

娜露说："我们走吧！"

我当时非常吃惊，原来我是陪着她在这里吃茶的，而且立刻我想起我是在什么情景之下，立刻想起不久以前她对我说过什么话。

"好。"我说，"别忘了，拿着你的绿大衣。"我说话的声音那样平淡。然而若是一个贝多芬的崇拜者，一个把世界完全看作声音组合的音乐家，可以从这句话里听出内心的痛苦。然而娜露是一个银行职员，是一个生活里追求现实的职业的少女，她是永远不会理解声音的，她只是注意这语言的意义。

算了。在世界上我们是没有碰过面的。一出咖啡厅的门口，我就环顾着桂林的纵横的街道上稠密的寻找夜的享乐的行人。

"再见!"我又说,我没有向她看,也是第一次抛开她,让她一个人向自己的家里走。然而在我离开时,我仿佛觉得她没有移动,脚跟生长在咖啡厅门口似的,又似乎她是向我深深地注视着,且嘴唇上浮着微笑。

我是不爱她吗?我自身已经没有那种可贵的真实的感情了吗?为什么我会这样轻易地放弃了俘获娜露的幸福。我是不爱她吗?又为什么决定放弃之后又是这样痛苦?我是爱了,就该不放弃呀!那么我是没有爱她,可是听到她说请我吃喜酒又是这样气愤。是的,我是爱她。不爱她吗?

我的骄傲损害了我的爱情,然而爱情能给骄傲损害,那爱情又有什么价值呢?

我坐在东侧的沙发上冥想的时候,突然脑中现出一个人影,那是诗人SK。那个有名的作家N从前对我说过,诗人SK在他外间的客厅里住的时候,常常是一个人站在那里——站在客厅的地中心。头发蓬乱,穿着衬衣,中国式长裤,傲然地向前望着——向辽远无际的海里望海鸥似的,仿佛那海鸥又是隐入蓝天和碧海的边陲之间的白点。作家M说:"他这么站到半夜两点钟,一点声息也没有。像一个疯子一样,可怕呀!屋子里只有我们两个人。"然而这作家虽有名,还是不解什么是精神世界的。

这个诗人不是独立在崇高的峻峰之巅吗?他有着自己的世界,头上是广阔无际的蓝天,远处的地平线,有小溪、村庄、绿色的田野,他的天地是广远的呀!自然能来到这崇高地点的只有他一个人,他是这样俯望着地下的人类,人类都在苦难的时代里沉下去、浮上来——艺术家呢?却能望见这苦难日子的两极,那两极又是多么自由、幸福的境界呀!

想到SK,我突然感到自己不就是这样坐在沙发上出神望着辽远的前方直到深夜还冥想的人吗？确实这是可怕的，我自己也听不见有声息，只是满空间的乳灰色的烟雾。灯光附近那烟气发黄，我是抽了多少纸烟呀！七块钱一包，我要节省……主要我要给 SK 画像，只有油画才能表现出他深夜立在那儿的雄姿。我想，他的眼睛一定火光闪闪。因为他的热情是燃烧着了。而在画面上，那眼睛间的光辉融融，仿佛熔炉里的铁液，使人感觉到它的热度，而且像两朵金雾，有一遇冷气就要变水的那种金黄色。他的面部肌肉，那瞬间都是静的。线条的起伏，一定清清楚楚，尤其是灯光烘托着，肌肉有一线突起的地方，就有一条暗影，而且双眼的火光，若是使人感到是灯光的反映，那就完全失败了。切记切记。那么只把握肌肉的寂静、眼光向遥远处的注视这两点就够了。下次发薪水，我一定要买块画布。可是房租呢？五百块呀！我的伙食呢？我要戒烟！戒烟！戒烟！无论如何我要买块大幅油画布，而且今天在咖啡厅碰到的那个贵妇，我也要画下来，我相信她是一个不平凡的女性，只从她那在街上走路的姿态——如在沙漠里走路的姿态，我可知道她是怎样看现实的，就知道有着怎样的灵魂。明天起，我一定戒烟。

实在在娜露面前骄傲什么呢？笑话，明天我就向她表示态度。是的，我又想起来了她为什么向我说"和他结婚算了"呢？这"算了"两个字，大有意义！是的，她是试验我，不过我是不喜欢这种心理的测验的。

若是我不爱她，我不该表示得那样严重。

若是她爱我，也就不必这样来探测，总之明天再去看她，实在她不该和我用这样的小聪明。

十月五日

今天是多么愉快呀！娜露到底来看我了。

本来我预支了一个月的薪水，决定买画布，而且有两管画笔已经秃毛了,还得添置天蓝色的颜色。预备课后关在自己的寓室里,开始工作。可是什么也没有买成,附近都是些小商店,不是太贵,就是不合适。何况我老是不想到城里去,因为,我诚心地说,这几天实在怕晚上娜露会到这儿来。院子有脚步声,我就不安,我就想:许是她来了。我到现在才知道我是怎样爱她,我对自己又是怎样残酷。

从前我每次从美术学院回来,经过有K银行的女职员宿舍的那一条街道,都是向她那临街的寝室的窗户看看。可是前几天我都绕着路走,避开那条街道。我是尽力来摧残自己的感情呀!

然而她到底来看我了。今天是礼拜天呀!感谢耶稣,没有这位先哲,哪会有今天的日子呢!她今天是格外漂亮。透明的眼睛是那么爽朗。生长在香港的女孩子,为什么体格都那么健美呀!而且衣服又是那样合身,把整个英挺的体质的轮廓都明显地表现出来了。一个中亚细亚的少女呀:她那松散的头发,披在两肩之后。嘴形秀美,可以清清楚楚看出嘴唇的诱惑人的弧线。一切都是日常的美,不同的是我第一眼所看出来的——她的前额上端的黑发上,结着褐红色的一条丝带子。

她是在门口外停下来的,脸上现着微笑。从那微笑里,我知道她一定在门侧向里偷窥过,正想吓我一下或是在我转身时,悄悄地走进来用手蒙住我的眼睛,而不料一露面就给我发现了。

那微笑也格外天真。

"进来呀!"

娜露在门口停了十秒钟,望着我,似乎并不想进来,而是从我这里路过顺便来看看的。她的胸前倾,几乎是一跳,两脚就踏到门槛上了。她一定是害羞,一定是难为情。她那两只明朗的眼睛就告诉我了,她那咬着下唇的娇态就告诉我了。她用手扶着门框,一句话也不说。就这样一瞬间,我们仿佛一切都了解了,我走到她面前去,她就低下头……在这时候,我们开始一个长久的吻。

她的嘴唇是湿润的,美的光泽呀!我将来要在画上表现这美的光泽。

一晚我都是愉快的。她在路上靠着我走，我们俩一句话也不说。我注意到路上所有迎面向我们走来的那些人，都在经过我们身旁时，回过脸去望她。我感觉到骄傲，从未有的骄傲，仿佛我是世界上的英雄，虽然他们中没有一个人注意到我，但是他们所羡慕的人是我的……

我低声和她说："我在你的眼睛上，读到绿原的诗了。"

她笑着，笑时并不向我望，直注视着前面，我知道她那时是什么也没有望见的，她也是那么骄傲，脚步也就格外健捷。

"我们到桂林戏院的音乐会去呀？"

"音乐会有什么好听的呢？"她说，"明天下班，我们再去乐群看足球赛吧！"

"足球又有什么好看的？"

我们又彼此讥讽了两句，就是不伤彼此自尊的讥讽，也是要不得的。这是第一次，也绝对不让这种感情发展，要消灭它。也许因为我们今天已经拥抱过吧？

总之，我今天是幸福的，和早晨的情感不大相同。实在我早就想对房东太太说了，阴云天还好，日暖大晴的日子，把鸡笼子放在我的窗下，那股有鸡粪的热气蒸发着，全飘进我的屋子来了。他们自己的窗下可打扫得挺干净，不怪邻居们的妇女常吵架……要睡了，早睡早起身体健康，若是有电话，我一定向娜露道晚安。

十月六日

今天去音乐会，去时手持手杖，意颇自得。因为今晚能和娜露并肩一享歌声和琴韵了。不想等到九点钟，娜露还没来。而且观众拥挤，全场只有我身旁的座位空着，几次来人想坐，我都说"有人"，辞退了。直到散场，身旁的座位一直空着。

娜露别有约会吗？实在说我不高兴，从昨晚的晚餐上，我就看出来，她对我的存在简直忽视、冷落，仿佛她在离开我的房间的时候，已经有这种神气了。而她来的时候又是那么兴致勃勃。

昨天晚上的夜餐，是诗人 SK 做东，作家 M 作陪。这是多么无聊的一位名人呀！全谈些什么呢？房东小孩子说过一个这样的故事："一个老鼠吃了砒霜，跑到梁上，肚子就疼起来，打了个喷嚏掉下来，死掉了。"当时我就笑了笑，一个小孩子会讲什么故事呢？然而不管怎样，他还会说老鼠打个喷嚏。M 所讲的就是连个喷嚏声也没有呀！试想：一个老鼠吃了砒霜死了，这又有什么意思呢？M 讲的全是这类的话，而且讲的时候，兴致淋漓的。而娜露老是向他注视。当时，我气得很。尤其是娜露饭罢，移于 M 的座前，面对这位作家的餐容，很像衷心喜欢他那用餐姿势似的。而且当我问她一句什么话的时候，娜露的语气冷淡，只答一两个字，答时也不移开她的注视 M 的眼睛。到底我在娜露心目中占着什么地位呢！还是她故意向我作态？若是故意，那么我所说的一定不错，昨晚在她离开我的寓所门口时，这不愉快的萌芽就开始出现了。那么我吻她的时候，神色一定没有使她感受到我是得到了幸福的，实在那时我内心是燃烧着呀！

又想餐后我送她回寓所，她说："我要到广州湾去了。从那儿回香港去。"

"为什么？"

"学钢琴。"

"那又何必到香港去呢？"我说，"再在这儿留一年吧！我可以设法给你请到私人教师！"

我说话时，窥视她那一双明朗的眼睛，那眼睛仿佛有种欢喜的光泽出现。当时想，实在她是爱我的，所以冷落，是故意向我示傲，心里也就很愉快。若她不是对我表示好感，为什么要学钢琴呢？我知道她这话不是发自内心的声音。

岂知她今晚没有去——我找她去，决定现在就找她，现在才十点钟。

我要向她说："你不该失约，无论是另外有什么朋友约，你都不该去。是的,我没有像你那样的大度,依我的意思,那豪爽的大度是要不得的东西,若是你发现我对你宽容了,你就知道,我已经不爱你了。"

不,我要向她说:"我们不会愉快的,我们在这种友谊上就此结束吧!"这是写些什么呢?我虚伪,我说过,我不能这样,我要她,要她,要她留在我身边,要她——再不,让她快些到香港去吧!

现在十一点半了,我刚回来。我是多么高兴呀!我不是在做梦吗?是实在的吗?我要赶快记下来,今天晚上我和她认识了,和那个高贵的×将军夫人认识了。这一位我几次要在绘画里表现的夫人,这位我每次在街中心遇到都感觉是位沙漠里的旅客的高傲的夫人,她是多么美呀!……她有着天蓝色的灵魂。她说话的声音也是天蓝色的。美呀!纯洁呀!仿佛中国北方的秋天的蓝空,圣洁、崇高。我又是怎样渺小呀!一个井底的蛙,仰望着它那一方块的高的蓝色的天空,是有什么感觉呢?我在她面前是一句话也不说,就那么静静地坐着,像一个井蛙呢,还是像一头驯顺的羊?而初被介绍,介绍给这位我所景仰日久的夫人,我又是多么困惑。我想,那时的脸色一定是发红的。那是多么可羞的脸色呀!这是完全出乎我意料的遭遇,我根本没敢想有和这位夫人坐在一个茶桌上的日子。我到卡尔登茶厅去,是找娜露的,我是那么匆匆地走进茶厅的入口,第一眼我就看见她了,看见这位将军夫人了!然而我又是那么不镇静,左右环顾,我没有望见她对面的M——那位名作家向我招手。而且听到招呼我的声音,我还左右环视了一遍,真是完全出乎我的意料呀!我的脸上就有一阵血涌上来。我也没听清楚M是怎样介绍的,只望见那位夫人用眼向我示意:她认识我是愉快的。她那嘴角有一个笑的漩涡出现了,其他部分的肌肉全是静止的;她是端庄地坐在那儿。

她说她曾经看过我的作品,她喜欢那张《星下的独秀峰》。她连名字都记得这样清楚,可见她的印象是怎样深刻的。她是智慧的,她说她在那幅画上看出作者的气魄和天才的闪光。感觉独秀峰是傲岸地俯视着夜的人间，一具千古永存的伟大自然物，俯视着每一秒钟都在变迁的城市。就是一千年在它还不是一秒钟吗？她说话时，注视着作家 M。当她向我望的时候，就说："作者的感情为什么这样冷呢？"她微笑着，是那么温暖的微笑。

"从前……"我说，"我爱画春天的城郊，天真的年龄，所吸取的美光美色，也是天真的。年龄增高，自然又不同了。"

"是的。"她说，"五六年前，我到车站或是码头上去送朋友，都是很高兴的，觉得好玩儿。可是最近不同了，一遇到朋友离开桂林的时候，就难过，许是知道朋友的可贵了，也许是朋友一年年地减少了吧！"

说完，嘴角又闪出微笑。说话时她望着我，我觉得她那智慧而愉快的眼睛，给了我一个永远难忘的印象。就说那瞬间，她向我注视着，目光间有一种意思，仿佛说：这话的意义只有我们两个人懂。她那语气是平淡的，然而我听到一种心声。我不是一个音乐家呀！我说不出这声音的感情，我只能说这是蓝色的声音，纯蓝色的声音呀！实在那句话的含义是什么，我还悟不透彻。

作家 M 说："可不是怎么的，年龄已经使我麻木了。从前，我住旅馆都是睡不着觉，想家呀！现在可不同了，臭虫那么多，一倒下来就睡得呼呼的了。"不知怎的，在那时我讥讽地笑笑。为什么我有这种意思呢！我想表现自己的高超吗？那时，我是确实想使她能够感觉到，我对这位作家是蔑视的。这是在娜露面前所没有的感情。多么可耻的动机呀！这位高贵的夫人，却没有注意，也许装着没注意，我当时就觉到自己那神气是可羞的了。

当作家 M 又说："真的，不知道怎么现在的旅馆，臭虫特别多，又大又红。"她的嘴角就又有笑的漩涡了，褐色的波纹呀！我那时的讥笑眼光，她是感觉到了。于是我又觉自己的动机是健康的，在她面前，我表现了自己的气质。本来嘛，他是这样粗俗，全谈些什么！

我像一只井蛙、一只驯顺的羊。我的自傲的气质哪去了？我的倔强的性格哪去了？一直坐了很久，我忘记了时间，忘记了回来得敲两个钟点的大门，得受房东的啰唆，我忘了周围存在的那些茶客。仿佛这个小世界里只有她一个人。我面对着她，仿佛井蛙面对着蓝天，只望见一块小的蓝天呀！甚至我不肯伸出手来拿茶杯，因为我指甲三天没有剪了，我藏拙。

我像是面对着克利斯朵夫的那个意大利女孩子拉齐亚似的，那怎么会得克利斯朵夫的欢心呢！而且直到现在，我还不知道她的丈夫是不是还和她在一起，她的丈夫是在北方，正率领着三军奔走中原。

临别，她约我去玩，说是她花园里"有几盆珍贵的菊花快要开了"！

是怎样可贵的一种心情呀！……两点了，今晚烟抽得太多。

十月十二日

我是这样疲乏、愉快、轻松。我要记的事情是堆积得太多了，太多了。我怎么开始呢？这几天我全沉醉在自己的作品里，任什么都记不清楚了，而且补记起来，太长了。我们谈得怎样投机，怎样她开始要我送她一幅画，都省去，以后补记吧！总之，她的每句言语，都是些珍贵的放光的珠子，一个大演奏家手指下的钢琴键子，那声音表现出来的色彩，一定是透明的水晶质的呀！

她说："我喜欢这样一幅画。"她是最爱说"喜欢"的，"一幅在海洋里的渔船，那渔女的脸上表现着憔悴不堪了，又饥渴，又疲乏。现在她的眼睛里有股生命的光泽，因为她在烟雾渺茫的天陲与海涯之间，望见一条大陆的黑线，而且有海鸥的影子，不过那影子很隐约。"这是我第四次做访客，而从她的女佣人中，觉出我是女主人所欢迎的嘉宾的十月九日的事情。

十月九日是可珍贵的一天，以后我就忙着卖画买画布，因为我预支的那笔薪水，买了领带和皮鞋，一条紫红色领带呀！第一次访她的纪念品。我卖掉了心爱的《罗丹雕塑影印集》。我想，在这一个月当中，不会有人买的，下个月支了薪水再到那家旧书店去赎回来，祝福它的安全。就这样我画起了《等待者》。我没有照她的心意画，我画的是——

圣诞节的夜晚，一个中级家庭的客室里，有两株作为圣诞树的盆松，盆松的枝叶上结着丝带子的花，垂着片片白棉，吊着苹果。壁炉的火焰融融，窗玻璃挂着水珠，可以感到屋子的温暖，又可以看到室外严寒。实际上窗玻璃外，隐约地望见是个雪夜。灯光虽然在窗玻璃上起着反射作用，就是说闪着灯光，然而雪片仍然隐约可见的，一条卷毛狗在壁炉上嗅着，选它的蜷伏处似的，耳尖、前额都有水湿的光润，可以使鉴赏者觉到它是刚刚从门外进来，而且是立在屋檐下探头外望过。它的眼睛有兴奋的倦意，也许刚才它听到什么声音，跑出去了，也许以为它的主人回来了，而地板上有一排它的爪印，地板也反射着灯光。可以看出这房间的气息是怎样宁静、幸福。只是它在等待着，等待它的主人。

"主人是谁呢？"X夫人问我，"我是说做什么的呢？"
"它的主人才六岁，和她妈妈赴宴会去了。"
"那么她爸爸呢？"
"爸爸也赴宴会了。"
"那么只它一个留下来了？可怜呀！（她向我笑笑）为什么不带它去呢？"
"她本来要抱着去，她妈妈说怪麻烦的，路上她又该抱不动，麻烦她做妈妈的了。"

X夫人向我望着，嘴角闪出喜悦的波纹。她那眼光是天真的，仿佛一个不解事的孩子。我就站在她旁边，我们靠得这样近，然而我们有着某一种距离。

是多么近呀！我清楚地望见她那有光泽的眼睛里的玻璃窗，以及那小窗外面绿色的草园。她依然注视着我的画。

"那么他们也没有锁门吗？"

"还有仆人呀！在厨房里呢。"我笑着说。

"这太寂寞了，以后不要这样……不是太寂寞了吗？"

"是的。"我说。

这是怎样可怕的一句话呀！这是我意外的收获，我不自觉地在这之上闪露了灵魂的一角，灰白色的灵魂呀！我现在才知道过去的生活损害了我的感情，我是那么寂寞地生活着。当时我的内心震抖了一下，仿佛琴键子上跳过手指，然而我的眼睛没有现出泪的影子，我是怎样感激她呀！假若我是她所望不见的一个阴魂，我定跪伏在她的脚前，吻她，感谢她，如画像的作者所说的，"眼睛间挂着泪"。然而我当时站在那儿，仅仅苦笑了一下。

八点钟我才回来，回来的路上，我摸摸衣袋，突然我想起来，卖画单子是藏在另一件西装的衣袋里，那画单子上是开明持单人有按原定价五折收回原画的权利，当时我还想顺便去旧书店探望我的友人——《罗丹雕塑影印集》的。现在只有到大亚洗衣店去。我临来×夫人处，是那么匆促，竟至换了衣服，就拿去洗，连衣袋也没摸。当时，我的脑子里在想什么呢？不谨慎，不小心……感谢洗衣店的主人，我拿到了卖画单子，我又沉醉在×夫人的音乐似的语言里了。我愉快地吹着口哨，两手插在口袋里，腋下夹着手杖。为什么"寂寞"呢？要不得。

你们街上的行人愿意用什么颜色看我，就用什么颜色看我吧！世界对我而言只是一块白纸，我的眼睛里却有一片无涯的蓝天。

就这样，我敲开门，房东唠叨就唠叨吧！

就这样，我一手摸着门锁，发现钥匙原来也在洗衣店那件灰色西装的衣袋里。我的脑子糊涂了呀！糊涂了。

第二次回来，敲了三十分钟门，和房东太太吵了一架，决定明天找房子。

十月十三日

今天下午，我正准备到×夫人那里去，刚拿起手杖，娜露悄悄走进来了。我一回头就望见她那愉快而天真的笑容。她那明朗的眼睛的光泽，仿佛春天正午的阳光一样，脸上发着晚霞色的红光，青春的色彩呀！她望着我，许久才说："我来过好几趟，你都不在家！"

"是吗？"我说。

"不是吗？"说这话时，她就背过脸去，又说，"你满桌子全是颜料罐呀！"

我知道，她的感情和初进来的时候不同了，她受了我的脸色的感染，那时我的脸色一定是和前一次她进来时不同。为什么会相同呢？现在我已经变了另一个人，仿佛一只乳燕，最初离巢，望见广阔的天空、城市附近的池塘，是会快乐的，而后随着母燕，南还，又发现天涯的蓝海，无涯的天空，那广阔的宇宙美，给它开阔了另一个圣境。当它再望见土地上的池塘，那快乐的成分不同了，反而向往那广阔无际的宇宙美了。现在池塘上即使漂浮着一两片枫叶，那又有什么诱惑力呢？虽然蓝海晴空之间是一无所有，不见一点漂浮的东西，然而是广阔无际的一片蓝色气息呀！

我用手杖柄敲着手掌，想说什么。娜露是那么快活地观察着我的工作台，动动这，摸摸那，看到无限的兴趣似的。她双膝跪在椅子上，她摸到火柴的时候，就划着一根，又想用嘴吹熄，然后又变了，回头望着我说："你抽烟呀！快……快……"我要出去的，现在她一点也感觉不到，或是故意，我感觉到自己的笑容没有一点真实的感情。然而却是笑着，走近前去，抽着烟。

她说:"还能点两支呢!"

我说:"烧了手,快掷掉吧!"

她的眼光离开火柴,望望我,眉眼之间露出想用那只火柴的火烧我手的神气,然而她没有这么做,又跳下椅子来了。

她说:"我们吃饭去呀?"又说,"桂西路又有一家餐厅开幕,她们说全部是镇江口味呢!你爱吃镇江口味的菜吗?"

我说:"我没有吃过,哪知道呢?"

她就笑了。仿佛自觉问话问得没道理,并且俏皮地蠕动了一下鼻子。

她今天穿的白色上衣白裙子,脚指甲染着蔻丹,和我第一次见面时的装束一样,然而我现在觉得她是轻飘的,没有以前那种健美。在路上我没有谈什么,我只觉得娜露是时时审视我的神色,我装作不觉。

经过漓江大桥,我老远就看见诗人SK停在桥栏边上了,仿佛他是路过这儿,桥下有什么稀奇事使他停下来观望的。走到近前,我望见桥下飘着一块纸,两端折叠着,作竹筏状,飘落着。SK发现我们两人而微笑作礼时,那纸片已经和水面接触了,且顺流漂浮开去。他说:"你看,走得很快呢,不知道能漂多远?"不想,这钢铁质的英雄的感情,还有洁白的闪光,他那一瞬间的生命,一定也是"寂寞"的。一个不相知者,谁又相信,深夜,他会昂然地站在屋子中心,脸部肌肉全部寂止,而双目焰火灼灼地在那儿深思呢?

若不是有娜露说话的声音,我几乎以为她并不存在我们中间,在路上是这样的感觉,在餐厅也是这样的感觉。可怕的变迁呀!我时时觉着自己是远远离开她,独自走到烟雾渺茫的远处了,而且我几次呼唤我自己,回到我身边来,而得不到回应。

我不知道离开娜露时,娜露说过什么话,仿佛她说了些什么,然而那声音是一圈烟儿似的,一圈白气似的,没有任何色彩。当时,我的脑子里,充满一些什么呢?是在幻想中望着在原野的路的尽端,逐渐去远的影子吗?那尽端是烟雾渺茫的!还是不要去吧!我召唤着……我知道那里有宽阔的另一片蓝色的宇宙,然而又是多么渺茫呀!

那蓝色气息,蓝色的天,使我向前接近……使我向前追求,它是有着生活的意义的。我自觉已经抛弃了画笔,抛弃了艺术。可怕的烟雾渺茫的前方呀!

十一月一日

我以前过的生活是一点意义也没有,全部都是一张白纸,没有一点颜色,一片白,一片白。这些日子才是真正生活着,我的生命发光了,然而我又没有把它记下来。

她的每一句话都是诗,都是演奏家手指下的琴声。珍贵的声音呀!为什么不每天记下来呢!我是沉醉在诗里了,我是醉鬼一样的,一进门,就躺倒床上,回味着……倦了就睡去。

她说过:"你每次画一幅画,是不是想到该珍惜那张白纸,你的每条铅笔线应该慎重地画上去?"

"没有。"

"你该慎重。"她笑着说,"你不该慎重吗?那是一张白纸呀!"

我遇见许多贵妇、少女、闺秀。不管在交际场里,在上流社会的客厅里,她们都会微笑,有的在这时候唇间会出现洁白牙齿的排列,有的薄唇微启,有的眼睛现出光来,更有的是用眼睛笑,然而她那微笑,从前是在唇侧的漩涡上,现在是在眼睛的光辉中了。是那光辉在笑,而不是眼睛。我的画上怎么表现呢?她说的话又是怎样崇高而又圣洁呀!

她丈夫X将军来到桂林那天,她向他介绍,说:"这是我的朋友胡而一。"她没有在我的名字下加称呼,而且介绍时还用眼睛望着我,那是怎样温柔而知己的眼光呀!

她的丈夫像一块岩石,冷峻、庄重,向我刚刚握过手,就大声呼唤起仆人来，说是把他的马靴擦擦，声音里充满权威。我是刚被介绍的客人呀！然而仿佛没有他的马靴重要。

我那天晚上带回来的，仍然是极大的幸福。从那天起我就珍惜我的手杖，因为它得到了她的抚爱，虽然她并不在意地玩着它而注重和我的谈话。我想，她是理解声音的色彩的。她向外送我时，还继续着说："我们中国的平民也有美的感觉呀！夏天我每次经过凉茶摊子，见到桌上的大白碗装满清水，上面漂浮着两片荷叶、一株荷花……就感觉到凉爽，他们多么会布置呀！"

我在门口停下来说："你有画家的感觉，我要求你画素描。"

"好，我画，可是你得教我呀！"这是一种有着怎样旋律的悦耳音波呀！只有贝多芬可以谱出来的音波，只有肖邦可以传达出来的音波。有一次，我刚从青岛回到北平的宅子里，我的妹妹已经是十三岁的孩子了。当我说："你长得这么漂亮这么大了呀！"她笑着，眼睛闪着愉快的光泽，望着我，却不说什么。我进屋，她就跟进来，我说："妈呢？"她就扬声说："我找去呀！你等着呀！"小鹿似的跳着跑到后院去了。X夫人那时的声音，就是这样，完全像一个十三岁的孩子以替我服务为快乐的声音。

今天她接到她丈夫抵渝的电报，她是快活的。她一见面就告诉我这消息。她陪着我在七星岩前的路上散步的时候，她的脸色红润，多么可爱的色彩呀！我第一次感觉到榕荫路上的灯光是一个多余的存在。我们肩部依靠着，直到现在我们都没有握过一次手。我是那么想接近她的手部肌肤呀！她说："贝亭娜多幸福呀！生长在那样一个时代！"又说，"可是怎么我不喜欢歌德的《浮士德》呢！我一点也不懂。"

我说："歌德在中国没有碰到一个知己的译者呀。贝亭娜生长在这样一个时代不也幸福吗？"

"不。"

"为什么？我知道了。"

她就笑了。这次的笑是现出她整个在快乐中的神魂了。笑时她并没有向我望,她是低垂着眼睛的,而且她用臂膀那么靠紧我,偎依着我,说:"你知道什么?"

"我知道你所知道的一种意思。"

"不是!"

"是。"

"不是!"

"是。"

她第二次望着半尺外的脚前面笑了。我只望见她这种微笑,就感觉到幸福了。因为这微笑完全是为我所引诱出来的呀!我是怎样喜欢她这种微笑呀!世界上还有另外可珍贵的东西吗?若是有,若是敲碎它们能换得这种笑,我是一件也不保存的。

为什么她的脸色今天这样红润呢?

当我一想起和她丈夫的电报有关的时候,我就难过了。因为当我们偎依着走到漓江桥上的时候,她说过一句话:"你到过重庆吗?"为什么站在我的身旁,而还会想到重庆呢?这是可怕的。现在我正是在这种心情下记述的。

或许我要毁灭了,我有这种预感。像燃烧过的一块木材一样毁灭了。以上的话夜两点钟补记。

十一月二日

今天是我毁灭的日子,要来的终于来了。

我即使活下去,也失去了生命。离开她,我的生活又有什么意义呢?

我还要把生命消耗在白纸和色彩上吗?这是多么无意义的生活呀!

我追求的是什么呢?追求的是人生的美,然而那只是幻想里的东西，我的现实生活里，已经和它接近过，在那时我是幸福的，我在现实生活里找到它了，和它接近了。我感到生活的意义了。现在呢，我还回到自己的冥想里来吗？它已经失去诱惑力了。是怎样贫弱的诱惑呀！

　　以上是访X夫人不遇写的，我赶到飞机场，客机已经升空了。而护场警还拦阻我，我想挣脱他的胳臂，我当时是怎样愚蠢呀！清楚地望见客机已经在二十丈的低空了，我还挣脱着，想往场中心跑。那么多的护场警围着我，揪着我的领子。我也没有听清楚他们说的是什么，我只向空中的客机望，还用力推那些挡我路的人，我还想往空场的中心跑。我听到有人说："醉鬼、疯子！"

　　感谢那个提醒我的空军上士，他说："你不是想送朋友吗？飞机早在五公里之外的上空了，你看看……你还想做什么？"

　　我在回来的路上，人们用异样的眼睛望我。

　　我并没有多高的欲望。

　　就是我能见她最后一面，听她最后一次声音也满足了，然而她是这样残酷！

　　她毁坏了我。我以后的日子可怎么过？

十一月七日

　　我躺了几天了呢？

　　晕晕沉沉，也不想吃什么。

　　是的。宇宙间唯有白色的存在，才能说世界有色彩，不是吗？唯有它的单纯，才能显出其他的色彩的复杂。我所说的，我的生活将来是白的，无色的，所说无色的本身不也是一种色彩吗？不是吗？

十一月八日

　　今天太阳很好，是个晴朗的日子，温和得像春天一样。早晨，我提着手杖到郊外散了一会儿步,心境是从未有的宁静。青草崖上,有不少精致而美的小花呢!是多么小的小草呀!也知道开一朵花,表示它的生命的进程,并不注意季节,这就是南方的冬天!我选了一朵最小巧的蓝花,带回来了。晚上娜露来,说是很喜欢它,一见我插在墙上的这朵不知名的小花就跳着脚欢呼了一声。我说:"送给你吧!"我再没有说什么,因为我要开始画那副油画了。以上所记当它是遗迹吧!

1943 年作

一九四四年的事件

现在我们的生活是正常了,可以说进步了,科学化了,至少已经开始接近幸福了。

然而那时候可不同。那时候我们中国正进行着伟大的战争,自然我这里所说的是跨着四十年代和五十年代的战争。那时候,我正在桂林附近的一个三等县份当承审员。我很年轻,法学院一毕业,就找到这个位置了,从一九三八年接事,到一九四四年调差,差不多我整整在那三等县份住了七年。

那时候中国的人们都是在穷困和疾病里生活,过着挣扎一天是一天的苦难日子,谁也不知道这一个月以后的生活怎样,谁也不敢想,一个月以后是不是还能活下去,物价一天比一天高。我还记得一九四四年刚开始,中国农民银行挂牌的黄金标价是一万二千法币一两,可是一个礼拜的工夫,就涨到二万四千。你想想,我们中国人民怎样生活吧!尤其是那些靠着月薪养家的中下级公务人员和那些没有固定收入的自由职业者、教员以及普通的市民们。不用说,一般的家庭纠纷、产业诉讼和债务案件就特别多,尤其是盗匪和刑事犯,监狱差不多都挤不下了,好在每天有病死的老囚犯,每天也有一些解到师管区去的。总之,人们在那些贫困的日子,脾气、信用和道德,同样一天一天坏下来了。一个礼拜吃不到二两牛肉,你想谁的脸上还会有正常日子的笑容呢!一九四四年的那件案子没发生以前,我就和那个犯人认识,而且我们还做过三个月的邻居。他是一个读书人,名叫袁大德。实在他生性正直，是一个又心软又气粗的好人。见了外人总是没有一点意义地笑笑，连他自己也知道那种笑是多么不值钱似的，可是在家庭里，他又施展他的暴虐了。若是一天不和他老婆吵嘴，邻居们就一定会担心他是病倒了。可见他的脾气是怎样坏了。他的体质也非常衰弱，自然他的脸色灰白，由于营养不良，由于工作的过度紧张，那时候就听说夜夜出盗汗，三年的书记生活，在他身体和精神上的损伤，是很显著的。才三十多岁，可是那种衰老和憔悴，使每个见到他的人都会在心里可怜地想：不会再活一年的人了，真可惜呀！将来掷下一个还年轻的老婆和两个孩子，可怎么过呢！

他住的屋子就在我的背后，从我的楼窗口向外望，越过一道竹篱笆，就看见他的那个三尺见方的狭小院子了。总共住着八九家人家的大杂院，他们租的那间房子正对着我的后窗。他的老婆经常在院心里走来走去，不是晒衣服，就是提着水桶到邻近的小河里打水。

那时候袁大德还在政务人员训练班当书记，一天从公路上来回走四趟，中午必定回来吃一顿饭，离着他做事的那个有木牌子的机关，至少有三里路。他是贪图房租的便宜，才住在这郊外的。除了加到八百元的米贴，那时候他只能拿到一百二十元的月薪，加到一块儿刚刚能买八十斤糙米，连他老婆给人洗洗衣服、补补袜子什么的，归根结底，还是刚够吃。你想，他的脸色怎么还有光润呢？有的夜里，我只要在走廊上站一站，就望见他在窗子里伏案抄写文件的佝偻的影子了。他的体质怎么会好呢？堆积在他身上的文件是那么多，只要在公路上碰见他，就看见他腋下挟着一大包文稿。后来根据他老婆的口供，就知道，那个时候，他的精神已经涣散了，常常抄错句子，常常在他抄的文件上发现底稿上没有的字。而且越堆积越多，有的竟拖延到三个月还没有抄好。你想，他们的日子怎样会过得愉快呢？按照他老婆的口供说：一个礼拜他们总共说不到十句温和的话，除非是她病了，或者是孩子身上发热了！

他们是一九三七年结婚的，就是中国抗战开始的那一年。据她说，袁大德的老家是河北省的保定府，祖上还出过一任道台，可以说是出身书香门第，写得一笔端正的小楷。从前在原籍那个县份的某个乡村小学里做文牍，而她呢，是那个学校的女工。战争爆发，他们才随着教员们逃到南方。那时候，她已经怀了孕，孩子的父亲可不是袁大德，虽然他的出亡完全出于迷恋她。到底他们结婚了，一上来，他就在一个杂牌部队里当上士文书。他们生活得很好，孩子生下来就夭折了。那时候内地的物价也低，上等白米才卖六元一石，再有十元菜钱，他们可以天天吃到肉了。然而，从他到大后方的政府机关当书记起，他的脾气就越变越坏了。

出事的时候，他们已经有了两个男孩子啦！大的叫立冬，六岁；小的一个才三岁，叫阳春。审问家属的时候，我也见到过，并没有和我在楼上的走廊上所看见的两样，褴褛、肮脏，立冬赤着脚，还是那条大人穿得不能再穿的破布制服裤子，裤腿挽到膝盖上；小的一个赤脚拖着一双大人穿的鞋。两个孩子都有皮肤病，眼睛都是又黑又大，脸色苍白得怕人，浑身都发着一股强烈的酸菜气味。袁大德夫妻吵嘴，就十有九次是从两个孩子上惹起来的。那往往是发生在他们团聚一起吃饭的那会儿工夫，除了这会儿工夫，他们两口子白天就很少有碰面的机会。晚上，书记一个人占用着油灯，老婆早就带着孩子睡了，又累，又怕书记嫌恶孩子吵，灯光又给她丈夫一个人占着，不早点睡又能做什么呢！每次围在餐桌旁之前，袁大德照例是收拾碗筷的，实在他的心很直，他不是不知道他老婆的操劳，又打水又洗衣裳，那种过分劳碌和过分辛苦的。起先两口子，完全是沉默的，若是他老婆还有一碗酸菜汤没有烧好，袁大德也就站在里屋门口、她的背后等着。可是立冬或是阳春一在他面前出现，袁大德就会怒眉怒目地说："滚！给我滚！别在这里碍手碍脚的，气人！"这话几乎是每天说三五十遍的，而且每遍都仿佛他是第一次说似的。孩子们立刻就像受惊的老鼠一样躲开了。袁大德还会望着孩子出没的方向，自顾自说着："我一见你就讨厌，你不看看你们那副尊容……"这之后，各人就着餐位坐下了，在立冬和阳春就座的时候，书记还火性欲发地望着他们，仿佛担心他们爬不上小凳子而打坏了小手里的碗似的。我们不难想象他老婆在他那种眼色下，是怎样替孩子担心了。用他老婆的话来说："那会儿他的两个眼睛，就像两团烈火，就像不怀善意的饥狼一样。"就是不去注意他，可是他还找碴儿呀！一会儿，他就向立冬望望，一会儿又向阳春望望。你想那两个孩子怎么会安心呢！怎么会不胆怯地也向他偷着窥呢！父子们的眼光就这样三次五次地接触，就这样你望望我，我望望你，袁大德就大声问了："你瞪着眼睛看我做什么？啊！我没有打扁你的脑袋呀！你不看看你那副尊容，那两溜鼻涕！真恶心——滚到一边去呀。"那时候他老婆就再也忍不住了，只轻轻说这么一句："你一吃饭就找碴儿——立冬过来，我给你擦擦！""谁找碴儿！"袁书记就会严肃地问，"他瞪着眼睛望我做什么？我还没有摔死他就不错了！"照例袁书记的老婆在这会儿要流泪，要小声嘟哝着离开饭桌。袁大德呢！照例吃自己的饭，他已经看惯女人的眼泪和鼻涕了，偶尔还故意不示弱，再向立冬抛一句："滚！都给我滚！"直到大的孩子连那个小的也带引哭了，这才掷下筷子，找他的制帽，临走也许还在立冬的耳朵上用力拧一下，骂一句："死去吧！不死活着做什么！讨债鬼！"袁书记老婆一天所最担心的一次苦难就算过去了。吵嘴总归吵嘴，那时候两口子还没有交手打过架。

　　出事的前八九天，袁书记两口子破例地打到一块儿了。

　　那天是礼拜，我正在台子前吃午茶，就听见袁书记老婆那并不响亮的声音说："你打死我吧！你打死我吧！你这个丧良心的，你这个牲口！"她喘吁的声音比说话声还真切。我就匆匆走过去俯在后窗上向外看了。只见袁书记脸色苍白地站在门里边，眼神像疯子似的，两手叉腰，牢牢地站在那儿，仿佛他老婆披散着头发正在向他怀里撞，口里还似乎咬着一个类似发针的东西。那会儿，只看见袁书记的两臂一挥，他老婆就倒退开去，就听见那个阴沉的屋子里爆发了一阵响声。听声音，是碗橱锅盆之类的东西飞了一地，而且还有玻璃之类的东西发出的破碎动静。果然，就在那一瞬间就有一个油瓶滚到袁书记的脚前边了。那会儿，他的脸色也现出意外的惊愕，而且拾起那个油瓶看了看，等到他的脸上现出他明白这是怎么一回事的工夫，他就突然抛下那个破瓶子，消失了两秒钟工夫，那阴沉的屋子里就发出女人所有的一种喊叫："哎呀……我的妈呀！你，你杀了我吧！……杀了我吧！"又一会儿，就变成袁书记老婆的嘹亮的哭声了……遭受痛打之后的哭声，夹着一些这样的字眼："你没有好心……我再也活不下去了……没有天性……不爱骨肉的畜生……"很久了，既不见袁书记走出来，又听不见他的声音，连他那两个可怜孩子的哭声也没有，也许小兄弟俩，那会儿吓得躲在阴湿的墙角不敢喘气了吧！我就离开窗子了。

  那天晚上我熄灯的时候才发现，我后院的邻居屋子里没有灯光，这恐怕是袁书记三年来第一次早寝。后来我就知道了，确实他是早早就寝了，出乎我意外的是他们全家连晚饭都没有吃。而且大半夜袁书记又给他老婆痛楚的呻吟声吵醒了，原来她怀了八个月的身孕，流产啦！袁书记已经误伤了她的胎。她在昏迷状态中，什么也不清楚，她流了过多的血，等到眼睛能看清楚灯光的那会儿，袁书记已经在地当中正给两个孩子煮粥，爷儿三个的脸上现着从来没有的一种平静气色，面对火炉蹲着。小的那个阳春，还坐在他爸爸的双膝上，悬腿游荡着，袁书记从来没有过地那么用一只胳膊围抱着他呀！可以从他摆荡的两条小腿，看出那个三岁的孩子是怎样幸福了，不时指着炉火咿咿唔唔地说："爸爸！火……火……"袁书记就用手把将要掉到炉口外的木柴向里塞塞。那时候鸡叫了。她说不准是头一遍鸡叫呢，还是天就要亮了，只觉得又冷又口渴，从门口不住吹来冷风，而且木柴潮湿，满屋子全是烟了，她忍不住咳嗽起来。袁书记立刻走到床边来，问她：

"身子觉得好一些吧？"她什么也没说，把脸背过去。她宁肯忍着渴，也不要他倒杯水，一个字也不对他说。她那会儿立誓要把他当作死掉的人了。她听见袁书记重又蹲到炉子前边去的声音，不一会儿又走到她床边，沉默地站了一会儿又走开去，到底又在她床头坐下了。

他说："一个小女孩子。"她连听见没听见都不表示。不久，他又自语似的喃喃着说："我已经掷到河沟旁边的墓地去了。"又过了一会儿，他忽然呜咽地啜泣起来了，他向她激动地哀诉着："都是我不好，阳春他娘，不要怨恨吧！阳春他娘？谁叫咱们的日子穷，咱们太穷了。若是在咱们老家，咱们不是会过得挺好吗？阳春他娘……"他一口一声"阳春他娘"那么叫着，并且像女人一样地擤鼻涕。他说："谁叫我没有本事，谁叫我当初念书，我若是像人家，当初会做个小生意什么的，不是不会这样受穷了。"他说："是国家亏着咱们呀！"他说："阳春他娘，若是你当初嫁给旁人，就是嫁给一个种庄稼的，也会享几天福呀！不是命不好吗！"这些话，她过后都记得清清楚楚的，可是当时她是那么恼怒，她根本就不愿意再听见他的声音，我说过她已经把他当作死掉的人了，她心里老是想大声说："离开我，我不愿意听，去你的吧！"可是她说不出来，因为她当时是那么疲倦，说一个字的力气都没有呀！他已经伤透她的心了，她一生不想饶恕他的，她活一天就要在心里怨恨他一天，就是临死还剩一口气，她也不会宽恕他的。

最后袁书记叹了一口气，那是男人擦干了他的眼泪所有的叹息。就诉说他那天在办事机关里受了侮辱，然而他只说："他们侮辱我，他们并没有拿我当人看。"又说："就是一只狗也不能踢来踢去的呀？就是狗也要叫一声呀！"可是他没有说出他究竟受了什么委屈和虐待，并没说出为什么不当着踢他的人面前叫，而回到家来乱咬人。总之，袁书记老婆一点反应也没有，仿佛他是面对着一团没有实体的黑影讲话，我说过，她实在太疲倦了，连发音的力气也失去了。虽然她心底里是明明白白的,她丈夫每一句话也听得极清楚。

袁书记自顾自说着,仿佛他是说给自己听。他说要回北方去,不管怎么样,他们再在这里活不下去了。当立冬提醒他,呼唤着爸爸,说是粥已经煮熟了的时候,他才离开床头,并且从来没有地那么慈爱,给立冬舀粥,并且叮嘱他小心烫了手,又给阳春用嘴吹着粥,说道:"冷冷再喝。"那两个孩子是饿了十二小时以上了。照袁书记老婆的话说:"那天晚上真是从来没有地那么体贴孩子呀!就像变了另外一个人,就像倒退三年似的。"我们不难想象到他的脸色是怎样阴沉,而他心地又是怎样慈爱。这天晚上,是他把两个孩子抱上床去的,他给他们脱掉衣裳,并且给他们盖上被。除了阳春是不理解什么,那个立冬可表示了他的惊疑,他不时地睁大了吃惊的眼睛从被子里偷偷往外窥,偷望着他的父亲。他不知道他还能做出什么可惊的事来,袁书记的姿态完全变了呀!这些慈爱的举止是那么使他觉得陌生。袁书记老婆是处在过度的疲倦状态当中,袁书记临上床还问过她要不要喝碗粥。她的口是渴的,可是她没作声,连向他望也没望。她听见袁书记凄凉的叹息,仿佛说:"好话我说过许多,你还生气,又有什么法子呢!"他熄了灯。她听见他上床的声音,他倒下去睡了,可是她没有听见打鼾声。那时候外面有起早赶路的乡人的谈话声,和远方农舍的狗叫。她想天也许快亮了。就在那时,袁书记突然向她自语似的说:"我今天上午去办公,在路上碰见一个穿西装的人,外衣口袋里露出一叠关金票。""想这个做什么?那又不是你的。"袁书记老婆,那个五分钟之前还私下发誓不把他当活人看,而且一辈子不宽恕他的女人,这时候就这么轻易地说话了。过后,她说,仿佛那会儿说这话的是另外一个人。

袁书记当时说:"不想什么,我不过说说就是啦!睡吧!你也够累的了。"又过了一会儿,他说:"天快要明啦——你不要喝粥?"实在,他是睡不着呀!"凉了吧?""不凉,我看看去。"袁书记就起来了。他又喃喃着向她诉说:"碗都打破了,铁锅也裂了纹,粥还是向隔壁邻居借的砂锅煮的。"又宽慰着说:"打破,打破了吧!反正也用了一两年的老家具了。"那天从半夜一直到天亮,袁书记没有睡。早晨他出门的时候,还吹熄了灯,还给孩子煮上早粥,还怕惊醒孩子轻手轻脚掩上门,这一切都是那么仔细、体贴、周到。可是中午回来,就又完全不同了,那双眼睛又完全恢复他从前的怕人的火焰。所不同的是他没有打骂孩子,仿佛两个孩子根本就不存在似的,他的脸色是严肃的,时时有沉思的情态显露出来。他仍旧自己动手烧饭,仍旧把粥送到他老婆的床头,晚上也仍旧把孩子们一个个抱到床上,替他们脱衣裳。然而他可一句话也不说了,一声叹息也不发了。一直等到那第七天头上,就是出事的前一天晚上,他的脸上才偶尔现出一点活气,她还记得他临睡前向立冬问过一句话。那是一句玩笑,他说:"爸爸把你送到北方去吧!好不好?""不好。""怎样不好呢?在这里你天天受气,到你二叔那里去吧!听说你二叔在咱们老家带兵打日本呢!那里天天还有肉吃,怎么不好呢?"这就是他最后一次谈话。袁书记老婆一点也没有想到,他心里打算着进行的罪过呀!第二天,鸡叫三遍,他就出去拦路抢劫路遇的那个整年在四乡奔跑的猪贩子了。

　　按照他的口供来说,他头一天晚上就把政务人员训练班那个唯一的守卫兵的驳壳枪骗到手了。他顺着公路走出二十里去,而且放过了两个单身汉子。他不敢在近城二十里以内下手,怕碰见能认出他面目来的人,而且在他出事的地方——那个路旁有密林子的坟地,又放走了一个穿着外套的体面绅士。那是确实的,他放走的是一个税务官,那个税务官是在握有那个地方行政和兵役权的乡长家里赌了一夜牌。据他说,当时他身上还揣着约莫三万多的法币,事后,他是三遍五遍地庆幸性地逢着人便诉说,他是怎么从乡长家里出来的,他是怎么路过那个有密林子的墓地,而且怎样望见了一个穿着褴褛的灰土布大衣的人,又怎样老远注意到他,怎样大胆地向他审视,走过去还回头望了望他；若是他不机警，他相信那天一定先遭了抢劫，而且袁书记也不会被捕。实际上，他说的完全是一片夸耀自己的鬼话，正像一般人遇见失盗的邻居，多半要说两句他怎样听见可疑的门声或是狗吠而表示他的机警超人一样的。袁书记是蹲在一块墓碑背后的，他既没穿着灰布大衣，那个税务官也没有回头望过。他是有意放过他去的，他怕沾惹城市的人。实际上，他真的大胆一点，或者更残忍一点，在这第一个人身上，他也或许会成功了。照他的说法："这完全是天意呀！上天的责罚。"他单单遇见那个愚蠢的猪贩子。

这个猪贩子确实够蠢的了，肥阔的额，肥阔的肩，肥阔的背，肥阔的嘴唇，他的脂肪过多了呀！不是贪睡的人，是不会这么肥的；不是惰性十足的人，也不会那么蠢的。他是刚从家里出来，到邻村看两口出卖的母猪。他一露面，袁书记就打量好了。据那个猪贩子说，他当时从碑后跳出来那股猛劲儿确实吓了他一跳。说到这，他还要在堂上打袁书记的耳光。可见他不是说谎，那一惊是相当了不得的。

"你站住。检查。"当时袁书记大声说。

猪贩子一看见枪口，和那副苍白的脸色就立刻知道要出事了。就是再愚蠢一点的人，也有他的某一部分的灵性的。他就站住了。他说："我是去买猪的，我身上也没有钱。"袁书记匆忙地就去解他的粗布扎腰带。那会儿，他还四下环望着，他是那么匆忙，当时竟把他的粗布扎腰带塞进裤袋里去。那个猪贩子一说到这，就又要动手，并且喋喋不休地向他问："你娘的，你要我的扎腰巾做什么？"我想，那时候，袁书记是在精神错乱的状态里了。要不，他绝不会把他的破腰巾也塞进裤袋里去的。

"什么我也没有。"那个猪贩子当时喃喃地向他说。可是一翻到里衣口袋的工夫，那个猪贩子就说："我自己拿！……就是这一千四百法币。"袁书记就说着："拿来，给我。"一边就动手迅捷地抢过去了。实际上，他另一手上有枪，他不必用另外那只手去夺的。

那个猪贩子说，在那工夫，他就想把袁书记的枪夺过来了。我想，这也是那个猪贩子事后的吹牛。

袁书记抢到手连看也没有看，匆促地塞到另一个裤袋里去，他是那么惶惑，他没有对那个猪贩子说："你给我向回路走。"甚至他连让他站在那里不许动都没有，他反而仓促地尽管走自己的了。而那个猪贩子呢，竟在他身后跟随着，像我们在街市上所见的追随着路人讨钱的乞丐一样，不住声地喃喃着："还给我吧！先生，还给我吧……那是我借来的，我家里还等着这个钱吃饭呢！"这不，怎么说他愚蠢呢！愚蠢就在这里，若是他不愚蠢，他只要有一分聪明的话，那么袁书记也不会给他捉住了。只有愚蠢才有愚蠢的福气，要不，他们怎么会吃得挺肥呢！就这样跟随着喃喃不休，说是他一家五口人，一个老母亲和三个死了娘的孩子都靠他做小生意抚养，说是："还给我吧！先生！"说是他借的高利贷，若是他拿去了，他们全家只有死，不饿死也得跳井。袁书记每当他喃喃两句，就停下，大声说："去！"并且举着枪就像举着杀人的斧子一样向他作势威胁。可是他一背身，那个猪贩子就又随着他喃喃不休了，说是："还我吧！先生！"到底袁书记站住了。我想，这不是由于那个猪贩子的谎话打动了他的天良，而是他苦于不能摆脱那喃喃不休的追随。他把一千四百元拿出来了。

"一共多少？""一千四百元，先生。"那个猪贩子说。

"呐！这是四百元，拿去吧！"那个猪贩子接到手，停下了。可是袁书记刚走出五步，他又突然想起那一千元，又追上来了，这次进一步和袁书记贴着肩喃喃不休了，而且伸脚阻碍着袁书记的路。他哀求着："先生，可怜可怜我吧！再给我五百元就行了。先生……先生。""去！"袁书记第七次停下来，两眼发着凶狠的光，大声说："去！你再啰唆我就打你啦！""先生，我就要五百元，先生……""我给你已经不少了。去！""先生，再可怜可怜我吧！就给我四百元。""你是要找着挨打，是不是？""先生，你老人家再可怜可怜我吧！""你再啰唆，我可要打你了呀！"袁书记说着，又走起来。

"先生……"那个猪贩子又追随着开始喃喃了。

"去！"袁书记第八次停下来，大声说。

"先生……就五百元嘛！先生……""你要找死是不是？""哪里……哪里……先生，可怜可怜我！"就在这时候，一个庄稼人从这里路过，老远就注意到这两个人的争执了。据这个见证人说，当初还以为他们俩是在那进行债务性的纠缠呢！这个庄稼人还挑着两筐白菜，他是赶城里的早市的。一到跟前，他就站在袁书记的旁边了，他还向他问："先生，什么事呢？""这位先生拿了我一千四百元。"那个猪贩子大声抢着说，"我家里八口人等着这笔钱买米……""他妈的，我不是还给你四百元吗？"袁书记喃喃地说。

那个庄稼人立刻从他们的苍白脸色上明白这是一桩什么事了，他的脸色也苍白了。事后，他说，若是当时他拔腿跑，那么一定要在后背中一枪的。于是他不得不装作坦然的样子说："给了你四百元就可以了，这位先生已经够好的啦！""我就有四百元能做什么？"那个猪贩子说，"我的全家不一样得饿死……若是他老人家再还给我五百元，我可以做点小生意……""我已经给他四百元。"袁书记提着枪说，"我若是一个钱不给他，不是一样吗？""好啦！好啦！"那个庄稼人的苍白脸上现着笑说，"反正先生也一定不是怎么有钱的，大家都是穷人，再给他五百元吧！他也够可怜的了。"那时候他向那个猪贩子挤了挤眼。

"不给。"袁书记说，"去！"在他发现那个猪贩子瞬间消失而吃惊的工夫，他的腰就给两条有力的胳臂抱住了，同时他的握枪的手臂给秤锤猛力地打了一下，然而那柄枪没有从他手里跳出去。等到他完全被那个乡下人用他所塞到裤袋里的腰巾捆住以后，他手里的枪可仍然是夺不下来。他扼得那么紧，竟至于他自己的手指和枪柄结在一起，就是他自己也没有方法松开它，那只手掌儿全和他脱离了关系一样。一路上，他遭受了那个猪贩子凶暴的打击，及至我见到的时候，已经满面血痕了。他那身旧的灰布制服，已经给撕碎了，肩头露着肉和半只胳膊，膝盖上露着肉和半边枯瘦的大腿，而且一只布鞋丢掉了，那只赤光的脚背上有给石头擦伤的地方。他是那么狼狈不堪，一头垂首将死的野兽似的。不管怎样狼狈，他那一双迟钝的眼睛，却仍然闪耀着顽强不驯的火焰，那双眼睛中另有一些愤怒、仇恨、困惑、懊丧，以及疲惫等种种的杂质。县政府里的一个岗警，像一只公鸡似的，在人丛中奔来奔去，驱赶着那些围绕着那个犯人的村民们，而且在吆喝当中，不时向那个犯人侮蔑地用枪柄戳击一下："他妈的，天生的懦弱种，就凭你这副尊容，也要吃英雄饭！"转过头又说："喂！你们看什么？有什么好看的，都出去，出去！"而那个猪贩子，在我路过这个院子的时候，还在那里向他高声叫骂，一边向那些围观者诉说："他就从那公路旁的松树林子里跳出来……"一边就又用脚踢着他的俘虏，骂道："你瞎了眼睛啦！碰见了我。你他妈的吓坏我啦！"我当时没认清楚那抢劫犯是我的邻居，否则，我一定会当时就禁止那个猪贩子蛮性的踢打了。我没有准备进行预审的程序，因为积累的等待宣判的刑事和民事的诉讼太多了。我说过，实在我那时的工作并不比我那个可怜的邻居的书记工作清闲的，当我第二次走过那个院子，准备出庭另一件谋杀案的时候，我发现法警还没有把犯人收押到拘留所里去，反而有人争吵了。我这时才认出是袁书记的老婆，衣衫和她丈夫一样褴褛，一只手里还提着阳春所穿的两只大人鞋，散着头发，在那儿弯着身子，用肩膀抗拒着岗警，原来那个傲然自得的岗警，不让她和她的丈夫谈话，而且用枪柄作势威胁着驱逐她。我当时并没有吃惊，还当是她丈夫犯了普通的奸情、窃盗或是斗殴伤人之类的案情，就允许她和她丈夫谈几句话。我还没有离开那里，就知道这是不平常的案子了。她是那么惶惑地一望见袁书记就狂声癫语地说："天呀！你是疯了呀！真的你是……"那个面色苍白而血迹满额的犯人就温和地说:"不要紧,阳春他娘,你别怕,怕什么?我是一片好心,还退给他四百元……我不会有死罪的,几天就出去了……"一直到现在还记得当时他那种温和的声音,他那时的善良天性所有的坦然的眼光。这是怎样深刻地折磨着我灵魂的声音呀!直到现在我还觉着这是我一生中的罪恶,是的,我在他身上照某点宗教的意义上说,是负着罪名的。我只审问了两次,没有宣判就移交给补我缺的一个法学院刚毕业的青年了。我在那件案子发生前一天,就接到了调差的命令,可是我若当时主持判决,也不是不可以的,谁想到那位刚执"法典"和"真理"的先生,会那么"正义",把他转解到握有《战时紧急治安法令》的军事裁判机关里去呢!若是我能在那个县份多逗留一天,我不管怎样忙,不管当地官绅们的饯别宴是怎么丰富,我也会抽空关照我那继职者一声。

　　当我知道袁书记转解到军事裁判机关的时候,我还没到差,我还在桂林。凭良心说,我当天赶回去了,我和有过三次面缘的那位握有《战时紧急治安法令》的军法官争论了一个下午零半个黑夜。他始终是温和的、有礼貌的、亲切的,款待我最好的酒和超等红茶,始终是把问题拉到旁的地方去,始终对于我所辩护的那件案子笑着这么说:"你知道,先生,正因为战时这种生活过不下去的人多,我们才要杀一儆百呢!我们是为国家维持社会治安的呀!"我想,他私下里还会以为我的出力,是受了被告的贿赂。从那以后,我就辞职了。

　　——现在可大不同了,我们是个科学化的现代国家了——我们这位年老的隐者幸福地叹息了。之后很有礼貌地起身向设宴的主人告退,走出门口,还听见他的幸福的叹息,并向主人说:我们这一代也受够了苦难,到底是要结果的日子降临了。接着是手杖触着台阶石的声音,可知院子里是多么寂静。这是个月白风清的四月夜晚呢!

1944 年 4 月作

一个坦白人的自述

一九四三年夏天,我是在广西省 Y 县城过的。那真是一个魔鬼的地方,一个十七世纪的城市一样。白天你在街上走,就能够听见城外的汽车过路的声音,若是有只鸟路过这县城的领空,你也能够听得清清楚楚它那一声短暂的啾鸣。实在说,那地方的确是幽静的,城郊的山水也是有名的优美,街道又整洁,而且也有不少很体面的受过高等教育的人物。不过都是一些过时的了。四乡就更落后,你碰到他们简直不能不疑惑他们是鞑靼人,如托尔斯泰在《高加索的囚徒》那篇小说里所写的,真是野蛮呀。

而且这地方的警察,也是特别出色,他们的穿戴就像一些退伍的军官一样,布鞋、散腿制裤,而且很有礼貌。

假若你指着向东走的巷子,问他:"劳您驾!到公路上去,是从这里走吗?"

"唔!"他会向你敬礼,惶惑地,站在你面前,像一个白痴。

"这是一个不通的巷子吧?是不是走不出去呢?"若是你再向前指着说,"是不是能走出去呢?"

"唔!"他就会回过头去,脸色苍白地这么应声。

"那么不是向那边走呀!公路不是在西边吧?"

"唔,你问路呀?"他虽然明白了,就会说,"我不知道,对不住。"然后用诅咒你的眼光,悻悻然地丢掉你,自顾自去了。走出去七八步,还要回头望望你,那眼睛的神气仿佛说:"丢他妈的,倒霉,见你的鬼!"自然你起初也会疑惑不解地站在那儿,等到他第二次回顾,那么你也明白了,你同样会小声诅咒:"见你的鬼,混蛋!"你会开始怀疑,这个县城的警察是不是有神经病?然而你忘了,这是中国进行伟大战争的时代呀!

这些警察有的是乡下有名的绅士保送来的,有的是贿赂警察所长才补上缺的。警察所长额外还有一笔他们的薪水的收入,他们只是为了逃避兵役。不管白天或是晚上,他们从来不站岗。整个夏季,唯一的工作,就是轮班坐在漓江下游那个城市居民打水的石级上,等候着来挑水的人,只要是和他们没有交情的居民,挑着水担子从他们跟前路过,就一定强硬地在他们的水桶里倒下一小勺子防霍乱的石灰水。

我在那儿整整住了一个月,再住二十天,我想,回到桂林就一定给人关到疯人院去了。实际上,我回来的时候,已经憔悴得不像样子了,而且害着恶性的失眠病。你知道,大学刚读了一年,我就到那个魔鬼县城去做事了。说实话,我在大学里所受的那一年教育对我是有着深刻的意义的。那不是从书本子上可以得到的,那是从实际生活经验里得来的。那就是一个字:钱!中国历史上没有一个时代,这个钱字像我们这次战争中那样有价值了。那些穿戴褴褛的教授们,和他们那些营养不良的体质给我的印象,是太深刻了。实在直到现在我还很尊敬他们,不过,确实,他们都是有点过时了,有点傻气。我是大彻大悟了,我之所以没有捞起家当,就是因为我的运气太坏,一出手就倒霉。

我在Y县那个直属食糖专卖局西南分局的营业所里,本来的名义是会计,而且是局长直接委派的。当我到职的那一天,已经很迟了,可是半夜十二点了,我们的主任还没有回来,我初到又不便问——你知道,我是以一种年轻的绅士气派出现的,虽然,我穿得确实有点不太体面——直到第二天,吃过午饭,我才见到他。后来我才知道那天晚上,他提着木棒子到碉堡上去等候私糖贩子,一直到大半夜,才一无所得地回来。

他的名字叫吕超人。一九三八年徐州大会战的时候，他还在某战区的政治部里当过科长。据说，那个时候，他确实是一个称职的官吏，然而我碰见他的那个时候，就完全不同了，从他身上一点战时气息都看不出来了。他是一个面色苍白的人，有两只深沉的黑眼睛，憔悴、枯瘦，然而穿得倒挺讲究，白西装裤，从那两条使人注目的裤褶上看，那是一条质料很贵重的裤子，吊着香港出品的背带，扣着闪光的纽扣。然而正因为他的衣装的完整，更显着他的体质的衰弱。一见面，他很热诚地表示他的欢迎，而且是使我那么吃惊，在上楼梯到他的寝室里去的时候，他抱着我的身子。

首先他问局长好，问局长的女人还常玩牌吗，仿佛把我当作局长的亲信一样。我就说，我只和局长会了一面，而且也没有谈什么。

"那么你从前不认识他了？"

"是的。"我就如实地把我的来历说了：一个教育系的大学一年级生，又在桂林一个会计班里受过教。

"那很好，那很好。"我们的主任开始沉思，仿佛他根本就没有听我的陈述，自己在那里埋头想什么，而且脸色严肃得可怕。突然他小声向我说："你和他们谈过什么没有？那些楼底下的人，都很坏，坏透了。不要和他们谈什么！"

我不明白"他们"是指谁！我们的主任吕超人又机密地说："你在我这里担任缉私好不好？这是有钱赚的差事。"接着又说："缉获的私糖可以抽出三分之一的奖金。"他说，这里四乡的私糖每月有上万斤的交易，而且使我非常吃惊的，把他收藏的专卖局颁布的缉私条例拿出来，像一个军队指挥拿出他的机密的地图一样，指出那条奖赏办法的条文。他的脸色是过度的紧张而且严肃，当时我对于他那两只阴沉的眼睛，有点恐惧，然而这只是一瞬间的感觉。我还没有看清楚，他又匆促地把那奖赏条例折起来，珍贵地揣到衬衣兜里去，仿佛怕我抢过来，或是被别人撞进来看见似的。当时我的神色或许也是半疯狂的吧！我的心完全动了，一个月只要我能缉获两宗私糖，那么按照最低估计，我可以有六百斤的提成，因为这里的私糖都是以坛子作单位，一坛子就是二三百斤，而且一宗就是十几担子。

当他决定了明天派我到白沙镇赶墟之后，我就提着帽子退出来。那时候他喃喃自语着什么，他那灰白的脸色，有些邪气，像鬼附着他似的。然而不管我的感觉怎样，那天从黄昏到夜里我是完完全全给他感染了，给鬼附着了。

最初我一个人关在房子里，大量吸着烟。躺一会儿又站起来，站会儿又躺下去，我沉醉在自己的各种诱人的幻想里了。我的好运气这次可来了……我想着。那还未来的财富仿佛等候着我。又想：我永远再不靠着贷金过那些可怕的穷困日子了。我望着自身那套借来的粗布制服，又肥又大，裤子阔得能装两袋面粉，太不像话了。我以前过的是什么生活呀，多可怜呀！一切都将过去了。不久，我就要成为另一个人了，一个穿戴华丽的"兼他儿曼"了。从那一天晚上，我就开始失眠了。直到半夜两点钟，我还听见我那间房子的楼板上的脚步声。那天夜里我们的主任吕超人，同样关在自己的房间里没有外出，而且有种低不可辨的喃喃声。等到几次想睡，而睡不着的时候，我就烦躁了，觉得四肢疲乏，又酸又痛，脑子就要爆炸似的。由于我的不安的骚扰，和我同住的一个沉默的业务员也翻滚着身子，在床上叹气。白天，他是坐在对面的办公室里看书的。另外仿佛还有一个女公务员，这是我从办公室门口路过望见的，业务所本身的机构，那时我还不清楚。那个沉默的业务员，一见面，我们就不大谈得来，正如初见面的青年同事一样，我们的友谊只限于彼此进出点点头。就是那瞬间的脸色，也不大好看，仿佛两个毛针竖立起来的刺猬，彼此防御着对方的损害似的。自然现在我们也就各人怀着各人的痛苦在床上翻来覆去地受罪了……到底我在极度疲劳中睡过去了。

第二天早晨，就听见我们的主任吕超人，在办公室里督促什么的声音，仿佛是赶办什么公文。等到我起身，我们业务所的工友，一个足有七十岁的忧郁老头子，很有礼貌地说，已经给我预备好早餐了。

我们的主任吕超人，那天的脸色是奇怪地严肃而且紧张，就像是送葬的老人一样，递给我一只皮包，又跑上楼匆匆地拿来一枚徽章，递给我的时候，也不注意我的脸，只望见我的手掌似的。他埋着眼睛在想些什么呢？仿佛这些全是交给我带到墓穴里的遗物似的。他又为什么那么冲动地跑到门口去一两次地探望呢？我惊奇地望着他的异样的举止。不久我明白了，他所窥探的是两个赤手的警察。他们是接到县长的手令来协助我的。原来一早晨，我们的主任赶办的就是请本县政府派警协助缉私的公文。那时候，我已经准备动身了，而我们的主任又第三次匆匆地惶恐地跑上楼去，这次他给我带下来一根粗大的手杖，同样递给我时埋着眼睛，只注意到我的手似的。那两个警察是用站在照相镜头前面的姿态站在我的眼前的，两手垂直，嘴唇闪着一种礼貌的笑容。我就走到他们中间，而他们随着我的移动而旋转了，他们之间形成一个走道。我必须说，我路过办公室门口时，曾经望见了同事们的窥伺的那些眼睛，仿佛预感到我将遭受的灾难似的。我们的主任吕超人，一句话也不说，沉默地送葬似的，低着头，随在我们身后。这是做什么呢？为什么还送我呢？

"还有什么事吗？主任。"在门口，我就停下来问。

"没有，没有，我送送你。"我们的主任吕喃喃地说，"就送你到街口，就送你到街口。"

"那是为什么呢？主任太客气了。"然而我的心里确实有点不祥的感觉了。我开始怀疑我们的主任是不是有神经病，这从他那沉默而又严肃的脸色上就感觉到了，何况他又是送葬似的埋着眼睛匆匆跟在我身后呢！

可是我这想头，只是闪电似的，在脑子里亮了一下，就熄灭了。因为我第一次失眠，我的脸子有点晕沉，身上又酸又痛，而且所有早晨的阳光，街道两旁的墙壁、屋顶、瓦檐、树木，都给我一种浑浊不清的感觉，映入我的视觉里的所有物像都没有系统而且不完整、零乱、恍惚。我的头非常沉重且仿佛已经膨胀开来，我没有注意到我们的主任在街口用怎样的状态站在那里注视着我们，不过我回过一次头，在五十步以外的距离，我确乎望见他还是站在道旁的土崖子上目送我们的。

那两个警察中体质健壮像匹公牛的那个，白脸色，有着两个机警的眼睛。当我问他白沙镇离县城有多远的时候，他就向我现着农民式的温驯的微笑。于是我知道了，他听不懂我的话。另外那一个呢？像文弱的小镇市的商人一样，从他那拘谨的眼神里，我知道他穿警察制服不久，而且依恃那个健壮的老当差的眉眼行动，那个警察离我多远，他也就采取同样的距离。他们是站在我的两边做护卫似的。

老实说，当时我的身上难受得很，骨头又痛。然而我们走的脚步却又那么健捷、急促，正像我们去捉赌一样，白沙镇有力地诱惑着我。

我们走到白沙镇的时候，刚好赶墟市的乡下人大部分上齐了。他们是从周围二三十里来的农民，挑着谷子、马铃薯、山芋之类的农产物，到这里来卖，也有挑着棕树皮、蓑衣和围笠的。一到白沙镇村口，就面对面也听不清楚说话声了，人是那么稠密、拥塞，在人们腿部之间，全是圆圆篓筐，那是豆子市。我走在最前，通过这一条拥塞的街道了，现在我面前的是一个宽敞的卖吃食的场子，这场子的建筑是许多走廊式的瓦栅顶连作一块的，当地食客都是两脚蹲在板凳上。这是广西农民的一种特殊姿态，你一看就知道他们是怎样粗犷而不如我们江浙人温文知礼了。在每个长条案子上，都有装筷子的大竹筒子、成群的苍蝇……盖着布的大木盘子，有的露着一半，那些露出来的米粉就完全给苍蝇占据了。总之，使人一见就吃惊他们身上那种潜在的抵抗霍乱菌的力量。我站在那场子和豆子市的交接的三岔口上，等那两个警察。左边有一条摆着各种菜蔬的小巷子，在那小巷子口上，突然我发现糖果摊子旁边摆着的一坛子黄糖了。我就匆匆地从赶墟的乡人之间挤过去。

"这是谁的糖？"我用手杖敲着那个坛子口。

那个糖果摊主，是一个红脸的汉子，夏天还戴着破毡帽，长衫的腰间扎着一条黑围巾，前襟掀卷着。他正在和另外一个庄稼人打交道。当我问他时他望了望我，完全是无暇兼顾地说了一句什么，从他那眼色上看，就知道他是把我当作主顾的。

"这是谁的？你的吗？"

他突然注意到我的神色了，他的脸色立刻就严肃了。他凝视着我，仿佛凝视一个仇人似的。然而在他向我注目之间，还从容地递给那个庄稼人一盒纸烟，而且把纸币接到手上，那瞬间，他并没有向他手上的纸币望一下就拉开座旁的抽屉，同时注视着我，不说话。

"有特许营业执照没有？"我停了一会儿又说，"你老是望着我做什么？有特许证吗？我问你话呀！"

"没有。"他愤怒得只这么短暂两个字，就低下头去，开始注意他手里的纸币而计算找补的数目了。

"你说话是什么态度！"我说，"你知道，没有特许证，这坛子糖就要没收的。我告诉你！"我望了望，那一个文弱的警察他是赶来了，就站在我旁边，我说："把这坛子糖拿去，没收。"

然而那个警察，没有遵照我的话，开始和私糖主大声谈论什么了，仿佛他们是老朋友似的。回头，他向我解释："他情愿交糖税，不过这糖不是他自己的，他亲戚的。"许久，我才明白那警察的土话，就是说，让我坐在旁边等，等他卖出多少糖就拿多少糖税。并且给我拖过一把凳子。

"这是什么话？"我说，"这简直是侮辱，我是要账的呀，我坐在旁边等？这像什么话。把这坛糖给他扛走，什么话也不必说了，真是太混蛋了。"

我们的周围已经有些赶墟的乡下人围聚着观望了。就在这时，我注意到其中一个人恐慌地背脸高呼的姿态，我只听懂了："收糖税的来了！"就机警地从他身背后跑过去。就在那会儿，我望见斜对面的吃食市场的背后，有些人开始飞跑，而且很清楚地望见其间一个戴蓝布包头巾的老妇人，双手提着两个坛子在人丛中闪逝的佝偻影子。当时我就丢下糖果摊主，头也不及回，大声招呼着我背后的那个警察，就向斜对面跑。穿过那吃食市场的时候，我感觉到拥挤在过道间的那些庄稼人存心地阻塞我，我向西躲，就有人用身子向西挡，我向东插脚，就有人用身子向东遮阻，我是又匆忙，又气愤。最后我开始用手半推半拨地动了一下阻路人的身子，于是我被那个农民，同样地推了一下，若不是我急于赶那些私糖贩子，我那天也许会吃大亏。我当时只愤愤地望了他一下，就向前奔走过去了，实际上我也没有望清楚他的面目，我是从来未有地匆忙。

等我走出那走廊式的阴暗瓦棚，我发现吃食市场的那条甬道上是空空的，相反和我站在一排的农民和农妇非常多。我在那瞬间所注意的，只是掉在走道的空地上的一块黑布包头巾，另外有一根麻绳，再远一些是一个坐凳，一只布鞋。原来这条甬道，就是糖市。

我完全陷入疯狂状态了。我左右环顾了一下，就顺着甬道向镇里跑去，我向背后的那个文弱警察大声招呼道："跟我来，快一点儿！"于是我背后就响起轰轰然的声音。我已经跑过第一条横的巷口，那瞬间，我瞥见巷口行人间的一个老村妇，在我跑过的时候，她还坐在坛子上仿佛喘息似的，等我跑回来，她已经在人丛间消逝了。这只是两分钟的时间。那条巷子是鸡市，另外有笼子装的狗仔和小猫。农民是同样稠密的，不同的是他们脸上那种迷惑的神色，他们不知道在他们周围发生了什么变故似的。我当时就顺利地擦过他们，向前奔跑着。自然那个贩私糖的老村妇，不会再向糖市或者吃食市场逃的，我只跑过这个巷口两三步，自然她是来不及往回逃的，那么她无疑地顺着巷口一直逃下去了,然后踪迹不见。

在那巷口外边,是一个牛市,临近着一条有高崖子的河流,我匆促地环顾了一周,实际上我没有发现什么,然而在一株老松树底下聚集的一组农民里,有一个挑着两个煤油箱子的老头子,奔跑,穿过牛市场。我立刻疯狂地追着,一边呼喊着那个追随我背后的警察。

当我抓住那个老头子担上的麻绳的时候,他回过头是那么凶恶地从我手里把吊糖箱的麻绳夺过去,又开始跑出去三步,给我第二次抓住了。

"你再跑!混蛋!他妈的!"我就用手杖在他的腿上打了两下。凭良心说,我喘气也喘不过来,哪会有力气打人呢?而且我只不过气愤他那愚蠢的奔跑,并没有存心欺负他。

同样他也气喘,脸上过度恐惧而现着灰白色,两个眼睛像两团火焰似的,他还大声争辩着什么。我只望见他的手抖着,然而说的什么,一点也听不清楚。

"你还说什么?妈的……"我喘着说,"把糖担子放下!"

突然从环绕着我们的人丛间走出一个粗壮的人来,嘴上含着纸烟,满脸怒气。一上来就抓住我的领口,他仇视地注视着我,他说的话中,我只听清楚"丢他妈的"。

"这位先生是收糖税的!"那个文弱的警察胆怯地站在旁边说。

那个半庄稼人半民兵的汉子,蔑视地望了望他,就把我的一顶草帽抓过去。

"你要做什么呀?你!"我说。我的两手扼住他那只抓住我领口的手,我说:"你这是做什么?"

那个汉子在那些庄稼人的纷纷议论中,拖着我向前面的高崖子走,我就用力向后挣扎,然而我身子向前倾斜,这就不能向前挪步子。我说:"你要把我带到哪去呀?"同时我向那个警察喊着:"你怎么不说话呀?你是干什么的呀?"当时那个警察很可怜地望着我,我心里是那么气愤。这是怎样的警察呀！那个汉子向后拦阻着他，仿佛不愿意他也在身后追随似的。

"你不会说话呀？你，你！混蛋……"就在我向那个文弱的警察说出这个咒骂的字眼儿的时候，我被猛力地推下高崖子，还没有来得及明白是怎样一回事，就滚下斜坡，跌到河里去了。当时我就喝了一口水，我要呼喊而给这口水噎住了。当我坐起来的时候，我的头就露在水外了，我神经错乱地喊了一声："呵……呀……"我算是喘出一口气，心里又有底了，我吐着口水。就在那时，我听见河口崖子上人哄笑的声音了，而且有一个褴褛的小孩子向我头上丢土块。那些人就围聚在五六尺高的崖子上，我是看得清清楚楚的。当我爬到河沿上的时候，又有两三块土块子向我抛来。我起初斜着身子躲避，还想爬上那个高崖子去，可是有一块土正击中了我的脸，我什么也看不清楚的那瞬间，我的心，突然没有底了，我就开始匆匆地顺着河沿走。土块和石子越来越多，我开始大步逃了……一路上流着水滴儿。我大步逃着，毫无顾忌地逃着，直到听不见什么声音，我才开始注意我所跑的方向。我爬上崖子去四周巡视了一下，没有跑错，我望见半里外的排列在田陌间的电线杆子。于是我穿过树丛间的坟墓，走到公路上了。

我们的主任吕超人在城外的路口上接迎我呢！我想他是巴望很久了。等到他一走近我跟前，我就挥着臂，怕他挡住我似的，我心里说："滚你妈的去吧！"就又匆匆地快步奔跑起来。

不用说，街上的人都惊奇地望着我，而且跟随着我停集在我们营业所的门外了；不用说，我的同事们在我经过办公室门口时就注意到我，而且我一进寝室，他们就跟进来。

"你们看什么？滚开！去！"一个粗胖的中年事务员，向窗外吆喝，原来我的窗口也有些人围聚着向里窥望……

我那天一共有七处擦伤，自然衣服也都破了。

当我脱掉湿透了的衣服的时候，我们的主任吕超人从我们门外低着头走过去，一只畏怯的老鼠似的。当时我还以为他是完全为了躲避我，由于内心的某种羞愧，然而不是，他确是害着初期的神经病，后来那个青年业务员告诉我，他是财迷心窍了，若不离开这个机关，他不久就有进疯人院的资格了。

  当天晚上我就浑身发热，我害着一种很厉害的湿热病。你可以想象到我那十天是怎么过的，半夜发烧，说胡话，后二十天，我好了一些，可是失眠，做噩梦……并不是因为我在白沙镇那场丢脸的遭遇而懊恼！奇怪的是我的脑子一清醒，立刻就想起那些逃跑的私糖贩子来，那些装私糖的坛子是那么有力地诱惑着我，这正像在赌场上一个做了丢脸事情的赌徒一样，事情一过，还是想赌赌运气。我是给鬼附着了，再住下去，你想，我怎不会发疯呢？鬼地方……那真是鬼地方，"落后"，"野蛮"，不遵从"法令"。你问我们那个主任吗？他到底是发着恶性的神经病了。他的侄子代他辞职的，现在还把他关在他家后院子的一个仓库里。一有人去探望他，他就从怀里掏出那张缉获私糖的奖赏条例，这是他死也不放手的珍宝。他还会小声怂恿去探病的人："你把我带出去，我要赶墟去，我知道那里有几十担私糖！你只要向他们说一声，就会把我带出去……"就是这样。

1945 年作

一个奉公守法的官吏

农林部所属某农业研究机关的总务主任刘逸民和他的太太离婚了,这是他的属员和同僚们早就料到了的。若是还有一点惊疑的话,那就是他们直到今天才宣布。实际上刘逸民的太太,早在五个月以前就离开了重庆这所刘逸民在五年之前租到手的竹篱小院,到成都亲戚家去住了,从她回来到这一次的诀别,仅仅住了不到一个月。

现在这竹篱小院以及这小院里的三间茅草房子,全留给刘逸民了。从窗口可以望见的那三只白鸡,寂寞地徘徊着,屋子里所有的陈旧家具,甚至那灰布窗帏,和两年也没有擦过一次的壁镜,都像往常一样,谁走进来都不会感觉到这个家庭发生了什么变化。尤其是那个年老的壁镜,还是和两年前一样,仿佛充满了烟雾,从那上面反映出来的面影,就像从大雾里浮现的面影一样。窗旁边挂的熏满烟气的相片,卷着一只角,这也和以前一样。总之,一切都是习惯地、固定地安置在原来的地方,任何变化的痕迹也没有。

刘逸民在已经不是属于他的太太向他告别的时候,并没有发怒,或是现出悲戚的神气;相反,他是平淡的,正像面对着一个社会关系独立的普通女友一样,礼貌地说了一句:"慢慢地走。"实际上,当时他自己并不知道他说的是什么,他的太太是连看也没有看,就径直走了。刘逸民当时还想送出门口。可是他的两只脚却牢固地坚定地站在屋子中央,没有接受他的意志的派遣。他的手里还捏着那份从他太太手里接过来的离婚证件。

"这也好……"他喃喃道,"这是没有办法的,是她要走。"

任何单据他都是保存起来的,这一件也不例外,他打开充满衣物霉气的箱,收起来。在这上,他是从来不信任他的侄女的。

他的侄女名叫刘白桂,是一个二十四岁还在待嫁中的姑娘,又贪吃,又好睡,而且十天有八天的日子是在生气中过的。然而她很善良,因之也就好哭。现在她就很替她叔叔难过,她望见他那异乎寻常的呆滞眼光,就可怜起他来,而且流泪了。

"难过什么呢?"刘逸民锁好衣箱说,"她走了,咱不是一样的过吗?不要傻气,听见吗?一样过。等到过了旧历年,咱们一块向家走,不是一样吗?"他说话时,心里很感激他的侄女,感激她的眼泪和悲戚。五年的穷苦生活,这是第一次,他对他侄女表示亲切,同时她也第一次注意到她是他唯一的怜悯他的亲近人。然而他却从来没有注意到她需要的是什么,她的欲望和生活中所希求的是什么。

刘逸民就是这样一个人,刚刚满了三十八岁,从他头上那顶十年前在南京买的帽子,到他的褪色的蓝洋布棉袍,以至尖头式的皮鞋,没有一样不是陈旧而完整的,从这上可以知道他日常生活中最主要的注意都放在那上了。他的农学院园艺系的同学们,都说他是过时的废物了。他的同僚就是当面也并不忌讳地直称呼他"老好人"。而他的太太却说他是"自私"又"庸俗"。可是他的侄女刘白桂很尊敬他,但也像尊敬一个六十岁的老头子一样。实在说呢,他的体态和面容也确是苍老而且憔悴的,因为战争期间,一年一年的窘困,因为他的月薪加上米贴,就是目前总共还不到五万法币,而且他是有名的奉公守法的人,自然没有什么额外油水,他怎么能支持一家人的生活用度呢?他怎么不穷困,不由于穷困而愁苦,不由于愁苦而衰老呢?尤其是他的独子,两年前得肺炎死掉以后,他的心情怎么年轻起来呢?若是那个孩子不死,他想,也许他的太太不会离开他的,虽然他知道她并不爱他,然而只要能天天看到她,也就满足了。可是那个孩子不得病便罢,一害病，怎么会有不死的呢？他是一年四季都在穷困中呀！他一时到哪里去借一大笔的医药费呢？由于穷困，他早已从一般的社会应酬场合撤退了，他是从来就不请客的，而别人的交际宴会，他也绝对不到，因为不能白白领受这种人情呀！照他看，一切的社交，都是有着不洁的功利性的，用自己的话来说，就是要守本分，初心公正，还用应酬什么呢？他是《大公报》的老读者，从他一九三六年离开农学院以来，他的生活中唯一乐趣，就是从《大公报》的社评上得到一些学识了。他理解了中国的政治，理解了中国的现在和未来，而且很满足他的这种修养。比如，最近他向同僚们谈起内战的问题，就说："你要谈和平，就要先停战呀！是不是？"他说话照例是带着"我说这话是不是"的口头语的。此外，他还读旧诗，而大部分时间是消耗在公务上，他要审核一些报销，他一天要过目几份不同性质的公文，另外还要监督工人调和化学肥料，有时又要到农作物病虫害试验区去调查，因为他是这一组的技士。唉！唉！他真是忙呀！五年来，他就没有一次想到过他的太太。虽然一回到家，他们总是在一个膳桌上吃饭的。那时，他们的孩子很爱哭，若是说他有一点温暖的回忆的话，就是他那孩子的小手向空抓挠着，小腿跳跃着，只有这时他才感到幸福。"贾玲，你看，他高兴了呀！他笑哪！"若是他太太没来得及看，他就要埋怨："你是弄那些鸡干什么呢？你来看看呀！"这时他会命令他的侄女刘白桂："把窗帏子掀起来，挂在钉子上，让我们的宝贝晒晒太阳，"他会再补说一句，"啊！……晒晒太阳。"为了使他臂中抱的小孩快乐，他会用撒米唤鸡的声音把母鸡招引进来，因为母鸡带着一群欢跃的鸡雏。

"算了吧！"他的太太贾玲会说，"刚扫干净，又招进来了。"她是说鸡雏一进来，满地又是鸡粪，就在这上，夫妻两个吵吵嘴。"是的，"刘逸民想，"那时候，她就没有像我那么喜欢她。想这些做什么呢？一切都过去了……到哪去走走吧！到哪去呢？"

只凭刘逸民站起来的姿态，和那向她伸手的手势，刘白桂就知道他是要他那顶陈旧的灰呢帽子了。

"还去吗?"她说,指的是办公厅。

"到那去!"他想到她问的是什么了,"不去啦!去做什么呢?"他叹息着,交给她一天所开支的零用,就戴上帽子,沉闷不欢地走了。

这天是圣诞节。他走到两路口的时候,就碰见三个美国兵停在吉普车上,那个司机吹声口哨,向路旁经过的那个同伴打招呼。他的鸭嘴帽俏皮地朝天戴着,新修刮的面颊,红润之间现着青靛色,他是那么高傲,刘逸民只从他那扬手打招呼神态中,就感觉到那高傲是带着一种对于中国人怎样的侮蔑了。自然,他们是愉快的,他想。另外一个人的迈着健捷步子的两只腿引起他的注意了,那是一个穿着冬令时装的少妇,她的面部紧张,正注意着来往车辆,想从来往奔驰的汽车之间,横越过马路去。她奔忙着,那么匆匆地横越马路是为的什么呢?有什么力量使她那么生机勃勃的呢?若是她的家里有孩子的话,她能想到他现在正睡醒了哭着吗?就是有女佣人,那女佣人若是在忙着洗菜,尽让他哭,一直不管呢?这些想法一直占据他的脑子,直到他停在两浮支路一条巷子中间的砖壁门口。

这是他常常来的一个友人家。主人是个研究昆虫的学者,五十岁的人了,每天还抄两个钟头的波罗蜜多心经,为的是练习小楷。主妇是一个壮健的老太太,声音响亮,主持家务就像一个退休的将军。夫妇两个没有儿女,养了一只猫、一只狗,那猫叫米米,一星期前生了五只小猫。冬天的每个晚上,刘逸民一定来坐一会儿。屋中央有一盆暖火。每次进来,刘逸民照例坐到他固定的座位上,那是火盆旁边的一个矮脚板凳。主人必定回头望他一下。"没有出去?"他必定这么问一声,算是打过招呼了。至于主妇和他闲谈,也必定从"外边不冷吗?"或是"外边的雾很大吗?"开始。这之后,那个昆虫学者章贯一老先生的太太,必定探问刘逸民的机关什么时候向南京搬,最近有些什么熟人走掉了,又叹息一回自己不能立刻出川的愁苦,埋怨一回她那"不争气的老头子",之后就呼唤起她的那条爱犬"杰克"来了。每次的谈话,都是一个样的,然而刘逸民还是感到一种舒畅和愉快,完全和新鲜的倾谈一样。自然这里也确有一些新资料,比如那个米米生了五个小猫就是。

"没有出去吗?"照例,刘逸民脱下帽子这样说。

"没有。"那个秃头的章贯一转过背来说。然而这次不同,他是整个身子随着安乐椅转过来了。

"自然他早就知道了!"刘逸民心里想,然而望见章贯一是在伸懒腰,握着拳展开两臂。

"今天外边还暖和?"章老太太从寝室抱着米米走出来这么问。

"还暖和!"刘逸民在他固定的座位上就了座,"出了太阳,自然暖和点。"

"你的气色可不大好呢!"章老太太说,"什么事都得向宽处想——呀!你怎么不老老实实地待着呀!我可要把你丢到椅子上了啊!"

她又向刘逸民讲说新闻了。她给米米和它的孩子在床角上布置了一个窝,又铺了棉花,可是它一抽空,就把它的孩子一个一个衔走了。

"你猜衔到哪里去?"

"衔到哪里去?"刘逸民喃喃地问。

"衔到厨房一堆木柴下边去了。你说气人不气人!"她望着米米说,"什么时候若是你不叫我生气呀!就好啦!"

她又吩咐女佣人泡茶,又寻找杰克,拖着两只布拖鞋,像退休的将军一样挺胸走着。可是再没有提到刘逸民所渴求着要听的话,就是说再没有提到有关"脸色"或是"宽心"之类的话。那之后,章贯一先生就问起政治协商会议来了。他问:"报纸上怎么说的?"又问:"是不是真能不打内战了?"他是主张改良农业的,那就是说农业技术不改良,那么中国是没有办法富强起来的,尤其是农作物的敌人病虫害不彻底清除,稻麦的种子不改良,那么中国永远是穷的,永远是有土匪的。他是刘逸民大学时代的老师,刘逸民已经听过不知多少遍了。

"是的!"刘逸民叹息着。

"若是不打内战了,你说咱们就能走吗?那么就有船送咱们啦!"她又抱怨起四川的气候来,"我真待不惯呀!一个冬天就有四个月不见太阳,你说这不闷人呀!"又说,"杰克呀!你别跑上跑下地来回跑了,好好在这里躺一会儿吧!又有炉子,外边不是冷么?傻瓜。"

可是那个精神抖擞的狼狗,注意到刘逸民是在向主人告辞了,它献殷勤地向他摇着尾巴,可以看出来,它是央求他把它带到街上去逛一会儿的。

"自然她是爱她那条狗的,自然她除了它们不会关心别人的。"当刘逸民从那炉上冒着蒸气的茶炊的家庭走出来的时候,他这样想,"我为什么天天还到这儿来呢?来做什么呢?"

那时候他经过街道,只望见灰暗的马路,和一些飞驰的汽车轮子的闪逝,以及那瞬间飞跳到脚前的小石子,以及男女的腿部,闪光的长筒丝袜子,和各式各样的鞋袜。他是低着头走的,可是他又像什么也没有望见。

他的侄女刘白桂给他开门的时候,他那双迟钝的眼睛现出一种刚睡醒的不欢神气,皱着眉。刘逸民是从街上游荡了一阵子回来的,望见她那乱蓬蓬的头发和微肿的脸色,就不由叹息了。唉!唉!日子怎么还能过下去呢?

晚膳过后,刘逸民终于走到刘白桂阴潮而幽暗的房间门口去:"白桂呀!哪有整年整月睡不够的呢?你姊子走了,以后你得当家啦!衣裳该洗的要洗,我说了多少遍啦!你的被子也该拿出去晒晒,一个姑娘家怎么这样懒呀!"

他的侄女刘白桂这次却是真的发怒了。她完全忘记了她该可怜他,她想到一天到晚给他操劳,像一个买来的丫头似的,洗件衣裳连块肥皂也舍不得买,又说这说那地整天给气受,就觉得自己生来就命苦,就想起死掉四年的母亲了。四年来谁也不把她放在心上,衣服补了又补,连买发针的钱都没有,连袜子都是她叔叔破得不能穿的才掷给她。她越想越难过,就伏在枕头上哼哼唧唧地哭起来了。

刘逸民叹息一声,就回到自己那间挂着年老壁镜的屋子里来。"她一点都不知道我心里是多么难受呀!她从来就不关心我,像一个女佣人似的。"他想到以后他是一个鳏夫了,永远孤独地生活下去,就突然感到空虚了。世界上从此以后,他是没有一个爱着的人了,自然也没有一个人爱他。他想,他的生活意义建筑在哪里呢,从前他为什么兴致勃勃地去观察那些稻麦改良种子试验的成绩呢?那时他站在夏日的猛烈的阳光下,汗水把背部的衬衫都湿透了,他望着湖南稻种的试验区里那些蓬蓬勃勃生长着的稻丛,那深绿的充满植物生命色素的颜色以及那些飞闪的土蜂,以及那些挽着裤腿拔草的雇工,为了另一个雇工把草绳误作一条蛇而发生的哄笑,又是那么有意义、美好、愉快,他感到自己生命力的蓬勃和阳光的可爱。然而那时他是为什么一点也没有注意到自己的家庭,自己家庭中的太太呢?仿佛他一点也不爱她,他就没有爱过她。现在他感到这些,他每天曾经那么珍贵地试验着,以及公务上的上司的夸奖,以及权威的增加……完全失去意义了。

"白桂!好睡了,时候不早了!啊!睡吧!"当他的侄女的哭声久久不停地从隔壁传来的时候,他说,"啊!睡吧!"

"啊!"他听见他侄女低微的由于哭泣而略有疲乏的声音,"就要睡啦!……你不要喝水了吗?"

"不喝了!"他说,"睡吧!"

她的哭泣声真的停止了,而且从她的寝室发出一种皮鞋掉在地上的声音。那是慵懒的脱鞋方式,连手都不伸一下的举止。不久就发出鼾声。

刘逸民这一夜可是没有睡。他想到白天在两路口那个匆匆过路的时装少妇,想到章贯一老先生家的火炉,和冒着蒸气的茶炊,想到米米和杰克。

自然那个健壮的老太太是生活得很好，因为她还有两个小动物，因为她爱着它们。若是有一天杰克死了呢？他想："自然那个杰克说不定有一天也会逃走的，看吧，就是冬天，就是屋里有火炉，它不还是想找机会跟着我溜出来吗？"除此之外，刘逸民还想了一些别的。譬如：他自己认为把他太太所有的衣物留下来，是对的，因为她要离开他，比如他太太说他自私，那是侮蔑，因为他从来没有贪过人家的小便宜，而且若是他有一天高兴买两个橘子的时候，他也必定分给他侄女刘白桂一个。然而不管怎样，刘逸民感到他的生活空虚了。

当他第二天到办公室的时候，他的同僚和他的侄女，都发觉他突然衰老下来了。他走路时那个佝偻的背影，那迟钝的脚步，以及他的疲惫性的咳嗽和说话的声音，无一不是六十岁老头子那么衰老呀！同时他自己也感到他的体力弱了，走路感到过分疲倦，而且每夜都醒来两三次，天一亮就躺不住了。

1946 年 1 月作

贺大杰的家宅

在桂林南火车站附近的贫民住宅区里,有一所整洁的家宅。茅草顶,泥壁,两口向阳的玻璃窗。竹篱笆围子,院门是漆着红色的。门外就是到火车站去的街道,隔着街道是作为墓场的草坪。还有三块稻田,再远一点,可以望见横栽的两行保护铁道路基的树丛。

这竹篱笆院子是极幽静的,不管那两排沿顺着三码长的走道栽种的矮冬青树丛,还是那滴尘不染的梯式木板台阶,都现出一种修道院式的寂静气息来,而且那茅草屋的光滑的涂作鸡蛋壳色的泥壁,那两口玻璃窗背后垂着的有花边的窗帏,以及那两排修剪过的冬青,都显示着这家宅的整洁,就是连这院子的空气,都仿佛保持着一种特殊的新鲜。若是偶然茅草屋上有一只乌鸦叫两声,对于这寂静的院落,不啻是一场大雷雨,连墙脚的小草都会吃惊地颤抖起来似的。

可是这住宅的竹篱外边就完全不同了。右边是一座小岭那么高的垃圾堆,高得超过了茅草屋顶,骄傲地向这竹篱笆院子窥伺着。那小岭式的垃圾堆背后,是些可怜的五十年前还健壮过一时的衰败的瓦屋,几乎家家户户的阴暗窗户,都歪斜着,若不是那些斜的木柱子支持着土墙,所有的房子都要倒塌了。这所住宅的左边就给拴猪的木桩、污水沟包围了。经常在附近出现的是些穿戴褴褛的铁路机工,专门靠偷取火车站上的煤块过活的野孩子。连这地方的狗,都是瘦长瘦长的,夹着尾巴走路。然而这一切,并没有加给这所整洁住宅点滴损害,反之,它更显得年轻、雅致。这完全是和这家主人贺大杰的情调一致的。

贺大杰是一个被革职的军官，由于四肢和身体配得很适合，显得并不矮小。辽宁省锦州人。参加过两次内战，双十二事变才离开队伍，直到现在还赋闲着。玩得一手很漂亮的扑克牌，喜欢女人，而且差不多如他所说"是女人先喜欢他"。口里经常含着一个考究的烟斗，对于小玩意又特别爱好，譬如，剪指甲的小刀、小刷子、带弹簧的烟盒、打火机，无一不是为他所珍贵、所爱好、经常保藏在随身的裤袋子里的。然而对于酒，他却是微滴不沾。在人面前现着一种快乐的天性，仿佛他从来没有不如意过。可是在他的太太面前，贺大杰就完全变了一个人，贪睡，爱叹息，而且无时无事不发脾气。

其实，刘淑芝，他称作"并不年老就过时了"的太太，倒是一个心地很纯朴的中国式家庭的好主妇。她是旧制师范肄业，她的所有的知识，因之也只限于五四期间所接受的那一点。读过易卜生的《娜拉》，被小仲马的《茶花女》感动得流过眼泪。直到现在，她的发型还保持着一九三〇年在哈尔滨风行一时的情调，左额的鬓发梳作几圈卷曲的海浪形圆圈，右额有一条辫子插进蓬松的发尾当中。总之，这是小城市也几乎少见了的一种发型。终年害着痛苦的失眠病，又常头痛，脸色也憔悴，还容易感伤，然而身体却是健壮的。婚后只有一个小孩子，九岁了，整天还是跟随着母亲寸步不离，一天向母亲要七次饼干。

此外就是寄居在这家宅里的客人孙学孟，刘淑芝的远房亲戚，贺大杰的早年同僚。体质壮得一顿饭能吃两袋子面粉似的。他的棉大衣上的扣子掉了三个，里边穿的究竟破烂到什么程度了，没有人能够晓得。浑身发出一种霉烂的棉布气。每天坐在他的固定的座位上，一坐下来，就连他自己也没有力量再支持身体挪动一下似的。白天永远是沉默的，可是夜里打起鼾来，连院子外都听得见。

谷雨后的第二天，是个难得的好天气。阳光很暖，可以在晴朗的空间清清楚楚地望见从冬青丛间、从草地上蒸发着的乳灰色的水汽。早餐后，贺大杰就口含着烟斗，一手叉着腰，站在门口向外瞭望了。

那种站立的姿态，就像一个准备去检阅的年轻的将军似的，或者说，一个帝俄时代的彼得堡的骠骑兵似的。潇洒地披着漂亮的麂皮外衣，让那件精致的灰色毛衣和那胸部织的小兰花，全部显露出来，那朵小兰花也是灰色的，更充分地说明主人的高雅、洒脱。那显着有点苍白的脸上，带着遇到好天气所有的兴致。头上的睡帽俏皮地歪着，从那半边短发下的项部肌肉上看，仿佛刚沐浴不久似的。他用怀着愉快心情才能有的那种特殊转身法，轻敏地低着头在作为餐厅的走道间，来往走了几趟。那种让裤袋上悬着的精致表链摇来摆去的步伐，就是他自己也觉得是轻捷而健美了。然而那时，若是有刘淑芝养着的小鸡群从开着的后门走进来，啾啾不绝地在走道间乱窜，贺大杰的兴致就会全部受到破坏，就会用如临大敌的姿态，伸着两臂弯着腰去驱逐，就会烦躁地埋怨太太不用脚踢，而且若是那九岁的孩子怀北碍着小鸡的出路，就会揪他的耳朵。小鸡越是乱窜，贺大杰的火性就越旺，常常喊："不踢死这些东西，养着做什么，真烦死了！"等到小鸡完全赶出去了，贺大杰才完成一桩艰苦的战斗一样平静下来。又含着烟斗，烦恼地走来走去了。那时候，台布没有烫匀，他也会指责，用餐时候的椅子没有移回原位上去，他也会皱着眉大声命令那九岁的怀北"搬过去"。不用说，若是怀北的玩具，在早餐后还同昨晚那样放在茶几上，他就会说："把这些破玩意儿弄到一边去！"顺手给推开了。

现在，贺大杰第二次叉着腰站在门口上了。"学孟！"他背对着孙学孟说，"怎么样？出去走走吧！"

"有什么好走的！"

"怎么有什么好走的？你看看外边是什么样的天气，就是在太阳底下晒晒也好呀！这样的天气还坐在房子里做什么？一天到晚坐着，不要害胃病呀！到外边荡荡总比你在房子里坐着好呀！"贺大杰转回身子来说。

"我不想出去！"孙学孟还是懒散地坐在那里，懈怠得发霉了的木料一样，然而却并没有打瞌睡的神气。

"出去走走吧！去看看大桥那边盖房子的好不好？"

"那又有什么看的？"

"没有什么看的，不也比坐在房子里好么？前一礼拜才打地基，昨天我从那里走，却都安置好了。你想，多快。"

孙学孟还是倦怠地说他并不想出去。贺大杰到底一个人走了。他走的时候，怀北从木梯式的台阶上跳下去，要跟随着他的爸爸。

"我还没有敲你嘛！"贺大杰砰的一声带上院门。

刘淑芝仿佛望见怀北是用怎样歪曲的脸形站在门背后似的，就在屋子里招呼着，让她那九岁的寂寞的孩子进屋里去，说是有话和他说。然而她自己说话时，还是低头织着毛线衣。她心里正在想："哼！他又一个人溜出去了，好像孩子不是他生的。"嘴里继续说着，"进来，老是在院子里发什么呆呀！"

若是门口有挑着李子的小贩走过，怀北这时候一定吵着要买，刘淑芝照例会大声威吓他一通，说些连自己也不相信的威胁话，又说要告诉他爸爸，又说吃了肚子痛，可是到底拗不过，和小贩子争执起价钱来了，三次五次地把小贩关到门外，驱逐着，让小贩"走"，到头，还是买下来。然而现在刘淑芝打起哈欠来了。多么使人倦怠的日子啊！尤其是斜对着孙学孟那个沉默无语的汉子，任什么人也要打瞌睡的。

"你在那里想什么呀？"到底刘淑芝厌恶地望着他问了。

"没有想什么！"孙学孟懒懒地说。脸上现出由于这一询问要振作一下的神色，开始卷烟了，迟钝地用他那宽大的手掌搓着卷成的纸烟，一边喃喃不清地说："我要走了！"

"到哪去？"刘淑芝突然吃惊了。

"我也不知道到哪去好！"孙学孟一点也不注意主妇，自顾自用粗大的手指捻起卷口来，近乎叹息地说，"再住下去，就要住死了……"

刘淑芝就叹息了一声，把所有的郁闷在这一声里倾吐出来似的，又低着头织手工了,神色现着陷入另外的沉思里去。

"淑芝!"孙学孟还是搓着卷烟,这次是放在茶几上去搓了,完全不是他在说话一样,"再别和怀北他爸爸斗口了,实在说,人家给咱们的气不就够受了吗?自己人还斗气……"

"我也没和他斗口。"刘淑芝低低地说,而且立刻眼睛湿润了,证实她刚才的叹息,就是在想着她自己所过的凄凉的伤心的日子。那眼泪早已准备好似的,一滴一滴滴到她的手背上。她擤了鼻子,就从腰襟间拉出那块花格子手帕来:"若不是打仗,我早就领着孩子回去了。"

孙学孟同样叹息了一声,他埋着眼睛,用手指向纸烟口里塞着,为的是把卷口边的烟纸塞进去,并不打算抽的样子,就想卷得完完整整预备陈列似的,同时阴沉沉地自语似的说:"他心里也不好过呀!这不是往年的日子啊!人家谁还给咱们事做。咱们这不是离乡背井地在人家地方混吗?若是在咱们自己老家,日子过得顺顺遂遂的,谁会发脾气?大家伙不都是乐哈哈的吗?怀北,到你妈妈房间把洋火拿来。"孙学孟又喃喃不清地继续说,"你想他心里会舒服,就是一头牛,闲上三年不拉大车,脾气也闲坏了。"

"哼!他可一点儿也不在这上着急。"刘淑芝又擤了一下鼻子,"他还乐得玩儿呢!他恨不能把我和孩子一脚踢开,他好另找一个。"

"那还不都是气话,若是退回五六年嘛,那就难说了,如今快四十岁的人了,你当还是年轻时候那么荒唐?实在说呢,你领着孩子回去也好,在二姑父家等下来。二姑父年纪也是那么老了,看见自己的外甥长这么大啦,多高兴啊!再说孩子跟着你们在一块儿过,也真受委屈……"

刘淑芝像被刺了一下,突然把脸埋在双手捧着的手帕里去,轻轻走向里屋去了,鼻子发出一种低微的声音,从那声音间可以知道,她是竭力忍受着内心的创痛,不让自己发出哭的声音来。手工和织针就从椅子上掉下来,一团线球迅速地滚着,刘淑芝的腿给毛绳阻止的时候,她还用手向身侧拨了一下,仿佛那是根蜘蛛丝似的。

孙学孟抬起头来,向她的将要消逝在门内的背影叹息着说:"不要难过了,难过什么呢?"

过了一会儿,孙学孟又自语似的向着空气说:"难过又有什么用呢?谁也不会可怜咱们的,没有人可怜咱们。"他愤怒中带着一种自己能说出这种话来的自慰口吻,坚决而又无力地重复一句,"没有一个人……如今的世道人心就是这样。你没有看见漓江大桥头上,光着脊梁在石头上滚着的那个人吗?谁又去看他一眼呢?没有人可怜啊。如今的世道人心,就是这样,你碰破了头,你活该。你想,还有公道人站出来说句话呀?没有。一百个人里你也找不出一个。"最后他注视着关起的内室房门,等待着什么反应似的,迟疑了一会儿,就低头望着自己的脚尖,叹息起来。内室静静的,一直是没有声音的。阳光从玻璃窗上透进来,那明朗光辉越发增加了这家宅的沉寂气息,一只苍蝇最初在家宅的玻璃窗上出现,可以清清楚楚听见它扑击玻璃的声音。本来面壁站在内室门外的怀北,呆呆地用手指甲划着门框,现在注意到那只苍蝇,顿然两目发光地悄悄向窗户这边挪移了……多么沉闷的日子呀!

午餐前一小时,贺大杰手里挥着一根柳条枝子,迈着矫捷的步子走上台阶:"外边的山坡上有杜鹃花了,在咱们老家,你说该是什么天气吧!不正是放风筝的时候了吗?你说,日子多么快呀!一晃就是一年,人怎么还有不老的呀……"

孙学孟就表示倾心的同感那样叹息了一声。

那时候刘淑芝就懒懒地走出来,仿佛才睡过午觉似的,满脸现出一种还没有完全恢复的怠惰气色,打算到厨房里去预备午餐去啦。当她经过贺大杰身旁的时候,他就俏皮地用柳条在她头上敲了一下,讥讽地说:"又怎么的啦?"刘淑芝照例是愤怒得像一个受欺侮的丫头那样蹙着眉走过去，于是贺大杰的一只眼睛向他的同僚轻快地眨眨，就开始点着烟斗，在屋子里来往走动起来。见了小鸡又用全部生命力来驱逐了，展开两臂，如临大敌似的，一边愤愤地说："真烦死了，你看，越赶它越往里跑。真烦死了。"怀北照例地闪着胆怯的眼睛，注视着他的爸爸，生恐揪耳朵。于是就忘记了他站的地方，忘记了躲避小鸡……

午餐的时候，贺大杰和往日一样，怀念起家乡的小米稀粥来，抱怨菜蔬的口味说："天天是白菜豆腐，天天是白菜豆腐，真腻死了……"刘淑芝就同样来一阵诉苦，于是夫妻间产生了每天不可少的斗口。她说："又不是我不愿意吃好的，我倒愿意大鱼大肉一天吃三顿。谁喜欢天天吃白菜豆腐呀？我可不喜欢。"

"就是白菜豆腐也能调换着做呀！豆腐就不能红烧呀？白菜就不能炒呀？"

"你有多少菜油呀！"

"那么你烧汤就不用菜油了呀？那么这是白水泡的呀！"

"谁说用白水泡啦！我可没有说！"

"那么是我说的呀？"

"谁说是你说的？我可没有这么说！"

"那么你没有说，是谁说的呢？这不是明明是我说的嘛！"

"我可没有说！"刘淑芝低着头，坚定有力地喃喃。

"那么是谁说的呀？"贺大杰直直注视着问她。

"我怎么知道？"

"你怎么不知道？"

"哎，算了，算了。"孙学孟那时候就用厌烦的口气说，"何必呢？不是咱们的日子过得不宽裕吗？这又怨谁呢？"

"真是混蛋，一吃饭她就找麻烦！"

"也不知道谁找麻烦！"刘淑芝的声音更低了，可是并不屈服。

"谁找麻烦？"

"我也没有说你找麻烦！"

"那么你说谁呢？"

"谁也没有说。"到底刘淑芝流出眼泪来，然而没有一点呜咽声息，离开餐桌了。接着贺大杰有力地挪动椅子。孙学孟就懊恼地想："这是什么样的日子呀！简直是受罪呀！前一世，我们是造了什么孽呀！老天这样惩罚我们呀！"

贺大杰含着烟斗，径直到孙学孟房间里去睡觉去了；孙学孟还是呆呆地坐在餐室里。整个下午，这家宅是一点声音也没有的，只听见院子背后一只母猪逍遥自在地呻吟的声音，仿佛它是沿顺着篱笆散步，仿佛那呻吟声音在说："吃得总算饱了，可是做点什么消遣呢？"

但是在当天晚上，这家宅的气息就完全不同了，这也和往日一样，顾逸夫在这家宅的铺了椅垫的餐室出现了，这是一个真诚而又世故的中年人，三等邮局雇员，《西风》杂志的长期订户。体质强壮，日常穿着西装，可是总使人感到他是一个赶着四轮农车向城里送粮的马车夫出身的人，说话带着吉林省东部牡丹江流域的土音，而且坐在屋子里还是戴着黑毡帽，帽檐下是两只尖锐的眼睛，尤其是当他激愤的时候，那眼光就像两团火焰似的。一开始他们照例谈到物价，谈到抗战胜利的那天会不会在两年以内来临，而且顾逸夫预言着那一天来临的时候，他一定会狂欢得突然血管爆炸而死掉。每次谈到这里的时候，刘淑芝就满面感染着欣喜的光辉，说他不会那样。不过对于她自己却很担心，因为她本来就患着厉害的头痛病。说着说着，就谈到他们的家乡了。一谈到家乡，连孙学孟也年轻了十岁似的。而且不管什么都是家乡的好，比如房子他们家乡的盖法就不同，哪有用手推推墙，连窗户都乱抖乱颤的。在这话题上，贺大杰断定，若是这种房子在他的家乡，那么一场大风，就会把屋顶揭盖的。

"揭开盖。"顾逸夫当时两眼闪烁着火焰说，"你当光揭开盖就中了？这样的屋顶，管保一阵风，就刮得没影儿了。起码得到二十五里外的堡子去找!"

"不用说房子小吧!就拿胡萝卜来说吧!"刘淑芝也插嘴了,"在咱们老家,谁吃呀!这么丁点儿,长得多可怜呀!在咱们老家你就从胡萝卜窖里去挑选吧!两个窖里,也挑不出这样小的呀!"

"老姐!你知道这里是什么土呀!"顾逸夫就说,"你说它是沙吧,它又不是一粒一粒的,你说它是泥吧,可又是干巴巴的,就是下两天雨,也吃不住水,都漏到地底下去啦,这还能长庄稼呀,草都长不肥,就别说人了,连马生在这里都受罪,你看到过一匹像样的战马吗?就是那样的马还要打仗呀!你套上磨试试,它拉得动不?"

"简直是毛驴子。"贺大杰完全赞同地说。

"就是咱们那边的毛驴子,也会仰着脖子大叫两声呀!就是庄稼院拉磨的毛驴子,也会扬扬后脚,朝空踢两下子呀!你说不是吗?老哥!"他又侧过头来向孙学孟问。

"可不是怎的。"孙学孟含糊地这么说。

"这是地理条件。"顾逸夫又说,"再说人吧!你们两位,都是老当差的了,不必说打仗时候咱们家乡军队那股勇劲了,就说穿戴吧,咱们那地界的军队可没有现在国军这种褴褛相吧!谁敢不给弟兄吃得饱饱的,穿得暖暖的,就是咱们那时候的老帅是军阀吧!可是下级军官就不敢这么明目张胆地吃空子呀!你说这不是实情吗?老姐!我可不是头脑守旧满肚子封建,故意说人家坏话吧!"

"这是实情嘛。"刘淑芝用手支着下巴说。然而顾逸夫究竟说的什么,她并没有听清楚,她那会儿正想:"你看看,人家到底是有学问的呀,多么巧妙的话呀!"

"不是吗?呵!"顾逸夫这次又面向贺大杰问,那神气必得再听见一次赞服才会满足似的。

贺大杰就一手叉着腰站起来了,他在室内走了一回,就兴致勃勃地谈起关于一匹战马的故事来。那时候他还是指挥部的副官,刚刚当差，一个二十一岁的年轻尉官，喜欢漂亮，就是在战地来往奔走，军服总是滴尘不染的，一天刷三遍马靴，指挥刀、肩章都是闪光的。只是不满意自己骑的那匹铁锈色的军用马，又瘦又矮，一匹俄国马和中国马的混合种。他几次设法贴补三十哈洋和一个名叫黄国忠的少校营长去交换，照他说："因为除了那个赌鬼，没有人不是讲究漂亮的。"

在这上面他说："那时候我的裤子上那条红线，若是褪了点色，都不穿。你想骑着那么一匹宝贝马，该多么恶心吧！人家的四条马腿细细的，一手搭不到马鞍子，全身发光，身子长，不露肚子。我的呢，身子短，四条粗腿，带着个滚瓜圆的大肚子。"他说，那是在古北口和吴佩孚的军队作战，他还是第一次听到炮声，他正从自己的迫击炮阵地陪着一个本部参谋视察，刚刚跑上个小山坡，就听见炮弹在半空的啸声，他也听不出远近来，可是他那匹宝贝马跑着跑着，就突然栽倒了。他被抛到半丈以外去，醒来，那宝贝马却依然壮壮实实地站在那个山坡上。原来，它是匹老战马，一听见炮弹的响声，就感觉到距离是近了，卧倒下去了。他的同伴——那个参谋却给炮弹炸伤了。

"可是不久，到底我还是把它换出去了，这就是人年轻好胜呀！不务实啊！"最后他结束道，"实在黄国忠那匹马呀！好看倒是蛮好看，可是一听见炮声，就惊得勒不住缰绳，我也不知道吃了多少苦头，那时候可总是喜欢它。现在想想，究竟那时候是什么想法呢？也想不通。奇怪的是，换给人家，倒贴五十哈洋，临牵去，心里连痛都不痛。人年轻时，谁不是这样呢？再说咱们也没有吃过人家什么苦头，哪知天多高地多厚呀……"

孙学孟阴沉沉的口气，把顾逸夫的话打断了。他说："你提起黄国忠来，我倒想起黄国良来了。"

"谁？黄国良没有死掉吗？"贺大杰问，"不是说那年冬天，他死在西安了吗？"

"我也没有问他。"孙学孟说，"那时候，我不是当炮兵连连长吗？

他是第三团的上校营长，你就见过一面。这回我从贵阳来，路过独山，我搭的一辆黄鱼车抛了锚，到金城江还有一天的路，在客栈住一天吧，路费又不够，那怎么办呢？我就提着小包袱，徘徊起来了，就碰见他啦，当时我一点也认不出来，看着可有点疑惑，可又不好问。他穿的就像一个汽车夫，可是皮鞋破得太不像话了。面色也枯了，也许害着黄病吧。我一点也没有觉得他是在什么时候跟着我的，我听见他低声问我：'是不是找车子到金城江？'一听口音，我就知道是咱同乡。我说：'是呀！你有车子吗？'他立刻笑了。他说：'你是黑龙江省人吧？咱们是老乡呀。'又说，'这又有什么话讲呢？本来，我有部车子马上就要开过来的，想拉两个客人，咱们老乡也不必避讳，老实说，干靠几个薪水，怎么过呀！老婆孩子一大堆，你还能叫他们挨饿吗？这回是遇到老乡，还有什么话说呢？就这样吧！你拿三百块钱，就算送给押车的抽烟吧！'这时候，我就记起来了，可是又疑心：怎么黄营长会搞这一行了呢？我一面和他讲着价，又不好说穿，万一我认错人呢？讲了阵子价钱，到底二百五十元定了局，他开首问我带着纸烟没有，接着又说：'车子就要开出来。'让我先交出款来。我又怕给了他却没有车子呢，实在看着他那双破皮鞋，就不大像司机。他说：'咱们同乡还会说假话？难道你还怕我把这笔钱拐去了？'说话时，他笑着。咱们老行伍出身的，就是面矮；而且他和过往的司机打着招呼，仿佛也都很熟。不过那些司机也并不对他怎样亲热。你说交出去吧，又怕万一有什么差错，可是不交又不好，就交给他了。我们就蹲在街口等车了，他说过去他本来是在东北军混事的。'在哪个队伍？'我说。'哎！'他叹息一声说，'不用提了，提起来丢人！'待了一会儿，他就又站起来望车子。从他那抽烟上看，他那天从早晨到中午，就没有钱买过烟，他连烟蒂都吸得烧嘴唇了才丢。'你在这等一会儿，我得去看看。'我这时候明明知道他是老营长了，若是我身边多带着一点钱，我情愿全数送给他。我看见他那憔悴脸色，就说不出地难过，可是又怕他把我这笔钱白白带走了，又不得不跟着他。仿佛他也感觉到我是不放心，就把我领到一个小巷子里去了。他说：'我的家在这。'在巷口一家烧饼店里，就用我交给他的票子买了十个烧饼。他问我是不是到他家里去坐坐。我说不必了，就站在那晒着许多破烂的小孩衣裳的院子外边等。'车子还得等一会儿。'他又匆匆跑出来。又走到街口，他开始揽另外那些从抛锚的汽车上走回来的旅客了，我就在街口的茶馆里等着。到底车子开出来了，我望见他老远向我招手，同时收取着另外一些旅客的款子，原来那就是一些早在我之前蹲在街口上的人：两个青年男女、一个旧式家庭妇人，他们是必定在上车之前付款的。等到我提着小包袱追上车，还没有跨上去，那辆军用卡车就又在旅人拥挤中开动了，因为有些军校学生也在抢着向车上爬，当然他们是不给钱的，可是我就糟糕了，我爬是爬上去了，却不见那个老上司的影子。车上的人又是那么拥挤，又是那么吵闹，车尾后，还有一些人在公路上发狂地追赶，我当时担心，若是司机再向我收钱呢？当然，我那个老上司不是汽车夫，因为我上车的时候，这辆卡车的司机，就从驾驶间的窗上，伸出头来呼喊过。我那个老上司却说：'这些是讲好了的。'可是万一那个司机不认账呢？直到车子在半里外停下来，我才放了心，原来他也跟来了。这时候他跳下来，和我根本是陌生人似的，用手指点着，交代给司机。说是七个人，一千块。他的手里就握着一沓钞票。那时候，他的脸色真紧张呀！而且暴躁地宣称他并没有多赚钱，只拿到四百。他两眼冒火地说，都在他手里，一文都没有动。等到那个司机平静地收下他的钱，他就嘴里抱怨着什么单独走开，我直望着他的背影，他走得是那么匆忙，几乎是离开一场灾祸一样，在三丈以外的公路上，他一个人从裤袋里摸出什么来，那时候他做贼似的惶惑地回头望了望，怕有人追上他一样，看样子他是在数四百元以外的票子。"孙学孟在感慨中结束道，"谁想得到，当年威风一时的黄营长，会落魄到那个样子。"

屋子里顿然沉寂了。一种沉重的阴郁气息立刻渲染在每个人的脸上，顾逸夫低着头，嘴里发出低微的嗟叹，似乎说："别提了，谁的日子过得愉快呢？"贺大杰从一开始就出神地望着他的老同僚，站在餐室中心。现在以一种烦闷的姿态，在屋子里来往走着，一句话也不说。当他望见脚下谁遗弃一根鞋带子的时候，又从容不迫地拾起来丢到墙壁一角的水缸盖子上。

"怎么样？你这两天身体还好吧？"贺大杰第三次走到顾逸夫身侧时，就站住了问。

"好什么？除了胃口，浑身都是病，筋骨痛呀！"他说，"你想筋骨怎么不痛呢？都给人家压扁了。人家是往高里长，我呢？我往横里长，你想高，高得上去吗？压得一层一层的，干了五年啦，还是三等邮务佐，投胎投错地方了，若是投在外省不就好啦！真的，你们笑，你看我不是越来越胖吗？是往横里长呀！"

顾逸夫站起来告辞了，临走还摸着怀北的头发，邀他到他那里去找妹妹玩儿。说是："她有个洋娃娃，那才胖呢！玩去吧！"之后点着头，带着满意的仿佛给这家宅留了幸福似的笑容走了。然而今天，可不同，今天所留给这家宅的是空虚，足足有二十分钟，这家宅一点声息也没有，只有贺大杰来往走动的脚步动静。刘淑芝照例默默地领着怀北进内室去就寝了，心里想着："人家真是有学问呀！"

"咱们太老实了呀！怪谁！"贺大杰突然自言自语，这么叹息。

"大杰，"孙学孟突然说，"我明天要走啦！"

"要走？到哪去呢？在这里大家混吧！反正没有一年半载的了，日本总要完了！若是河南不吃紧，我还想把怀北他们娘儿俩打发回去！那时候，海阔天空的，咱们可以远点走走。"

"我还是想到江西机场去看看，哪怕是卖苦力呢。日子不总会过得有劲儿一些吗？这样待下去，把人也待懒了。"

贺大杰不安地来往走着，两分钟之后他说："也好，出去转转，也许新鲜些。"

他们继续一言不发地过了半小时，贺大杰从孙学孟身后走过去，又从他身侧转过来。孙学孟就固定地注视着地板，就见贺大杰的闪光的花纹皮鞋从他所注视的地点闪过去，他的目光依然不受牵制地固定在那儿。

"好睡啦！"贺大杰这么一说。于是两个人又过了一会儿才离开了餐厅。

第二天孙学孟提着小包袱，脸色显得是那么新鲜，在须发乱蓬蓬的面部之间，有种生命的闪光，而且说话的声音完全不同了，爽朗间带着一种愉快。贺大杰也受了他那愉快气息的感染，他一定要送到火车站，等走到街外春天的郊野的时候，孙学孟拦住他了。

他说："那又何必呢？"

他们紧紧地握住手，那时候孙学孟望着贺大杰的脸，他第一次感觉到这外形俊秀的面孔，是衰老了。他说："大杰，你真的老了呢，不要再和老姐斗口了吧！有什么意思呢？要么把她打发回去吧！"

贺大杰就微笑着说："她是拖着我的衣裳不放手呀！我有那么一天，会偷着溜掉的。好啦！过五月节再来玩吧！"

他们分了手，孙学孟走出五六步，又停下来。

贺大杰大声说："若是混得不好，就做向北走的打算吧！"

"当然啦！"

等到他说完，他的背影就给一辆急驰而过的军用车所扬起的尘土遮蔽住，贺大杰才转身走回来，一路上低着头，鞋尖踢着路边的石子。

孙学孟走后，连着下了半个月的雨。这半个月就没有人见过贺大杰夫妇的影子在那所院落里出现过。门窗整天关得紧紧的，仿佛他们搬了家。实际上呢？他们几乎连鞋子也不穿，天天倒在床上睡，连九岁的孩子怀北也挤在床上不下来，生怕睡的位子给他的爸爸侵占了似的。

1945 年作

可疑的人

一

　　沿津浦路一个属于江苏省份的 M 小镇，是在政府军手里统治着的，相反的那就是说离镇十五里就是共产党的解放区。M 镇的四周，有些敌人占据时期遗留下来的碉堡，现在就由政府军斥候队驻防。不用说，镇上是相当荒凉了，午后四点街上的商店就关门，而且就是白天，交易也很少，因为各商家的存货本来就不多。

　　离 M 镇五里路，就是首善乡的保民小学。这里只有一两个教员，一个是保长的妻舅，一个就是孤僻而吝啬的毛建民了。从县立简易师范刚毕业，他就在这保民小学教书了。他是作为他的保护人的远房叔叔推荐的。从他这远房叔叔得肝病死后，七年来，他就决计不到一里外的毛家庄去了。很本分地，过着他的勤苦的日子。这里所说的勤苦，是指他的课外工作。那就是说，他在操场旁边开辟的菜圃上灌溉、拔草、捉虫子。此外，他养着二十多只母鸡和一匹名叫大黑的突着肋骨的老狗。他上课，它就蜷伏在黑板底下；他提着鸡蛋到镇上去赶集，它就在他背后跟随着。

　　若是大黑在路上遇见别的狗挡路，它就老远绕着道回避。原来它和它主人一样老实、善良、怕是非。若是小学生跳进它主人的菜圃里去拾球，或是母鸡飞上菜圃的篱笆围子了，它就奔扑着噪叫，因为它和主人一样吝啬、孤僻，最忌讳别人损害或碰到它主人的东西。

有一天晚上毛建民被捕了，因为他在聚丰茶馆里说了犯忌的话，而且在他的抽屉里搜出可疑的一些染红的玉蜀黍种子。

聚丰茶馆是 M 镇后街上一个最热闹的茶馆。被捕的前两天，他到镇上去拜望老校长张海蓬。虽说是老校长，可比他年轻。七年前他离开学校是随着国军退走的，这次从重庆回乡只住了两天。那时候正是收麦的日子，连寄宿生都被家长接回去帮忙了，学校里只有毛建民一个人，觉得闷得慌，就锁上门去看张海蓬。不想老校长待他很亲热，留着吃午饭，并且强让他喝了半杯麦酒。而且谈得蛮愉快，何况又吃了有生以来第一次吃的半杯酒！辞别主人，毛建民就没有直接回到首善乡去，本来想在镇上带领着大黑随心走走，却不意在聚丰茶馆门口碰见一伙庄稼人在那里围着一匹骡子，估量身骨和价钱。有两个上磨坊的人蹲在骡颈底下品评蹄子厚薄、蹄口的大小。毛建民也站在那里提了些意见，并且拍了拍骡项背，心里着实赞赏了一回。这时候，他被一个叫卢大斗的学生家长发现了。

"先生，你怎么能见外呢？进来喝碗热茶吧！又不是请你吃小鸡。你若是见外，下回哥儿们碰见可没话说了。"

"我是不喜好喝茶呀！"

"你怎么能这样说呢？"

"我是说实话呀！茶我是不喝的。"

"难道弟兄们喝碗热茶的交情也够不上吗？"

"倒不是这样说呀！那么在一块坐坐好了。"毛建民走进去时这样说着，"茶我可是不喝。"

"你若再说一遍，就是瞧不起我了，怎么好那样说呢！"大斗到底坚持地给毛建民泡了杯龙井。同时那个小学教员也坚持着："就是泡了我也不喝的，我说实在的。"

同座有个大斗的赶集伙伴，也是个心地纯正的农民，敞着健壮的宽阔胸膛，一条腿竖在凳子上坐着。现在大斗改口说："毛先生，你看这两天那边会不会打过来？"

"那怎么说得准呢！没人敢说会打过来不会。那怎么敢说呢？"

"可是昨天就在镇上捉住那边两个探子，说是从菜担子底下查出两条枪来，还都是老婆们呢！"大斗又说。

"那也不一定，有人亲眼看见了吗？我可不信。"接着就叹息了，那是什么原因也没有的，随手拍着仰望他的大黑的脑壳。

那个袒露胸膛的农民抽着烟突然大声说："反正种庄稼的人遭殃，这还不及日本人在这镇上住的时候好过了。就拿马料来说吧，一要就是五六百斤，我们一甲谁能有富余草料喂牲口呢！"又用烟管指着门口的树根桩子说，"你看就是镇上的树吧，不都给他们砍光了，那么我们送上去的烧柴呢？都到哪去啦？人家日本军队可没有这样糟蹋黎民百姓呀！"

"那不是还是因为有汪主席在当中替黎民百姓说话嘛！"大斗和缓地说。

"你怎么能替汉奸说话呢！"毛建民微有愤怒地说，"咱们可不能这样说呀！人家要笑话。你知道汉奸是替日本人出力呀！帮着日本人在人民跟前讨好，实在是缓和了百姓对日本人的斗争。"

是的，这话不是毛建民口里所能说得出来的，实在是他刚从张海蓬那里听来的，而且正因为他替那些判罪的或待审的汉奸惋惜，才遭受张海蓬的抢白，现在他正是用着张海蓬的口吻又这样重复："我们可不能这么说，叫人家笑话。"他说这话时，邻座的前任乡长，从新闻纸上抬头向他望了望。毛建民也注意到他的关切了。敌伪时代虽然他对那个前任乡长尊敬过，就是说显得恭维，而且有礼，可是现在他是蔑视的，因为直到今天，他还欠着他们保民小学两个月的教师米贴，自然那是永远也没有指望的了。

这之后，大斗和他谈到小麦地改种烟叶子的问题，并且毛建民顺便向他讨玉蜀黍种子了，因为他曾向后者讨过蚕豆种。

"我倒有一盆子好种,就是撒上了红染色呢。"当他们走出来的时候大斗向他说,"那不是我家的小斗他娘要染小鸡嘛!颜色放在小罐里,给孩子们拿出去作践了。"

在去大斗住的村子的路上,那个袒露着胸膛的农民又带领他们走向有着一丛松树林的坟地路上去,那里靠近他的棉花地,因为大斗要看看他的花秧。毛建民也就不得不带领着他的大黑跟随着。在棉花地边的松林里,三人蹲在坟上又谈了一会儿镇上纱厂能不能开工的问题……毛建民那天回到首善乡已近黄昏,实际上除了碉堡上的哨兵,没有一个人看见他这么晚回来的。就在他回来的第二天夜晚,他被捕了。

二

他最初一星期囚禁在 M 镇西南角一个古庙里。因为有红色玉蜀黍种子作证据,而且毛建民也承认确实他说过"斗争"这个词儿。他在这古庙里被囚禁的时候,被审问了三次,都是在深夜,而且第一次就受了严重的肉刑。这些都是毛建民最初没想到而且永远也不能忘却的。

实际上,被捕的第一个晚上他确实是恐惧的,因为他不知道他是被囚禁在什么地方。窗户都钉着破板子,只有两块地方有漏洞,而且没有月亮,那漏洞只映在壁上两块灰色的光辉,屋子里到处是潮湿的稻草,毛建民就竖着膝,局促地蹲在墙角。逮捕他的那两个便衣人物,不时地划火抽烟,又不时地打手电向他照,而且又试探着向外推推钉窗户的木板,扼住窗棂用力地摇撼几下,防备他会越窗逃走似的。毛建民就越发感到空气的沉重。不错,他在上一星期和那代校长吵过架,说过:"要是县长压了我的米贴去放高利贷,我也要告他一呈子。"本来是威胁话,现在想起来,是多么可怕的一句刺激话呀!他又窒闷又不安,虽说地气很潮,但他感到身上渐渐有汗,给汗水浸得衣衫都湿透了。但到天亮,他反而坐在那稻草上,依着阴湿的土墙,打起盹来。迷蒙中做着可怕的梦,还听见黎明时候的鸡叫,还知道,那两个便衣人物调换了两名警察,似乎也看见警察手持的驳壳枪,感到用手电向他照的光,以及听见小声说"要负责任"这句话。然而他在打着瞌睡。直到他出去解手回来,才清醒。原来那时候他才知道自己是囚禁在什么地方了。院子很小,高墙,侧门,地上的青草有三尺高,都把石子砌的走道淹没了,窗户板上全是鸟粪。隔院有军人的早操口令声。他知道这原来是驻军的那庙宇另有门径的后角院。最痛心的是他想到临走门也没来得及锁,一早晨那些母鸡该在埘笼里拥挤着叫了。他的衣物,他的粮食,将要给人偷光,他的菜圃,将要被孩子们糟蹋……这一整天他没有被提审。那两名警察大白天守着油灯抽烟,沉默着,还时时用眼睛斜睨他,那眼光是多么使他寒战呀!他有两次听见后窗外有人自由走动的脚步声,那是什么地方呢?什么人呢?他得到了偷窥的机会,呵!原来这庙宇的院墙连接着屋壁,这窗口外就是田野,他还见远处有一道浓密的树林,带形地延展开去,不用说那浓密的林荫底下掩遮着的是一条河流。偶尔也能听到一两声耕牛午眠过后的鸣声,多么自由的世界呀!燕子时时掠过小麦地。然而只隔了一口窗,连说话都被禁止了,这永远的沉默,使他感到胸口膨胀,将要爆炸似的难受,一个警察也居然懒懒打起哈欠来,他是公牛那样健壮。"这儿有针么?"他小声问。为宽慰自己,他似乎振作起来要补裤子了。

夜晚十点钟毛建民终于被带到警察派出所隔壁一个暗室里去。路上那两个警察仿佛是挟着土匪一样架着他。毛建民的脸子已经苍白了。审问他的又是暗室,四壁有两个门,全是木板,没有一口窗,而且桌子上除了明晃晃的蜡烛,还放着麻绳,毛建民的腿就发抖了。

审问官似的人物有四五个,他们的脸都红光焕发,仿佛许久没有聚餐又遇到有大碗的炖鸡和喷香的烧甲鱼的宴席了。都是外省人口音,都不像文官,有的健捷而有力地跨着大步。主审官是个富商打扮的中年人,傲慢而严肃地努着嘴,当一个有着两颗骨碌碌乱转的乌黑眼珠的人,用手指骨敲着毛建民的脑袋说"问一句说一句,老老实实的,不要讲谎话"的时候，他就那么努着嘴向他注目。当他回第一句话的时候，他就被连续地打了七八记耳光，他的嘴唇和耳朵立刻滴下血来，因为他回说："什么奸伪组织我听不清楚。"那有两颗乌眼珠的人打着他耳光，他还跳跃着，为的是越过那人的肩头求救似的巴望着那努嘴坐在案后的人物高叫着："我只说过县长的坏话……我的堂叔兄弟还在重庆抗战呀！"

"你的堂叔兄弟抗战与你有什么关系？"

于是他嚅嗫地说："没有什么关系。"

又问他在聚丰茶馆说过些什么，问他什么叫斗争。他沉默着，等到那审问者说："一个国家都给你们斗争成两半了，你知道不知道？"毛建民又说："知道。"于是那主审人物周围开始一通耳语和议论之后，决定用刑来逼逼口供了，试试到底是装糊涂还是狡猾。

于是毛建民被警察挟持到长条凳上，膝盖上部的大腿捆扎了绳子，脚底下开始填砖。毛建民流着泪水狂叫了，满身流着汗水，他颤抖地说："那玉蜀黍是做种子用的，给染小鸡的颜色弄红的。"又说："从我祖父起，我们都是不喝酒的好百姓。"在这些哭诉之间，夹着哀叫："我的腿断了呀！"

"我问你。"那有着一双乌黑的骨碌碌乱转眼睛的人，低声俯在他脸上问，"你把他们带到棉花地，不是开会，那么到底是做什么？"

"看棉花地。"

"看棉花地，是什么意思？"

"什么意思也没有呀！"他叫着。

"你要买棉花吗？"

"不买呀！"

"那么为什么去看棉花地呢？"

"什么也不因为呀！"

"再加一块砖！"他昂头严厉地暴叫。

毛建民像垂死的小鸡一样，颤抖着两臂，他的口水和汗珠混合在一起。为了不让他呼喊，用擦枪布堵上了嘴。

一小时之后，他从昏迷中醒过来，他的头上已经泼了半桶水。他被两个警察拖到门口，又拖到街上。那时天还没有亮，月光苍白的，远处只有三两声狗吠。像拖一只死狗一样，到底从街道上拖到囚禁他的那个荒寂的地方了。不用说，毛建民的布衫和裤子，给石子划烂了。腿上到处是划伤，还在街上丢掉了一只鞋和两根腿带。然而毛建民脑子还是清清楚楚的，在街上他还知道一只贪馋的狗，跟随在他腿后被警察驱走了。

这时候，他第一次感觉到他在这世界上是怎样孤独，没有一个人关心他，他能向谁去求援呢？就是他教的那些小学生也不会关心他的，因为他从来也没有关心过他们，疼爱过他们。他是在冷酷中长大的，因之对谁也没有仁慈过。他的远房叔叔若是活着，那么一定会出力保他的，可是他死掉了，而且他死掉七年，他就没有到他的坟前去看看。不管哪一年的清明，他也没去呀！他所最关心的倒是那些下蛋的母鸡和容易生虫子的菜圃。而且他第一次感到他是和他的国家和政府接触了，同时也是第一次明白了偶尔从新闻纸上所知道的人权、真理和自由的真实意义。虽然以前他确也在课本上对小学生讲过，然而那时他自己只是那么说说而已，因为他都是以为那些观念只有入大学时候就是说受高等教育的人才能讲究的，而在乡村，主要的倒是个人美德，俭朴和诚实。

他的两腿是麻痹的，两颊却火热，仿佛是肿胀的感觉。而且他是过度疲倦的，他是瞌睡不堪的，可是睡不着，永远也不会睡着似的。然而那两个看守，倒呼呼大睡了，一个堵在门口，一个蹲在他头旁，靠着墙壁。自然他们没睡前，曾经发过仁慈的问询，例如："是不是骨头痛？""要不要用草灰涂一涂？"又可怜地关心他有没有亲戚。是的，他们都是好心肠的，然而那些……他们怎么能像土匪一样虐待人、伤害人呢？他在似睡非睡状态中，思索着。他似乎听见黎明前公鸡的叫声，似乎望见金黄色的美丽阳光，似乎他是站在广阔无际的空旷上，似乎听见大黑迷路的吠叫，似乎听见有人在早晨的新鲜空气里呼叫。这是真实的，那是黎明时候，他第三次醒来，他移近窗口，跪伏在用木板钉的窗户漏洞上。那无边际的美丽的天空呀，那些早起的燕子和飞鸟呀，多么愉快的鸣声！多么幸福地追随母燕低飞的乳燕呀！他的两腿不会残废吗？怎么跪着就这样发抖。毛建民这才发现一只耳朵也聋了，那是为凝结的血液所塞结的缘故吗？……为什么以前他没有发现这宇宙的美丽，这些早晨飞鸟声音的和谐悦耳呀，他感到自己原来是这样爱它们呀！而且这样热烈地爱着呀。然而他的两腿发抖，他的耳朵和面颊骨作痛。正在他要仆倒下去的时候，他望见在二十步之外的一个小学生了。他是那么活泼地追逐一个小牛犊，那小牛犊和他嬉戏似的突然站住，突然逃避。毛建民认识那是三班的，但不知道他的名字，他的心口跳着，他是多么希望他能发现自己呀！自己是多么想向他呼喊呀！然而他错过了机会，那小学生愉快地呼叫着向小牛犊投着土块，越跑越远了。

　　"能看见我又有什么用呢？我从来没有给过他们好脸色！"毛建民叹息了，两手捧着头，因为他们常常越过他的菜圃篱笆。实在说，小学生之间有时候彼此恶作剧，故意把对方的帽子抛到毛建民的菜圃里去，那就是对敌手的很好的报复，就是书没有背会，也不会像跳入毛建民的菜圃那样受责骂。毛建民一想到这，就开始痛苦了："是的，我过去太不关心他们了。"然而不管怎样，他还是希望有一个能被那小学生看见的机会。他又颤抖两腿，跪伏在窗前，这次他望见那个小学生牵着一头母牛，用树枝又驱赶着小牛犊，走过来。原来离窗口二十步远的红薯地垄崖头，有一口井，他是到那去饮牲口的。毛建民心口跳着，他不能发出响声惊动那两个打着鼾声的警察。到底他想到一个巧妙的主意，从窗台上捡起土块，由那漏洞远远投出去，而且从另一个漏洞里窥望,同时伸出胳臂向窗外招手。那时候,赤脚的小学生正由于远处投来的土块而惊疑地瞭望——他突然睁大了眼睛,向着那窗口外伸出的手跑来。及至近前,他又突然停下,他给那污浊手上所染的血迹吓呆了。若不是毛建民很迅捷地从漏洞口现出眉眼来,那受惊的小学生一定又逃开了。现在他走近来,显然他还不认识这是谁,到底那眼睛有一种热烈的光芒逐渐展开来,他认出那是谁了,仿佛他已在那苍白的眉眼间找到了一些熟悉的痕迹。但他不作声,静默地、奇特地、害怕地注视着,又像等待他的教师的任何吩咐一样,然而不等毛建民开口,又拔腿飞跑了,越过井口,和他的母牛,飞跑了。

毛建民之所以没开口,是因为他当时不知道说什么,而且他已听见警察大声呵欠的声音,他们准备起身了。望见那赤脚的小学生跑开,他就衰弱地颤抖着两膝匍匐在窗底下了:他会找谁去报告消息呢?毛建民叹息着,他的亲人只有那个衰老的大黑。警察开始关切地问他伤得怎样,是不是要喝水。他是那么感激地流泪了,他喝了足有一瓢冷水。那是警察代他到外面讨来的。

"你不能让身子吃亏呀!还是说实话,你知道好汉不吃眼前亏,你是读书人。"

"我呀!"毛建民说,"我没有什么对不住政府的事。他们说我是奸细,那是因为我得罪了人,反正我心里是明白的。"他吃惊,他自己竟说出这样大胆的话来。

仿佛他获得魔鬼的支持,他颤抖地说:"我是没有死罪的,你们放心,我永远忘记不了你们的大恩。"

警察就装作替他悲愁地安慰他:"人人心肠都是肉长的呀!谁的心肠不是软的呢?你要是喝水就说,我给你讨去。犯法连肠子也犯法了吗?"

另一个说:"那可不是,人受罪,胃口可不能受罪。"

"他们还会用刑吗?"

"那他们怎么会不用呢!"那个好心肠警察突然噘嘴说。"可不能问这些。"

毛建民听见窗外有一种奇怪的响声，石子敲墙的响声，他的两腿颤抖着，心也颤抖着。然而他不能再跪伏在窗口上，因为外边天已大亮，屋子里已经点起油盏灯，而且警察们就盘腿坐在他面前，一个在擦枪，一个在嘟哝："早饭还不送过来。都是些王八蛋。"那原因他是熟悉的，厨房没有得到犯人的油水。当毛建民望见那个小学生从窗口漏洞外闪逝的眼睛，他就向那两个监视人努努嘴。他心里是渴望着那个小学生要报告他什么消息。一直到黄昏，他都没有间断地听见外面的响声，有时是远处的口哨，有时是近处的掷石头声。

最后，毛建民得到一个监守人添油的机会，他颤抖着两膝伏在窗口上了。他发觉手里塞进了四个鸡蛋，显然是揣在怀里的，还保留着温暖。毛建民突然一阵难过，他落泪了。他是多么感激那个赤脚的孩子呀！他是连晚饭都没有回去吃呀！为的是把这四个鸡蛋递到他手里。那是有着怎样一颗赤而热烈的心灵呀！他第一次感到人间的爱，正像他所发现的黎明的美丽、阔野的新鲜、晨雀声音的悦耳。同样，他的心灵里被埋下了一粒种子。

一星期之后，毛建民被移送到另一个执行监禁和劳动的场所。那时候，他的面容是异常憔悴了，十年的老罪犯那样蓬首垢面，而且带着害风湿病似的两条颤抖的腿，自然是赤着有血痕的两脚。然而谁也看不出，这褴褛而可怜的形态里埋着一颗将要发芽生长的种子，依靠仇恨与憎恶培养着的种子。当他遥远地从夜深的气色里向一排密树林背后望去的时候，那是他默默向他那孤寂的"家乡"告别，他现在怀念着他的可怜的大黑，会不会这时候，它在坟地去找寻婴尸而用鼻子嗅着土地乱走呢？同时他心里嘲弄似的说："哼！棉花地，红色的玉蜀黍种子，真见鬼……"

1946 年 6 月 22 日作

由于爱

一

一九三七年保卫祖国的战争中,邰浩然在上海外围阵地受了伤,肩部和左臂都有炮弹伤口,从崩毁的壕沟里掘出他来的时候,他已经在昏迷状态里了。额角擦伤处,血水淋漓。不久,他被担架抬到阵地临时医务所,从那里又用卡车随着许多伤兵和尉官输送到上海市郊的中山医院。三个月之后,他离开浙江金华的一个临时休养院,在回到他的部队之前,他要到江西去探望他的家属,就是说,他的年轻的妻子和一个不到一周岁的男孩子。三个月来,他的印象最深的,就是医生和护士们的高度热忱,青年学生的慰问,那是使他感动得流泪的慰问,还有血腥气味和苍蝇的嗡鸣。所有这些,都给他生命染上了光辉,在中国的土地上,他是骄傲的。他的精神是这样饱满、愉快。虽然这时候,南京已经沦陷了,然而他仍然充满了对于祖国未来的光辉希望,这希望也就是和他自己的前程联结着的。可是不管怎样,他还是要赶到江西去看看他的年轻的妻子。那时候,他所属的队伍正在调动,三天前听说开到绍兴附近,现在又听说已调往马当,而且他在浙赣路的每个火车站上都碰到向北调的步兵,都是神色惶惶的,说起来都关心他将来难以找到他的部队。他是一路打听着自己部队的行踪,可是又一心完全相反地到吉安去看他的太太。

邰浩然是黑龙江省人,父亲就是有点小名望的校官,土匪出身,东北为张大帅统治时代，一直是握着兵权的人物。他自己是东北讲武堂毕业。在沈阳，仗着武装带欺负人，也曾经染上过砸戏园子、饭馆什么的恶习气。但一九三二年流浪到北平，他就逐渐变成沉默而又过分自傲的脾气了。对未来，他有了自己的憧憬和抱负。他读到一本关于拿破仑的传记，在那民族受欺凌和残杀的年月，他总以为是英雄的世纪降临了。不用说，这也是受了军阀式家教的影响，虽然他父亲已经退休，却依然期望着自己的儿子未来能掌握着一个地区的军权。他们父子都是崇拜张作霖的，两颗普鲁士人的心魂。

一九三三年，邵浩然投考了南京的中央军官学校。那时候，中央军官生在南京还是保持着为青年知识妇女所崇拜者的光辉。实际上，他们也确以为未来的民族光荣和国运是操持在他们的手里了。尤其是邵浩然，仿佛中国的未来少了他，那将要失去家的主宰似的。在这里他读了《怪杰墨索里尼》，在当时这是最流行的一本书了。但对于他周围可接触到的少女，却很漠然。但这漠然是正为她们所不甘的，只要碰见他一次的，都仿佛有种要在他身上试验自己的娇美和智慧的力量的欲望。就是他的轻蔑的微笑，有时都是她们珍贵的谈话资料。

有一天，他陪着一对恋人去散步，那就是他的好友胡秉钺和他的未婚妻吴小蓉。胡秉钺和他同是炮兵科的优等生，但两个人生活上又各有不同。他的同学是广东人，短小，活泼，总是谈笑风生的；而他自己有时豪放，有时又阴沉，身材魁伟，不会巧言。但他们相处得蛮好。至于吴小蓉，却又是一个习于都市生活的江南小姐。身段柔弱，微笑的时候，两只乌黑发光的眼睛娇憨地望着人，娴静而又端庄。但只要有人向她献点小殷勤，就能讨到她的欢心。对于邵浩然，她是由于她的未婚夫而保持着温暖的友谊的，但又有些畏惧。

这天是个晴朗的日子，当他们三个人谈笑得兴致淋漓的时候，在阔野的一个林丛间，胡秉钺遇见他的一群步兵科的同乡。那些尉级军官生正野餐归来，有一个醉兴勃然地高声歌唱着，挽着他的爱人，拦住了胡秉钺,但邰浩然和吴小蓉却并没有过分注意地微有矜持地走过去,实际上吴小蓉要等候她的未婚夫的,由于邰浩然,她也就不单独停留下来了。树丛背后,又是一色大好的阳光,邰浩然跳过了一个溪水勃勃的沟渠,吴小蓉也欢笑着跳过来了,面颊红润,那瞬间,邰浩然注视着她的眼睛,仿佛要从那乌黑的眼光里发现什么似的。

"你怎么那样看人呢?"吴小蓉不自主地依靠着他的肩膀低头踢着石子说。

"你的脸色红得多美!"邰浩然轻轻说,并用手指帮她抬起头来。吴小蓉和他两个人都停下来,彼此面对着,他迅捷地吻了她一下,两个人就向来的路上回顾了,仿佛直到现在他们才发现阔野只有他们两个人。邰浩然并用双手做传声筒,大声呼唤着他的好友,等到从树背后听见胡秉钺的应声,他才安心地向吴小蓉又一次注视了。两个人的脸色都是新鲜而幸福的,欢迎胡秉钺似的,又奔向溪流了。吴小蓉怂恿她的未婚夫,要他两腿不分开,一下子跳过来。但邰浩然突然感到不欢,提议回去,一路上沉默地用靴尖踢着石子,心里自嘲着:这是多么无聊呀?就是他自己跳越那小溪的时候,也没有想到身背后的吴小蓉,这完全是一种偶然。他并不是想到他对他的好友有了某种玷污,而是他本来就没有爱她的心思,他所需要的爱情是在他未来的妻子那里的,而他的未来的妻子又是没有准型的,但可不是她,不是吴小蓉那种十足娇柔而且又轻捷如小鸟的人物。

他所幻想的该是一个未来的将军家宅的主妇。一九三五年暑假,正当他二十八岁,在北平度假期,遇见刘步芳的时候,他的幻想才完全有了定型。

这是一个少妇型的女人,发育完美,体态健壮,又有着相谐和的高度。脸色红润,那色泽,充满了热情和欢乐,仿佛世界上只有她生活得很幸福。如果说吴小蓉是一个小鸟,那么这是一株大红色的牡丹,嘴唇肥美,心胸开阔,有着两只永远愉快的眼睛。邰浩然是在自己的家宅的客厅里遇见她的。她的父亲是一个生性浑厚的老人，曾经和那个老团长在一个军团里共过事。那时候，他给军阀张作霖当副官长，一见邰浩然，他就欢呼着，惊奇他老友的儿子长得是如此魁梧高大了。治家有些冷峻的邰老团长，在和邰浩然相处的场合，往往过分庄严，现在几乎轻蔑地说："那是你刘叔然伯父，怎么连句问候话也不会说！"见他向自己的老军友行过军礼，就又说："还有呢——那不是你刘老伯的大小姐么？"并说他笨，口齿不灵活，怀疑他将来怎么会调动三五万人的部队呢。那个老副官长就笑着大声说："你还不中意呀！有这样一个孩子，你该中意了。再说带兵也不用什么口才，有干劲就成。"

　　那时候，邰浩然就向刘步芳望了一下，他发现她的微笑和宽慰性的眼光，仿佛是说："你不管怎样都是好的。"实际上，两个退伍军人的谈话，他是根本就没有注意的。但他向她注视了一下回报他的衷心感激，就端正地坐在宽大的靠椅的一个角上了。从他和她第一次见面，就一直是这样，他是不会在人跟前献小殷勤的。若不是她顺从父亲的旨意，若不是她过分地敬爱着自己的父亲，她是绝对不会和他结婚的。若不是他一见了她就爱慕起来，那么他也绝对不会听从父亲的布置的。在暑假中间，他们相互尊重地来往了几次，第二年暑期，就结婚了。

　　一九三七年春天，邰浩然充满着幸福地带领着他的新婚的妻子，最初到了湖北京山，他的连部就驻扎在那个县城的郊区。他的队伍是属于F军的炮兵第三团指挥，他是炮兵连上尉连长。五月间，他的部队又被调到江西一个三等的荒僻小县城去。在那山村式的县城里，他的太太开设了一个规模很小的产科医院，由于温饱和平庸，他们的生活是很幸福的，刘步芳已经不再怀念在北平的那些很好玩的青年男女了，更感觉不到他们夫妇之间有种什么不大调和的东西存在了。同时邰浩然憧憬的未来，也就是她所希望的全部，对于她以前所喜欢和幻想过的、做过梦的，现在是完全淡漠了。

这年八月，邰浩然在他的驻防地得到了紧急出发的命令。——当邰浩然上尉的勤务捆扎好他的行李，而他也准备走出他那租居的古老家宅的时候，刘步芳从沉默地向他的注视中醒过来，她在门口拦住了他："我有话说。"

"步芳，安心吧！"他像哄孩子一样两手把着她的臂，"为什么要这样呢？"

刘步芳现在突然把脸埋在两手里，伏在他肩上啜泣起来了。她说："我也要跟着你去！"

"你为什么要这样呢？"邰浩然又这样说了一遍，自己也感到这话是多么无力，就又说，"你怎么能跟着部队去呢？这是紧急行军，这是战争呀！"

"浩然！"刘步芳终于毅然地说了，"你辞职吧！"

"辞职做什么？"邰浩然还笑着，他说，"那么我让你养在家里，什么也不干么？"

"我们可以做个小买卖……"

"去你的吧！"邰浩然愤怒地站起来，"你怎么这样呢！我真不明白。"他转过身去走了一步，又回过身来说，"这是民族的战争。"到底又坐下来了，充满温情地说，"步芳，不要这样了，我不会给他们打死的。我有这个自信，你知道，打个一两年，我的领章，会换成金板子，那么有一两师人在手里，我在中国说话就有力量了。我要统治中国。那时候，各省，不论大江南北，各县、各个小镇市，都开设一个国家的医院，你看好不好？我们在青岛盖所别墅，夏天去避暑。我的军队裤子都有条红线，团长以上就是金线，每人一件黄呢子斗篷，大红缎子镶里……人都是靠着幻想活着，好啦！再说，咱们整天在一块，寸步不离，那还有什么意思呢？一点味也没有了。好啦！我们若是今天夜里不出发，明天早晨再回来看你。若是出发了，你看吧！再见到我的时候，领章就换了。"说话的时候，他重新扎着武装带。"像小孩子似的。"他自语着又问，"是不是我今年春天胖了？怎么扣不上原来这个洞眼了呢？"

"你里边穿了绒线衣嘛！"刘步芳用手绢揩着湿润的眼睛这样说。

邰浩然向她笑了："真是小孩子！"他吻了一下她的面颊，他走出门口一步又退回来。他说："若是我能把你的这两只眼睛做个小袋子装着戴在胸口上，就是死了我也甘心瞑目了。"

"净说胡话。"刘步芳半谴责半恬静地说。

在门口她叮嘱若是夜里不出发就回来，又说，路上不要断了信。邰浩然回头望了两次，只见她一直呆立在院门口。他向她摇晃着手，在一条僻静的巷口转了弯，迈着战斗式的大步匆促地走向城郊的小山坡，那山坡上有一座古老的城隍庙，他的连部就驻扎在这个松林竹丛繁茂的古刹里。

当天的深夜十一点钟，邰浩然在肃静而激动的空气中，巡视着在忙乱地捆打背包的分属各排队的士兵。他的脸色是严肃的，只要听见一声咳嗽，他就会追究，自然是不准有一个士兵耳语。十一点二十分，星空底下队伍在正殿的宽阔院落里集合了，到处是匆促的脚步声和瓷缸与枪柄相撞击的金属声。"快！"他听见排长的催促声。就在这时候，他听到一个耳熟的口音，那是刘步芳。她在问询："你们连长呢？"

"做什么？"邰浩然大步走过去，他问。

刘步芳是和一个女护士同来的，她们两个人喘息着，仿佛是跑上山坡来的。在星空底下，邰浩然只依稀地望见她那痴呆的脸上，闪着一团火似的眼光。她嗫嚅着，最后小声说："你走了……我一个人在这里……"

"那又有什么，一个人就不能独立了么？"邰浩然大声说，仿佛是让他的部属也可以听见似的。"你陪着把她送回去吧！"他又向那女护士这么说了一声，就走开去，一踏上大殿的走廊，他就面向着他的部队宣布紧急行军的法规了。他说:"路上不准抽烟,不准打电筒,而且两人一行每行保持三尺的距离。"因为这是防备敌军侦察机和空中扫射的。训话时,他向大门口看了一下,那大门外深空的星光反衬底下,刘步芳的身影仍然站在那里,像坚固的塑像一样,低着头在暗泣。

于是队伍出发了。邰浩然冷峻地从他太太身旁擦过去,愤然地厉声问着:"谁?"那是由于他望见手电光在远处林丛间刹那一闪而说的,实际上队伍蜿蜒地穿过林丛,前面的领队间已经在小声议论着了:"那是连长的太太么?""还留在院子里和她说话呢!""谁?""好硬的心肠!"只是邰浩然听不见而已。从他身边走过的炮兵,都是怀着严肃而有所警忌的寂静,距离一远,同样小声传播着关于连长太太的谈话资料了。

邰浩然站立在城隍庙门的旗杆石上,威然地向岭下注望着,但心里想:我还要叮嘱她几句什么话呢!她更要纠缠着我了!女人,真是,她永远不会明白丈夫之外的世界的。他并没有回顾,但是感觉到刘步芳在他背后的阴暗门堂里向他企求什么的眼光,终于他离开了旗杆,迅捷地摆脱什么似的,跳跃式地走下石级走道。而这一果断的行为,立刻从队伍后尾向前传开去:"连长一句话也没有说,把她掷在院子里,向前走了。正在第二排走着呢!"

然而邰浩然穿过林丛逐渐不安起来,因为这是一个幽黑的深夜,天空只有一片细碎的星光,而且那城隍庙是荒凉的,土岭四周没有什么农舍和村庄,假若他的太太在归来的路上遇到歹人呢!自然这是不会的,邰浩然又宽慰着自己,并且厌恶地想,她怎么这样孩子气呢?等到走上公路,越过县城外的一条河流,而且远近狗狂吠的时候,邰浩然立刻决定打发他的勤务兵赶快回到土岭去接迎刘步芳。他并不避讳从他身旁走过的列兵们,他向那个名叫李俦的勤务兵说:"把她们送到城里,就赶快追队伍,听见吗?"

"听见了。"

"快去吧！跑步！"

李俦奔跑的脚步声消逝不久，邰浩然宽慰地叹息了一声，也就跟随队伍大步走着了，但仍然回头望了两次，想从沉寂的传来狗吠的地方，发现什么可以安心的声迹一样。然而不幸的是任什么也听不见，只是他的部队的喘息声，匆促的脚步和排队之间的骡蹄声，邰浩然越来越不安，有一种不祥的预感似的，同时，在公路上会合了F军的炮兵第二营的部队，他自己是没有方法可以抽身赶回去叮咛她几句话了，他开始懊悔，不该在那时候不宽慰她，向她说两句什么。炮兵第三团团部的传令兵骑着马从队后赶来向他说："齐营长在团部开会，队伍今天驻扎到S镇。"S镇距离赣州还有三十里路，天还没有亮，邰浩然的队伍就赶到了。他派出去的前哨，已经为他找到了宿营地，那是一个院落广阔的天主教堂。邰浩然安置好了队伍，就不安地来往逡巡了，疲倦而又焦急。院子中央的稻草堆时时有炮兵的面影闪动，他们在偷偷地抱稻草作为就寝的暖窝。邰浩然完全漠然地站在院子中央，一等到门哨问口令，他就匆促地走过去，最后，他终于不耐地走出了这个村镇。那时候，天色已大明，临近有鸡叫飘荡了。在清朗的淡蓝色的天空底下，邰浩然遥远地瞭望着，沿顺着公路的秋季树木，弯曲的山脚尽处，有一个年轻的灰衣兵士，匆促而又踉跄地走来了。邰浩然大步迎去。

"怎么样？"他遥远地高呼着，"送回去了吗？"李俦振作地快步走起来同样高声说着什么。他想：她们是很平安的。这只看他那安详的步伐就知道了。

他猜得不错。李俦回答他说，他赶到岭脚就碰见了连长太太，他说要送她们回到城里去，她坚持着不用，说是她们两个人不怕什么的，他就回来了。邰浩然说："混蛋，连长特地叫你去干什么的！她还说什么啦？别的话一句也没有么？那么她说话，你看是生气呢，还是真的不让你送？没有一点不高兴的样子么？你看不见脸色那么你就不会听声音么？混蛋，真是废物。你这样的人，活着做什么呢？"他骂着，但已经平静下来，而且疲倦不堪，头脑沉重，一回到宣教台，就倒在布幔围遮的稻草铺上酣睡了。

然而这并不是他和刘步芳最后一次别离，他们在临近战场的松江，又会见了一次。那时候大场和浏河的战争正激烈地进展着，邰浩然所属的F军作为预备部队，正等着接防进军的命令。全连士兵由于为沿铁路和京杭国道上运输过去的伤兵以及敌机的轰炸和那些老远围观的市民们紧张而恐慌的脸色所感染，都在恐惧地冥想着什么。邰浩然不再听见喧扰和叫嚣了，从每个沉静地注视他的眼中，他都感觉到他的士兵在畏怯于未来，恐惧着战场，就像他们都有一种将要与世长辞的预感。邰浩然相反，整天现着快活的面容，但一当他自己关闭起寝室的双页门的时候，他那乐观的脸色顿然现出激动的不安来，他睡不好，也坐不稳，时时面对着窗子思索什么。是的，都在恐惧着，而且两天来他的这一连已经有了五个逃兵，这是不好的，他必定要把这恐惧空气击散，他知道士气不稳定，那是必垮的。

正当他临着窗，激动不安地旋转着脚步的时候，李俦进来报告，说是连长太太到了松江，现在正在营本部，为营长宽待着，午餐之后，若是他不去，她就会赶到连部来，邰浩然突然粗暴地大声指责："是谁领到营部去的？"等到李俦回说不知道，这是营部传令兵向他说的，而且他就在小学门口的传达室等他传话的时候，邰浩然就说："没有话，我就去！"气愤地抓起了军帽。一在炮兵演习的射击场上出现，邰浩然就又仿佛兴致淋漓地展示着愉快的面容了。临走还大声向排教练选出的射击手说："要发一炮就打垮小日本的一个机枪阵地。呵！要稳重。"实际上他自己也不知道，他说的究竟是什么意思。

一到作为营部的广阔庙宇，在大殿的走廊上邰浩然就碰见F军派来的联络参谋，机密地向他低声宣布，炮兵团可能今天午夜出发，因为DE部队已经快牺牲完了。之后，邰浩然走进大殿中央，那里来往着一些尉级指挥官，向他敬礼，并让出走道。从他们那沉默的迅捷的举止里，他感到联络参谋的话是可靠的。他们第三团就要开向战场了，这个每个人脸上都显示着的。他在门口问过营长的勤务兵之后，就喊声"报告"。他被呼唤进去了。在那方丈的居室里营长正一手叉腰劝慰着刘步芳，她的脸色憔悴，流着眼泪埋着眼睛。

"这是保卫我们国家的战争呀！我的太太也留在湖南，这是没有法子的。国土若是给敌人占领了，家庭会幸福？"他说，"不要难过。"回头，他发现郜浩然肃然地站在门口，他立刻欢快地说："这不是么？他来了。"又向郜浩然解释，"你的女人可了不起，一个人就赶来了，路上吃了许多苦，才打听到营部。了不起。"

刘步芳望见郜浩然那瞬间，立刻知道他是不愉快的，在这里碰见她，是使他恼怒的，然而她却感到安慰，他仍然是和以往一样健壮而高大。

"你怎么一个人赶来了？"浩然温婉地说，然而刘步芳却听出那是一句斥责的话。

"我想和你在一块，就是死也死在一块。"她小声地眼光怯怯地说。

"真是……你怎么这样想呢！"郜浩然向那英俊的炮兵营长望了一眼笑着说，"怎么会死呢！"

"别发脾气呀！"那个年轻的炮兵营长嘱咐了一句，就向刘步芳说，"你们谈谈吧。晚上若是不出发，再给你接风。"之后，走出去。

郜浩然的脸色立刻严肃了，他走到刘步芳面前说："你怎么这样糊涂，你真糊涂，你不是做梦吗？你怎么能和我一起，真是丢人，你一点脸也不给我留，你怎么这样不明白事理，这是战争呀！这是流血呀！这不是小孩子闹着玩。国家民族的命运就在我们这些人手里。你要怎么样？你来，这不是给我找麻烦么？你怎么能这样呢？你这样，我还会有什么前途，我不就完蛋了么？"他几乎打断刘步芳的诉说，而且拦阻着，"你不用说，我都知道，你给我回去吧！"

"我有孕了……"

"我就是这句话,你回江西去等我。这里是路费,你不要再说了,好啦!我都知道。"邰浩然大步走出来,刘步芳伏在床上大声哭泣了。

邰浩然在腿上拍打着军帽,仿佛从尘土中拾起来似的,酒醉似的蹒跚地跨着步子。他的脑子是这样昏迷,但是那"我有孕了"的低语声,又是这样深刻,他给这话打击了。"我能怎么样呢?"他喃喃着,竟然没注意那豪爽的营长的招呼声,悻悻地匆促地跨出了大门,手里提着他的军帽。

就这样,邰浩然和他的太太离别了。当天晚上他的连队紧急行军,补充上大场的炮兵阵地的火力,第二天早晨就受了伤。两个月之前,在金华临时救护医院,辗转得到刘步芳的信,那还是四个月以前发的,说是她回到了江西,并且生了一个男孩子,极盼望他能回去一趟,因为她自己已经病倒在床上,很怕再见不到他了,并说她的父亲已逃亡到西安。

现在邰浩然就一心想赶回江西去,但一路上打听着他所属的部队的调遣行踪,他是这样怀念他的部队,但又相反地往南走,而他的部队正向北调。

二

邰浩然在离开他自己的炮兵连队所驻扎的那个县份只有半天的公路汽车的距离的时候,他的精神就更饱满而且情绪也更愉快起来了。

他在靠近公路车站最近的一家旅馆住下来了,随身带着一个手提布袋,这是他旅途当中最后的一夜了。晚餐后,他提着手杖在街道上散散步,心情很闲散,但军帽皮带还是整整齐齐的,小衣袋上挂着露着一半的部队徽章。他那给人一种深沉感的面颊,本来是冷峻的眉峰,现在却是舒展开来,一旦离开了部队,心胸的那种沉重的负担感,全部消逝了,就会出现这种舒润的神色。

在大庾岭脚下，他碰见了一个摆水果摊的老头子。他就站下来了，两手扶着手杖问他："你们这里过路的军队多么？"又问，"你们这里轰炸过几次？你害怕吗？"又说，"你这是信丰的橘子吗？怎么这样大呢？不是吧？若是日本人打过来呢，你们怎么办？"他向那老头子说，"我不是要买你的橘子，我是随便问问。"因为那个衰老的摊主尽在解释他的橘柑是怎么地道，而且生气似的说确是从信丰贩子那边买过来的。邰浩然实际上也不是调查老百姓对于抗战的观感，他只不过是因为自己的愉快没法遣散，这样随便谈谈而已。同时他问他是不是有儿子出征去了，并说，应该大家来保卫国家的土地，日本兵若是占了中国，那么谁的生活都要悲惨了。

说这些话的时候，邰浩然有种轻蔑的感觉，中国的老百姓是太蠢了，一点意识都没有，根本就没有国家意识，这都是宣传得不够。回来的路上，他这样想，又走到公路站上去和年轻的站长谈了一会儿，他是到这里来打听战争消息的，至于报纸，他是看不惯的。他一谈到战争，就感觉到军人的光荣，就热烈地握有威权似的说，敌人虽然火力配备比我们强，可是我们的士兵比他们勇敢，士气旺，他从来不说，他的连队那种将临战场的恐惧感的。而且他从心里蔑视站长之流的人物，在他看，邮局和盐务局，收税的这类机构的办事人员，都是胸无大志，最庸碌，而且最满足于庸碌，又自以为了不起，实际上在世界活着，他们不过是为了温饱而已。然而军人的价值和未来是不可估计的。所以说话姿态，就微有傲慢的口吻。譬如谈到站长室挂的那个陈旧地图，他就用手杖指点着说："这哪能成，有些地名都没有，在战时，这是很重要的呀！"回来之后，他就满足地感到未来自己的价值，自然他一回到部队就会得到热烈的欢迎而且升迁为营长，因为整个炮兵团只剩下他和一个营长，营长已经升为团长了，这是在临时休养院就证实了的。他向他的部队写了他旅程上的寄军邮的第五封信。很早就睡了。

总之，回家的一路上，他都是充满自信和荣耀感的。第二天从公路车站，提着手杖和布袋，匆匆走向那个偏僻的小县城的时候，他觉得太阳温暖，春天午间的草香，树雀叫得也好听，云色也美，就是河水流动的声音也悦耳，这地方他是这样亲切，因为他的家庭在这里呀！然而当他匆促地走向他所熟悉的小巷，仓促地望见那本是挂着刘步芳产科医院的招牌上贴着红纸告白的时候，他的心就激动得不安了，他没有注意那上面写的是什么，就惶惶地拍着紧闭的街门，而且大声叫着。同时，他又向招牌上贴的红纸告白回顾了一下，然而他却不去看。他大声叫着，直等有回声，他又第三次向那招牌上的红纸回顾了一下。门开处，他面对了一个陌生的中年妇人而且她睁着两只疑惧的眼用门排拒他，说道："你找谁？"

"找刘步芳，我的太太。"邰浩然推开她闯进去的时候说。

"她走啦！昨天到西安去的。"她突然和婉地说。

在庭廊上，邰浩然站住了，瞠惑地又问了一句："走啦？——什么时候走的？"

那个中年妇人就用围裙擦着椅子，让他坐，并说："她病刚好，就到西安找她父亲去了，而且她养了一个挺俊秀的小男孩儿。"邰浩然恍惚地叹息了一声，他感到从未有的疲倦，等到说是连地址也没有给他们留下的时候，他就发起怒来！真是糊涂！混蛋！怎么这样混呀！他自问似的说："我怎么找她呢？"他是这样懊丧、疲倦、昏沉，他伏在玻璃窗上望着，那是他的太太常日在里面忙碌的候诊室，现在桌椅零乱，地板上满是撕碎的纸屑。听见那个中年妇人说里边没有人，她是来糊纸窗的，新宅主还没有搬来，邰浩然就从候诊室走进空虚的曾经做过他和他太太的寝室里来了。这里有他所熟悉的木床，带大玻璃镜子的衣柜，他走近去打开来，而且抽出每个抽屉，就像要发现一点什么似的，要证实一点什么似的，然而除了一些纱布、小绳子、发夹、空粉盒之类的小东西之外，什么也没有。床下抛了几双旧的女人鞋，窗台上还有一枚闪光的红色玻璃扣子。那是他太太内衣外的衣扣，邰浩然拾起来，怏怏不欢地向那矮妇人说："她怎么连个地点也不留，我怎么找她呀！"他又不听她的解释，她的那种歉然的伪笑，就使他憎恶，自顾自喃喃着："真是糊涂，怎么这样糊涂。"但他没有责备自己，他临来之前就根本没有打个电报什么的通知她。他是一接到辗转送到他手上的刘步芳来信，就匆匆动身的。

从带着那枚红色玻璃扣子，离开那曾经给他幸福和温暖的住处之后，邰浩然的不幸就开始了。他在城郊一家最小的客店里懊恼地住了一夜，第二天就投奔广东曲江，以为在那里可以找到胡秉钺，可以借到北上的路费，他腰里已经仅仅剩下五角法币了。然而胡秉钺所属的炮兵部队，早在冬天就调防到汉口去了。结果他在另一个北上的步兵营里得到同情和怜悯，答应他可以随着他们去衡阳。至于他的部队确实在哪里作战，就是从 M 军军部也打听不清楚，有的说，在马当守江防，有的说已经打垮，调到湖北整编去了。

不用说，邰浩然在 M 军的营部里，是被歧视的。春末了，他还穿着一身冬季的军装，而且勤务和厨师都不把他当作尉级军官看，有时送来的饭已经冰冷，有时就完全忽略了，傍晚午餐还不送来。直到最后，他不得不到伙房里去守候了。尤其是行军的时候，因为没有他的固定伙食小组，就不得不跟随伙房，而且渐渐为伙夫们所差遣，有的时候就替换着伙夫代担炊具了。那个湖南籍的营长，是豪放的，但邰浩然不愿意在他面前显示自己的可怜的处境，一直是躲避着他。所有这些，他自己常常冷嘲着，他唯一的希望，是等候齐营长的来电，这希望支持着他，提水挑米筐都是无所忌的，而且有时候，天黑，守候着锅灶听着伙夫们的胡诌时，也还能大笑两声，那笑声给人的印象是阴惨的。伙夫们逐渐对他关怀了，送给他调换的春季军装和草鞋，而且有人给他理发，嘲笑他像个囚犯。因为最初他那种孤傲的神气，现在完全破碎了，他显得忧郁、阴沉而懒散。"这都是一时的不走运，回到部队还不是过眼的烟云！"夜晚，他躺在稻草窝里这样自慰，并且他坚信，自有一天，会和刘步芳在西安见面。但有时他想起最后一次和她别离，就感觉到不安了，为什么会那么狠心，喝醉了酒似的，她不知道自己是多么深沉地爱着她呀！

在一个风雨的夜晚，紧急行军当中，他疲惫地跌倒了，这立刻引起伙夫们注意并搀扶起他来，叹息着，就说："出门在外当差为人，真是不易！"考虑是不是可以去报告连长，给他找个担架，因为先一天他就害了疟疾。邰浩然立刻撑持着两条腿，说，不要打扰连长，他还可以走的。他们搀扶着他，劝慰他说只要到了驻地，他们就可以给他找金鸡纳霜，他们说大家凑几元钱是很容易的，并且替他找来军壶温水。他们受到后面赶上来的排队的吆喝，立刻挟持着他迅速地大步跑着追赶上前面的队伍了。邰浩然从来没感到过的士兵们的一种爱，一种温暖，在他身上第一次开始发光了，他几乎流下泪来，他们是有着这样朴实的心魂呀！这和以前他的部队的士兵对他的尊敬与爱戴完全不同的，而且他自己发现他从来没像现在这样理解他们，热爱他们，他从前几乎把他们当作树木看的，他所接触的都是一些严肃崇敬他的面貌，并不是一颗热爱着他也为他所热爱的心魂的接触。他们像兄弟一样，在他衰弱地拖着脚步走的时候，轮流地背负起他来。邰浩然在这时候，并不感到他是这样凄苦，相反感到欣慰，他发现了一种人生的真理一样，头垂伏在有些发热的别人汗淋淋的肩头，向自己发誓，他将来要用爱联结着他的部队，巩固他的部队和敌人作战。而只有这样，他才能在民族解放史上发光，才能成为一个光辉的英雄。雨水从那个阔背伙夫的帽檐上流滴着，他的头发完全湿淋淋的了，他的帽子是在另外一个挑担子的挑水夫手里提着，那是换肩时掉落地上的，那个挑水夫用电筒找到就代他拿着了。他环抱着那个阔背伙夫的脖子，雨水从手臂上流入他的腋窝，浑身都是水了，但他感到面颊贴伏在那阔背伙夫肩上的一股温热，这温热使他忘却了寒冷的盘夹着背负者的两只腿，同时他的两脚冻得有些麻痹了。远处阴云，黑而发光，灰白处，他想，那是月亮。忽然他想到自己一天天虚度的大半生了。距离衡阳还有一夜的路，白天他们在一个公路边上的村庄潜伏下来，为的是躲避敌人的侦察机。邰浩然发着高度的热，终于那个奸狡的步兵排长发现他的伙夫们所围护的是个什么样的人了。

"营长的客人怎么不跟着营部，今天晚上行军，我们可不能被他拖累了。就在这个祠堂里，让他跟着营部去吧！"伙夫们终于给他凑集了一些钱，并且留下一手提袋米饭和两块咸菜头，在夜晚随着部队继续出发了。邰浩然虽然是昏沉地睡卧在墙角的稻草铺上，但也清楚地听到是谁在他耳边亲切地嘱咐，并宽慰他可以等第二批部队来，说是营长就在后边。邰浩然视觉模糊地抓着那人的大手，说，他永远忘不了他们。仿佛还有一些人，临走时匆匆地来探望他，但他是昏沉地感觉不到了。半夜醒来，窗外有月光射进来，邰浩然在蚊虫围集中疲惫地坐起来，冥想着他的前途，直到天亮才又睡着。三天之后，邰浩然脸色憔悴地离开了那个荒凉的祠堂，到这时候才感到他的病是多么凶险可怕，幸而他是支持过来了。在病中，这些反而都没有感觉到。

他用手杖挑着手提袋，搁在背后，找乡公所，向村保长求住宿，一个礼拜，他竟也赶到了岳阳。在这里他意外地找到F军的留守处，很顺利地赶到汉口。但F军那时候又调到台儿庄去了。等他赶到台儿庄，那个装甲师团的师长已经调职，而他的上司炮兵团团长，刚在三天前阵亡。但邰浩然还是镇定而且热切地从荒凉的火车站赶到三里外炮声隆隆的村庄。那时候，敌机不断地侵袭，整个台儿庄都在紧张而又冷僻的情况中了。在他找到F军的炮兵团之前，他几次受到哨兵的盘问。他是那么欣喜地向哨兵们解释找他们的营长，他自己就是F军的，实际上他也不知道营长是什么人，一问名字，才知道，原来就是自己的同僚，在上海保卫战中，还是第三连的排长。结果邰浩然被带到隐蔽在树丛间的营部去了，在这里村民都完全逃亡了，到处只见满脸阴沉而眼光又惶惑的士兵，附近半里路就可以望见被轰炸之后所起的浓黑的烟，然而所有这些，在邰浩然的感觉上，是不受影响的。他的眼光是那么焦灼而热烈，他已经回到自己的部队里了，就要和战斗的力量联结在一起了。他跟在哨兵背后，不住声地问他的从前的每个同级军官的伤亡和升迁，然而得到的仅是冷淡的头也不回的答语。"他在哪里作战受伤的？""马当。""那么柳方桂连长做什么？就是守大场的二营第五连的连长，湖南人，个子挺高。""不知道。"哨兵回了许多不知道，后来他才发觉，原来这个哨兵是新从湖北补充来的。"自然我们的部队伤亡率很大，恐怕大半个炮兵旅都是新补的人了。"他这样想。

在通信班那个电话低沉地呼叫着的门口，邰浩然终于找到了营长吴大辉，这个身材短小，但却敦厚的，有着坚强声音的人。刚宣布过，限三十分钟把通到瞭望哨去的电线查出断路来，接好，走出门就和那沉默地呆立在门口的邰浩然相遇了。他那不欢的脸色，立刻有股惊喜的闪光："是你啊！老连长！"他叫着，拥抱起他来。

邰浩然正不知道是行军礼好，还是摘下帽子，就在那瞬间，他被拥抱了，他几乎要流泪了。他在吴大辉的肩头上笑着说："我险些回不来，险些流落在湘南。"那时候，吴大辉亲切地拍着他的脊背。他们分开来，又面对着愉快地观望了一下，仿佛没有一句适切的表示这庆幸的会晤语句。

"老连长就剩你一个人了，都阵亡的阵亡，受伤的受伤……"吴大辉说，低沉地，望着脚尖，立刻又响亮地说："到我屋里去吧！"他们离开遥遥注视着的那些兵士们的眼光，走进营长那间阴暗的泥壁茅屋。桌子上点燃着蜡烛，刚黄昏，窗户就完全用军用毯蒙蔽了。一个步兵的联络参谋，用铅笔在大幅军用图上点画什么。

"我们三天没有好好睡觉了，打得不大好。"一进那阴暗的屋子吴大辉疲倦地说，"歇一会儿我们再谈。"他伏在桌子上向那联络参谋询问了，他估计他们的步兵部队 L 师的三五旅，可能已经从峰县撤退下来了。那个联络参谋向他说："敌人炮位就在这里。"用铅笔指点着，他们之间有种小的争执。

"那么等瞭望哨和斥候的情报吧！"吴大辉摘下了军帽，他走向邰浩然说，"我们的老师长已经撤职了。新换来的师长是陈的人，我们的系统是垮台了，东北军走的是末路。我这就打电话报告团支部。我看，你先在我这里住下来吧！团支部里，你现在找不到熟人了。魏参谋，来，我给你介绍一个同乡，魏参谋是奉天海城的，我小时候同学。"在介绍之前，他先向邰浩然这样交代了一句。

他们紧紧地握过手，邰浩然的嘴唇闪着苦笑，说很高兴认识他，心里却想：自然，听口气，我的位置是完全垮了。

他猜得不错，团部里来的回电，说是一时查不到邰连长的档案，问吴大辉，他的连队里是不是可以安插。等到吴大辉说邰连长是自己的老上司的时候，团部就回说，他可以到三营去当代理连副。在耳机旁，邰浩然是听得清清楚楚的。他注视着吴大辉的眼光急切地说："我在你部下好了，这没有什么关系。"但吴大辉却回说："这怕很难，本来老师长预备给他带第三营的官兵的。"在"再说"中，吴大辉挂了电话，他愤怨地来往走着，一语不发。邰浩然阴沉地坐在床上，同样沉默着。

"这是些专门会克扣军饷的老爷。"吴大辉喃喃，囚狼一样来回地走，低着头，"我们是该流血的。"

"我决定在你部下，听指挥，过去的是过去。"邰浩然说，"就这样好了，流血是为了我们的国家，也不是为他们，而且流血的人多了，也没有什么可骄傲的。我感激你就是了。"他说这话的时候，在地中央拦阻似的站在吴大辉面前，而且说最末一句话工夫，握住他的手，两个人同样紧紧地一握，都感染到一种热，从彼此手掌上流到心口里去。

"好啦！你说什么我听就是啦！总之你是我吴某人的老上司，你是流了血的，我心里知道就是了！"吴大辉仍然来回地走着，囚禁的狼一样，他说，"反正我们都早晚要垮台的，我知道。"

第二天黄昏，邰浩然就充满镇定地，在一个迫击炮连里指挥战斗了，仿佛在这世界上他所愤恨的就是敌方的炮火一样，他坚强地自信，他能从这战斗上发展他的前途。

就是说他将要胜利，将要在 F 军炮兵团里挺起胸脯来，傲岸地重新获得官佐的尊敬。敌军的炮火在乌黑的夜空底下发着闪光，树木和岗峦不时清楚地显现，而有时在那刹那间可以发现仓皇疾进的敌兵，那时候邰浩然就命令保护炮位的机枪班准备射击，自己带着两尊迫击炮的射手和输送兵，移向树丛背后的高地。这时炮位底下一个孤立的房子，被燃烧弹击中着了火，整个炮位定要改变，四周为那飘舞的火焰照耀得渐渐清朗了。邰浩然轻声唤着一个惊慌奔走的炮兵，他找到排长和连副，镇定着这爆发的惶惑空气，稳定地命令：撤出树丛。他的确是无所惧，他要获得周围的尊敬。而且这傲岸的姿态支持了那些惶惑的士兵，刚开始又联结为一个坚定的战斗力量的时候，邰浩然的左胸遭受了步枪的射击，但他倚在一株树上，仍然监视着连一箱弹药都不遗留地撤出树丛，才摇晃着身子离开。直到这时候，他的排长才发现他是受了伤，而那时候邰浩然在想："还有一只不叫的机枪，这是不能丢掉的，自然，我已经在他们身上建筑起威信来了，自然我是被打中了。"他突然一株大树一样倒下去，立刻跌倒在草丛里。现在正式进攻和反击还没有开始，邰浩然很被担架抬着撤离了迫击炮阵地……

但一个月之后，邰浩然走出伤兵医院，赶到汉口的留守处去报到的时候，原来吴大辉已经在徐州撤退时阵亡，而他的抚恤金据说已经汇拨给吴大辉，而且 F 军的炮兵团正在开封附近作战。邰浩然赶到了郑州，他被团长召见，他发现他完全是一个陌生者，但他仍然被信任，可是派一个迫击炮的代理排长缺给他。面对着那地主型的圆脸肥颈的团长，他突然感到憎恶，但他冷峻地微笑，并说他感谢这栽培和提拔，但是他已经不想再在 F 军里当差了。他故意说因为他的太太在西安生病，他必定要赶去探望。那好心肠的团长说，他是一定要留在 F 军的，F 军有他就是光荣，以后有缺当再调职。他更宽容地给邰浩然两周的假期，说是要探望生病的太太是应该的。邰浩然怀着愤恨、鄙弃和绝望离开了 F 军。他冷笑着，他已经决定，从此和军队生活告别，对这世界他将不怀任何希望。他要和刘步芳退隐，就是说在一个偏僻省份，一点没有战争威胁的地方，平静地消磨这一生。他可以租几亩田办农场，而太太自然还可以开产科医院。他一定要在西安打听出刘步芳的踪迹。他想，他过去是太幻想式地爱他的部队了，然而这部队辜负了他，他是从未有地伤心。旅途的客栈里，他曾喝酒，大醉，而后用被蒙着头小声哭泣。他憎恨这个世界，他感到他被埋没，想到这，他又这样气闷。他也认识到自己本来是渺小不足道的，嘲笑自己过去的自负。但他感觉到这世界不公平，因为据他知道那些圆脸肥颈的人物，没有在战争中流过血，只是在陆军大学毕业期间找到一种社会关系而已。

在西安市出现的时候，邰浩然脸色苍老，而且瘦弱，衣服有着破洞和裂口，而且一月没有洗，发着酸臭气味，颓萎而闲散。因为最初三天，他匆匆奔忙着，所有产科医院以及东北的同乡都打听遍了，他不止一点踪迹也没有打听到，而且遭到许多人的猜忌眼光，仿佛他是盗贼的探子似的，仿佛他是一个有着诡计的小骗子或是将要可怜地求乞似的。他得到的仅是短暂的吝啬的答话，他已完全丧失了勇气。白天他在街上徜徉着。晚上，他在穷苦的小店里买一个铺位。他嘲笑着自己，他羡慕路上所有那些露着愉快笑容的人。在他看来，所有的人都仿佛感到自己存在的重要，都似乎有着生活的幸福，然而这是什么呢？建筑在什么上呢？当他的抚恤金将要用完的时候，他的眼睛逐渐又阴沉起来了。是的，他不能这么闲散下去，而且他不甘心被埋没，他又开始到 F 军的联络处去了，但他不想再回到使他寒心的炮兵部队里去了。他终于打听到 L 师三五旅魏参谋的驻处，他重新获得了生活的信念，赶到潼关去了。在潼关他被引荐给步兵团团副，他又得到了一个根基地，一个机枪连的连副。

他阴沉而又有所憎恨地蔑视着一切，但又感到寂寞和荒凉。于是有一天他突然想到，他曾经在向衡阳行军的一个风雨之夜里所感受到的那种热烘烘的由那阔背伙夫肩上传染的温暖了。他的面容又开始明朗，他记得他曾发誓用爱来联结他的部队。于是他在他的士兵间试探着寻觅了，但是即使他亲切地笑着，他们仍是冰冷地恭敬地向他笔直站着回话。他们似乎有着对他隐蔽的一种生活和乐趣，即使他走进伙房去，而又正当他们满面生光地哄笑着的时候，一发现他，那种充满活跃生命的脸色，立刻冰冷，有种感染性的，机械得似僵尸一般的严肃了。郐浩然就是没法走进他们偶像形式掩盖下的快乐世界里去的。他绝望，而且逐渐冷淡了这种憧憬。

一九四〇年十月，郐浩然第三次受了伤，这次是惨重的，他被陆军医院接受，一只腿虽没有被锯掉，但已残废，他被送到广西的伤兵第 A 休养院里来了。

三

郐浩然在第 A 休养院住了四年，这四年的心魂闭塞的生活，给了他一个性情上的很大的变化，那就是说他阴沉而又淡漠，对世界没有任何的憧憬。春天了，他披着有红十字的短装大衣，胸前的带子也不结，摆晃着两只空袖筒，到村庄外边的桥头上一个人随便走走。有时从松林里捡到一捧牛肉菌或者花蘑菇，有时在一个靠近河流边缘的偏僻沙滩上，抱着两膝呆想什么。用石子投击河水的时候，嘴里喃喃地说着一些"去你的吧！""什么也不想了！"诸如此类的谁也听不清楚的自语。夏天和秋天，郐浩然会提着钓鱼竿在这里出现，然而人们很少见到他的小水桶里有什么收获，往往晚上回去还是一个空水桶，偶尔有一两只小虾。就是意外钓到一条小鲫鱼，邰浩然也并不显得愉快，同样阴沉着。在那些伤兵眼睛里，几乎是对一个乖僻的人那么有所畏忌地望着——他那走过去的蔑然不注意身外的一切的姿态。即使每天提着空水桶回来，邰浩然的脸色，同样也并不显得沮丧，似乎他自己并不是去钓鱼，而是受什么人派遣，每天必定提着鱼竿和水桶到河边去一趟似的。不用说，他这时候的脸色完全如我们所见的普通荣誉军人一样憔悴，还有由于营养不良而有的那种冷僵，眼睛又黑又大，但另外的伤兵都是闪着怯怯的饥饿的闪光，而在邰浩然是漠然、阴沉、疲倦，仅仅是如此不同而已。同时，第A休养院正和中国其他省份的休养院一样，每天这里都有些病倒的，用板床抬着到医务所去，或是两手扶着一根手杖披着军用毯从邰浩然住的中山室背后那间小屋的空前走过去，而且每天都有一两具枯瘦的死尸从那大祠堂内院的月形后门里抬出去。伤兵们三三两两地遇见了就询问，关切地掀开盖着破衬衫之类的布，探看死者的遗容，然而邰浩然却是冰冷的一无所视的。实际上，确实也有些太平常了。这休养院有两千三百多官兵，四年来却也并不见减少。尉官们在院方有着不同的待遇，能干一些的，都兼着手工卷烟合作社的理事之类的头衔，可以分到红利。士兵能干一些的，可以得到贷款；若是贩私盐，除了贷款的本利扣除外，院方还要百分之三十的利润。自然有时候，私盐损失了，就是说被缉私队追迫而全部丢弃在路上了，那么贷款就变成负债。所有这些，邰浩然都是被摈弃在外的，他既没有和那些尉官联结为一气，也没有和院方建立一点关系，他蔑视着周遭，也为周遭所蔑视，只有一点他和士兵不同，那就是他在中山室背后有自己独处的一间小屋子。但这并没有使士兵们和他隔阂，仿佛都对他畏怯，但是尊敬，因为他没有和那些尉官联结在一起分他们所得的一点可怜的利润。譬如砍柴卖吧，因为那些是属于院方的，院长每担柴就抽三十斤，而尉官们的荣誉军人福利社又抽十斤的基金,这是他们所规定下来的,他们脸色的红润,就是由于从这些受过伤的士兵们的劳力上获得了生命的营养。士兵们憎恨着这些含着纸烟、兴致淋漓地谈笑的尉级军官们,也正因为这憎恨而对邵浩然就感到一种亲切,虽然他是那么孤僻,但他的那种和他们同样冷僵的脸色就显示着他是属于他们自己一伙的。然而他们若是有人过分关切地,若是有人因为一天没有见到他那怠倦独步的身影,到他的门口去探望,邵浩然就会突然关闭起门来,他仿佛不愿意让他们关注似的,自然他也不关心任何一个人。在这世界上,他将永远是孤独的。他想,唯一真心关切他的,也为他所关切的,只有刘步芳。自然她已经改嫁了,说不定已经幸福地忘却了他,但他希望将来还能见到那个孩子,自然这也是渺茫的。这一生算是完了,他常想:反正挨日子,混吧!哪一天死掉,哪一天算结束,本来人生就是大梦一场。什么是真的?什么是假的?什么是幸福?什么是苦痛?死掉还不是一堆枯骨!都是一样的。在这世界上他曾经做过一瞬间的英雄,他时常想到背脊依靠着树,指挥着,等待着,直到炮兵把最后一箱弹药撤离了那已经为火焰所照耀清楚的树丛,才倒下来,自己不能不算是为民族尽了该尽的职责。然而他们,那些权势的依附者,没有珍稀他的血,还是什么代理连副,他就是牺牲了生命,也不会为他们所尊崇的。他们在他头上盘踞着,他永远不会升迁,因为他的上司们,那些从血里获得威权的人们已经死的死、伤的伤了。他是属于杂牌军的小尉官之类,是被歧视的。他们建筑起来的战斗力量,为那些权威依附者们所吞了,连骨头渣都吃了,而且一点响声都没有。他憎恨,他不甘。但不甘又怎么样呢?他又叹息,自己是一点力量也没有呀!这就是他换着双膝在河滩上所常想的,这就是他向河边投着石子所喃喃的。若是不离开部队到江西去,当时一出院就回队,该多好呀!又想:反正是一样,我不能不看看她,因为在这世界上她是我所爱的。权威又怎么样?英雄又怎么样?没有她,人生还不是空虚的。自然我并不是平庸得只是为了一个小家庭的爱而活着的,自然我的生命价值还在民族大义上,然而我已卫护过民族,我是无愧的。这就是他披着短装大衣在松林里捡草菌所思索的一些问题。他知道,刘步芳在人生当中是要求光荣的,虽然在他将要离开她出发的时候,她又说他们可以做小生意过活,然而真的做了小生意,她又会对他完全失望的。现在,邰浩然想:就是有一天她和自己的丈夫再见面了,他还能获得她的尊崇么?一个不得意的尉官,一个这样衰弱的人,她不会再如从前赶到火线上找他那样热烈地爱他了。爱情就是这样,社会生命不光辉,那就全部完蛋的。因之,他想:在人生上他确是将空虚一生了。而且刘步芳说不定已经改嫁了,说不定将那些曾经给予过自己的幸福又给予了另外的男人。他苦笑,嘲弄着自己。这就是他手持着鱼竿垂钓时所思考的。

然而有一天,邰浩然在梦想中也没曾有过的奇迹出现了,他收到F军辗转寄到的发自北平的一封信。那是他那年老的父亲一年前寄来的,说是刘步芳曾经到M师去找过他,一年前还到过湖南,那时F军的炮兵团已经调到云南去了。说是她险些流落到湖南,说是现在在西安开了一个产科医院等待着他的消息。邰浩然两手颤抖着匆促地读完了信,又开始读第二遍,他是站在中山室门口的,他一点也没有注意那些逐渐用奇特的眼光向他频频观望的尉官们。他们有的在看报纸,有的同样接到外面军队转来的信件,然而都没有像他这样激动。他的脸色惨白,他时而向门外的阳光注视,向那墙垣上的空气和天陲注视,又开始读信。于是那些闲散的尉官在同样向他所注视的门外空间望了一下后,就新奇地围绕着他了。

"哪个部队里来的?"有人扶着他的肩问。

"什么?你的部队有什么消息么?"

邰浩然耸起肩,躲开这种亲切,匆匆走回自己阴暗的小屋子,他的眼睛里有种生命复活的光辉闪耀着了。他混乱地抓起军帽,仿佛他就要和什么重要人物见面,或做一次交际性拜访似的。但一推开门,他就突然想到,他原来是做什么呢?他忘记为什么戴起帽子来了。想到哪去呢?他又回返去,面着窗,第三次读来信。然而在这阴暗的屋子里,他是站不住了,他又拾起帽子,这次他是要到外面走走。

第一感觉是,这春天的阳光多温暖!多新鲜!这是很久以来没有感觉到的。而且在走过祠堂大门那些坐在两旁石狮子周围的士兵们之间的时候,他毫无原因地向那些注视他的人点头微笑。这是四年来,他第一次微笑,那些闲散无聊的士兵们,突然吃惊,而且很快地为他那微笑的印象所感染,愉快而惊奇地谈论起他来了,注视着他的背影,说他一定要回到部队里去补缺了。

实际上,邰浩然的思绪还是混乱的。他想:"是的,她自然这两年也受了些苦难。她一定在湖南也和我在江西一样……可是她为什么临走连地址都不留呢?这怪谁?都是她自己找的,若不是她,我也不会有今天这样的下场……自然她是受够了苦,一个人不认识,抱着孩子到处找我……她心里知道我是爱她的……她没有生气。为什么我那么糊涂最后一次见面没有温存地说服她呢!都是我不对……"邰浩然径直低着头走进路旁的小麦地里去了。等到一个高声叫喊的农妇跑过来,他才发觉自己离开了道路。他笑着道歉,而且扶着小麦地边的一棵枯树坐下来。他摘下军帽:"自然我得先按照这地址写封信给她,叫她汇路费给我,我就离开这里去西安……"他两手旋转着军帽的边缘,又戴到头上。"她会来的,一接到我的信,她就会来的。"他站起来,又一次摘下军帽,低头走着,在另外一株桑树底下坐下来:"我若是能借到钱,立刻走就好了。我实在厌恶这个地方了。"有两只鸡在他脚前出现,这时候,他才注意到原来他已经走到一个农舍的打麦场前边来了。一个提着粗大的水烟竹筒的老农,奇疑地监视着他,仿佛他要偷捉他们的母鸡似的。邰浩然满脸困惑地站起来走开了。而且老远回头向那老农瞭望了一下,自嘲地笑着。

这次是走到僻静的河滩上坐下来,向河水里无目的地投着石子。

"在这个休养院里死了多少人呀！都是为民族流了血的，这是阴曹地府。幸而我还活着，四年来，我也不知道怎么挺过来的，依靠着什么力量活下来的呢？"他自问着，愉快地叹气。

他发现将近黄昏，他准备回去给刘步芳写信。面容带着幸福的光辉，他生气勃勃地走着。他感到他还是这样年轻，感觉到自己又回到中央军官学校的时代去了。当他走上那个古老祠堂的石阶，发觉那些瘦弱的士兵们，都祝福似的凝视着他。

"你们还没有开饭呀！"四年来他第一次向他们打招呼。

"还没有！"他们齐声歌颂似的向他说，仿佛邰浩然的幸福面色给他们带来了欣喜似的。

然而邰浩然是匆匆地走进院子来了，夕阳光辉下有两只肥壮的猪徜徉着，摇着短尾巴。走过它们身旁，他顺手拍了拍那只白肚皮的花猪脊背，它吃惊地奔逃开去。邰浩然扬手和一个尉官打着招呼，并且注意到中山阅览室的廊檐底下，三个伤兵坐在石板地上各自依靠着一根屋柱，两个促膝呆想，一个有囚犯式头发的，挽着裤腿捉虱子。邰浩然望见那两只枯瘦的细腿，心想：若是背上五十斤重的麻袋，那么细的两条腿，怎么能支撑得住呢！但还是愉快地穿过没有墙门的套院，在他临走进他自己那个小屋子之前的瞬间，他的视觉里收入两只乞怜的眼睛。那是刚刚从月形墙门里抬出来的一个垂死的病兵，他的脸色枯木一样，躺在担架床上，僵冷似的，但那仰望的两只眼睛一接触到邰浩然的注视，就有一种乞怜，一种对于生命的留恋，一种悲伤的哀鸣似的泪水的光润显露出来。邰浩然是那么匆匆地一瞥就走进自己的屋子里去。他抱着两臂在阴暗的窗前直立着，这两只乞怜的眼神给他的印象是这样深。怎么他还没有死，就抬出去了？他一定还没有死。于是他走出来，他是非要探望探望这个垂危的，实际上说不定也许绝了气的尸体不可的。他走过大门口的石阶走廊向那些蹲在那里呆想的士兵们问："刚才抬出去的那个同志，好像没有死吗？"

"不知道死了没有。"

"今天上半天,从后门抬出去两个人。"另外一个脸上有疤痕的伤兵说。

"没有死,怎么能抬出去呢?"邰浩然说,"抬到哪去了呢?"

"他们都是这样。"那个有疤痕的兵说,"他们还有什么地方送,反正是那个堆尸房。他们向那里一掷就完了,还不得等着掩埋组去埋,他们可不管,反正他们医务所向堆尸房一交代,就算完了,可是我们就得给掘坑……"

"堆尸房就是村口外那个小土岗上的石头房子么?"邰浩然说,"混蛋,他们总得等人家死掉再抬出去呀!"他气冲冲地下台阶去。有两个伤兵大声喊着:"我们也去看看,谁愿意来!"

"我们都去。人没死,就往外抬呀!这些狗养的!"另外一个伤兵说。

于是一窝蜂似的都奔跑着追随上邰浩然了,一路喧叫着。然而在台阶上又集聚了一些伤兵,他们不知道发生了什么事,只听那个掩埋组的脸上带疤的兵喃喃着:"这又有什么稀奇!上半天就从后门抬出两个去了,不断气也活不了今天一晚上……"

在堆尸房的土岗脚下,邰浩然拦回了那两个抬尸兵。他们理直气壮地说,这是医务所的命令,反正病房里已经满了,倒不出空床来了,并且"老邓怎样也过不了今天晚上"。原来,他们和老邓同在一个部队里当过差,而且他们平日对他都很好,说他是害了三个月的疟疾,又有淋病。不过老邓这个人打起仗来是很有种的,俘虏过一个日本小队长,肩膀上有条刺刀印,广西南边人,家里只有个老祖母,跟着他的寡孀姐姐过日子。邰浩然并不过分注意这些,一到岗顶他急急地推动堆尸房的门。从那没有糊纸的窗棂空间,从那门开处,都有一种浓重的腐臭气冲出来,老邓用一条破絮裹着,摆在五具赤条条的冰冷发臭的尸体旁边,微弱地喘吁着,并没有合上眼。

"我怕他冻着,这不是么?我们可没有剥他的衣裳,你们大家看,这是老邓的帽子。我们可一样东西也没有拿,天地良心!"那个狡黠的担尸兵说。

"抬回去。"郜浩然命令,"你们大家,同志,不要吵,有什么话我们到医务所去讲。这些老鼠,大耗子,小耗子!他们把药品都给吞没了呀!这些损害国家的坏蛋!"他不准许别人吵嚷,他自己一路上却是大骂着。

他们轰轰然地走上夜色降临的祠堂台阶,立刻有另外一些闲散的伤兵联结到一起了,像燎原的星火一样,他们拥在医务所门口咆哮着,大声叫骂,管所主任叫作"狗养的",并大声说:"拖出来!把他拖出来。"其实,病房里只有看护长一个人,他被郜浩然打了一个耳光,就开始驯顺地怯怯地辩白,说并不是他能做主的,若是打普涅母心针,还得找所主任,又说主诊医生到桂林领药品去了,他不开方,是不敢动用玻璃柜子里的贵重药品的。然而到底被威胁着拿出柜子的钥匙。由于郜浩然的卫护,那些涌进来的人没能砸碎那装满药瓶的立柜。同时躺倒在病床上的人,多数坐起来用顺手可摸的痰盂、枕头、手杖之类的东西,向那看护长身上投击。那个眼光怯怯的看护长不再骄矜地拒绝任何要求了,他的手颤抖着为那躺在地上担架的"老邓"打针,同时应着每个病兵的招呼,答应给他们所要的药品:"我就拿来!知道了!"郜浩然严肃的脸上显着一种从来未有的冷酷,他站在"老邓"的头边,俯望着看护长蹲伏在那里所做的一切。就在这时候,他被一声招呼惊醒了,院方传令兵说,许院长请他。这是完全出乎他的意料的。因为四年来,他完全是被摈弃似的,从来没有为院方所注重过。于是那些集聚起来的伤兵又挪移了重心,追随着传令兵手里提的马蹄灯向村西那个休养院院长所住的地主院落里,轰轰然地走来了。但为卫兵所阻止,他们被遗留在大门外。

许院长是一个中将衔的老退伍军人,体态臃肿,脸上现着脂肪过多的闪光。他贪睡，中庸，任何事情都由他的副官长过问，现在他只交代了一句话："你和副官长谈谈。"就拖着鞋退进自己的住室去。副官长满脸怒气地一开始就问："你在我们这里要捣乱是不是？混蛋！你不是纠众捣乱是搞什么？"又说，"我不要听，你立正站着，你懂得军纪不懂得？你懂得服从不懂得？脚尖靠拢！"

"报告副官长，我这条腿骨头受了伤，脚并不拢。"郜浩然脸色苍白地说。

"你去找一根扁担来。"那个挂着少将领章的副官长向传令兵说，又加一句，"回来，找结实一点的。"

"报告副官长！"郜浩然的一只腿开始颤抖。

"不准你说话。"他粗暴地说，旋转着身子，仿佛要找寻一个适当地点。他有所决定地咬下唇。扁担一拿进来，他就说："出来！到外间来！"

"报告副官长！"郜浩然开始恳求，一条腿颤着。

"拖出他来！去！两个人拖！"

"副官长开恩呀！"郜浩然开始不由自主地颤抖而且哭泣了，"我的腿有毛病，受伤……"

"按倒，按住头。骑在他背上，用力呀！混蛋。"副官长两手举着扁担大声说，"胳臂呢！捉住。挪开！撤下裤子来，掀上衣。"于是开始扁担闪动，郜浩然开始哭叫，臀部有血水从裂口间流出来。副官长粗声粗气喘吁着。

"开恩呀！……体念我是残疾人……"

五十分钟之后，郜浩然被挟持着，拖出大门去，交给了那些吃惊而惶惑的伤兵们。他小声哀哼着，呻吟着，而且突然感到羞愧。他是那样哀恳过，显露过自己的可怜和卑怯。这羞愧由于那些伤兵的尊敬和不满而增强。他们轮流而争抢着背负他，这种亲切，是他曾经在风雨夜里向衡阳行军的路上感到过的，曾经在潼关当步兵连副时候寻找过的,而现在他又一次获得了,同时就更感觉到在那副官长面前自己的可怜,他自惭地充满了苦痛:"打死又能怎么样呢!"他内心指责着,"打死又能怎么样呢!"他要在这世界上报复,他是这样痛恨。他嘴里轻声说着感激那些伤兵关切的话,但心里说:"我要领着他们去当土匪,这些吃人骨头连声也听不见的人,非要斩尽杀绝,我早怎么没想到呢?我这四年是多么糊涂呀!我要报复!把这些人杀光,放火烧掉了他们的房子,连件衣裳也不留,我早就该想到。是的,我有太太,我现在是不能顾及她了,但愿她生活得幸福,这一生我们是永久地告别了。"但就是在这种内心愤恨中,他还是时时想到他在受杖责时的可怜的哀呼,他羞愧。这羞愧的回忆他将永远也抹除不掉,他带着这个伤痕,背负着这个耻辱的烙印,而用血来向世界报复。

一个月之后,正是树木成荫、野草蓬发的时候,在这广西和湖南的边界上出现了大股的"土匪"。邰浩然的部队是为爱所联结着的,在围剿中越发壮大起来了……

1947 年 1 月作